Patrycja Spychalski

FERN WIE SOMMERWIND

cbt

© Isabelle Grubert

DIE AUTORIN

Patrycja Spychalski, geboren 1979 in Starogard, Polen, zog im Alter von neun Jahren mit ihren Eltern nach Berlin. Nach dem Abitur absolvierte sie eine Schauspielausbildung, wandte sich dann aber einem ganz anderen Bereich zu: Seit 2002 arbeitet sie in vielfältigen sozial-kulturellen Projekten mit Kindern und Jugendlichen. Sie schrieb schon mehrere Kurzgeschichten für Anthologien, bevor sie ihren ersten Roman »Ich würde dich so gerne küssen« verfasste. Spätestens nachdem man dieses Buch gelesen hat, merkt man, dass ihre große Liebe der Rockmusik gilt – selbstverständlich neben ihrem Freund, ihrem kleinen Sohn Juri und ihren beiden neurotischen Katzen, mit denen sie in Berlin lebt.

Weitere lieferbare Titel von Patrycja Spychalski bei cbt:

Ich würde dich so gerne küssen (30780)

Patrycja Spychalski

FERN WIE SOMMERWIND

cbt

cbt

cbt ist der Jugendbuchverlag
in der Verlagsgruppe Random House

MIX
Papier aus verantwortungsvollen Quellen
FSC® C014496

Verlagsgruppe Random House FSC® N001967
Das für dieses Buch verwendete
FSC®-zertifizierte Papier *München Super Extra*
liefert Arctic Paper Mochenwangen GmbH.

2. Auflage
Erstmals als cbt Taschenbuch Juni 2013
Gesetzt nach den Regeln der
Rechtschreibreform

Lektorat: Ivana Marinović
Umschlaggestaltung: © Kathrin Schüler,
Berlin unter Verwendung eines Motivs von
plainpicture/Maskot/Malin Karlsson/RF
jb · Herstellung: kw
Satz: Uhl + Massopust, Aalen
Druck: GGP Media GmbH, Pößneck
ISBN 978-3-570-30863-9
Printed in Germany

www.cbt-jugendbuch.de

Ich schreibe Briefe an meine Zukunft. Und jedes Mal, wenn ich sie in den Briefkasten werfe, merke ich, dass sie falsch adressiert sind …

DIESER SATZ SPUKT seit dem frühen Morgen in meinem Kopf herum. Eigentlich schon seit dem Aufwachen, da hatte ich ihn leise wiederholt, immer wieder, um ihn aus dem Traum mitzubringen. Ich stand ewig vor dem Spiegel, mit der Zahnbürste im Mund, und überlegte, wo der herkam. War das ein Zitat? Oder hatte ich mir diesen Satz irgendwann einmal ausgedacht und in eins meiner Tagebücher geschrieben? Und warum konnte ich mich nicht richtig daran erinnern?

Jetzt stehe ich am Strand, schaue den kleine Wellen zu, die über den glatten Sand schwappen, und überlege immer noch. Ich rücke das bunte Baumwolltuch zurecht, das ich mir zum Schutz gegen die Sonne um den Kopf gebunden habe. Dass man sich so schlecht an Dinge erinnert, die noch gar nicht lange zurückliegen können, finde ich wirklich quälend. Man sucht und sucht, ganz tief, in den hintersten Hirnwindungen und bekommt unterdessen Kopfschmerzen davon. Heute früh habe ich prophylaktisch zwei Paracetamol geschluckt, aber manchmal hält das nicht den ganzen Tag, und es findet sich trotzdem irgendein Grund, warum dieser stechende Schmerz, der meistens im rechten Auge beginnt, sich seinen Weg bis in den Hinterkopf bahnt.

»Das ist Migräne, Schätzchen«, sagt Mama dann immer und bringt mir kalte Kompressen, die aber kaum was helfen. Sie zieht die Jalousien runter und kocht literweise Melissentee. Sie singt leise irgendwelche Schlaflieder. Das ist nett gemeint, aber im Grunde anstrengend, denn das Einzige, was wirklich hilft, ist Ruhe. Ich habe ihr das schon oft versucht zu erklären, aber Mütter können einen offenbar nicht in Ruhe lassen, sie müssen stattdessen alle fünf Minuten nach dem Rechten sehen und fragen: »Geht's schon besser?« Irgendwann werde ich dann pampig, und sie beleidigt, und das macht die Kopfschmerzen nur noch schlimmer.

Jetzt ist Mama nicht da. Ich kann also meine Stirn vor Schmerz in Falten legen, ohne dass gleich jemand um mich herumspringt, der helfen möchte.

Ich grabe meine Zehen in den warmen Sand, der, je tiefer man kommt, immer kühler wird, und nasser, und an der Haut kleben bleibt. Ich massiere mir die Schläfen mit kleinen Kreisen, erst ganz sanft und schließlich mit mehr Druck, so lange bis der Schmerz des Druckes und der des Kopfes ungefähr gleich stark sind und sich für einen kurzen Augenblick gegenseitig aufheben. Dann hole ich aus meinem Rucksack die Halbliterflasche mit Lemon Ice Tea und trinke ein paar Schlucke, nicht zu viel, damit ich nicht gleich wieder pullern muss.

Also, was ist das mit der Zukunft und den Briefen nun? Ich muss mir den Satz merken und, wenn ich wieder zu Hause bin, alle meine Tagebücher danach durchstöbern. Wahrscheinlich kommt der wirklich von mir. Aufgeschrieben in einem Anfall von Verzweiflung, bei dem Versuch, diese schrekliche Langeweile zu vertreiben, die mich manchmal überkommt, sodass ich das Gefühl habe, daran ersticken zu müssen.

Aber jetzt bin ich erst einmal hier, weit weg von zu Hause, in diesem kleinen, kinderfreundlichen Touristenörtchen an der Ostsee, wo fast nur Familien ihren kostbaren Urlaub verbringen. Die Kinder können hier kreuz und quer über den Strand flitzen, laut sein und weinen, wegen dem Eis, das in den Sand gefallen ist, und alle nicken mitfühlend, sind verständnisvoll und lächeln sich an.

Ich habe genug Zeit, mir das Treiben in Ruhe anzuschauen, denn ich arbeite hier als Strandverkäuferin. Ich verkaufe Drachen an eben diese Kinder, die gerade erst ihr Eis verloren haben und von den Eltern, zum Trost und zur Ablenkung, mit einem bunten Drachen beschenkt werden.

Das Eis vorher hat ihnen Rocco verkauft, auch einer von uns Strandverkäufern, von denen es hier ein paar gibt. Martin und James verkaufen Popcorn. Ruth verkauft Eiskaffee. Und dann gibt es noch ein paar Typen, die verkaufen heiße Bockwürste mit Senf. Der größte Renner hier am Strand. Das verstehe ich nicht, schließlich ist es schon heiß genug, da muss man sich nicht noch heiße Würstchen antun.

Drachen zu verkaufen ist die dankbarste Aufgabe. Drachen sind schön und bunt und bringen die Kinderaugen zum Glänzen – vor allem, wenn die Väter mit der Schnur losrennen, sich halb verheddern im Windschutz anderer Badegäste, entschuldigend den Mund verziehen, beinahe stolpern und schließlich doch den Drachen in die Lüfte ziehen, so hoch, bis er sich selbst in den Wind legt und am Himmel schaukelt, hoch oben in den Wolken. Dann dürfen ihn die Kinder auch halten. Ganz ehrfürchtig sehen sie dabei aus, mit nach hinten gestrecktem Hals und offenem Mund.

Drachen sind besser als Bockwürste, ganz klar, bringen allerdings den kleineren Umsatz.

Ich bin jetzt seit sechs Tagen hier. Freitag bin ich mit dem Zug angekommen, am späten Abend. Und gleich ist mir diese unglaubliche Meeresbrise ins Gesicht geweht. Da wusste ich hundertprozentig, dass das Ganze eine grandiose Idee gewesen war.

Ich wohne bei Frau Mertens, einer älteren Dame mit einem sehr faltigen, sehr netten Gesicht. Frau Mertens hatte eine Annonce in der Zeitung aufgegeben, dass sie für die Sommersaison gerne ein Zimmer an eine junge, aufgeschlossene Frau vermieten würde. Schon am Telefon waren wir uns sympathisch, irgendwie stimmte die Chemie auf Anhieb. Sie klang überhaupt nicht wie eine alte Frau, sondern richtig fit. Trotzdem war ich etwas nervös, als ich ein paar Wochen später vor ihrer Tür stand und klingelte. Ich wartete mit meinem Rucksack auf der weiß gestrichenen Veranda, die aussah wie aus einem alten Film. Der weiße Lack blätterte ab, der Efeu rankte an den Pfosten hoch und da stand ein kleiner Tisch mit Blümchenplastikdecke und zwei Stühlen. Die ganze Situation fühlte sich plötzlich unwirklich an. Mit einem Mal fand ich die Vorstellung beunruhigend, einfach so bei jemand Fremdes zu wohnen.

Aber als Frau Mertens öffnete, wurde ich gleich mit einer Umarmung begrüßt, so als wären wir alte Bekannte. Sie trug ein apfelgrünes Kleid mit einem braunen Gürtel um die Hüften. Aus den Birkenstocksandalen lugten lackierte Zehen, dunkelrot. Auf dem Kopf trug sie einen Strohhut, an dem ein paar kleine Blümchen steckten. Eine Dame mit Sinn für Accessoires. Das gefiel mir.

»Sag doch Irmi zu mir«, hat sie freudestrahlend gerufen.

Und das war sehr nett, aber mir wurde beigebracht, Ältere zu siezen, und zu jemandem, der schon so alt ist, hatte ich noch nie Du gesagt. Irgendwie käme ich mir dabei komisch vor. Bis jetzt habe ich möglichst jede Anrede vermieden. Das Ergebnis ist, dass ich mir doppelt so albern vorkomme, aber ich hoffe, mit der Zeit wird sich schon eine Lösung dafür finden. Dann muss ich mir morgens am Frühstückstisch nicht dreimal überlegen, wie ich am besten an die Kanne Tee am anderen Tischende komme.

Den Job als Drachenverkäuferin habe ich im Internet gefunden, bei Studentenjobs. Ich bin zwar keine Studentin, aber am Telefon habe ich gesagt, dass ich vielleicht mal eine sein werde, und das fand der Mensch am anderen Ende der Leitung offenbar so charmant, dass er mir gleich zusagte, sogar ohne mich vorher zu sehen. Er gab mir die Mailadresse von einem gewissen Max, der vor Ort alles regeln würde, und bat mich, das Weitere mit ihm zu besprechen.

Max ist so um die Vierzig, hat schon einige graue Haare und scheint ein wenig genervt von seiner Aufgabe, mit den ganzen »jungen Leuten« kommunizieren zu müssen. Er nörgelt ständig herum. Seine Jogginghosen sind an den Knien unglaublich ausgebeult und überhaupt scheinen sie viel zu groß, jedesmal habe ich Angst, sie könnten ihm gleich vom Hintern rutschen.

Morgens müssen wir alle die Ware und das Wechselgeld bei Max zu Hause abholen. Abends werden die Einnahmen abgeliefert. Wir treffen uns dazu auf seiner Veranda und stehen seltsam stramm, während Max mit mürrischem Gesicht das Geld zählt. Er sieht dabei manchmal so angespannt aus, dass mir ein Stein vom Herzen fällt, wenn das ganze Prozedere durch ist und er uns endlich unseren Lohn auszahlt, nicht ohne einen blöden Spruch abzulassen. So als würde er uns einen großen Gefallen damit erweisen.

Martin und James machen immer Blödsinn hinter seinem Rücken, sie verziehen ihre Gesichter und äffen ihn nach. Ruth und ich stehen da und versuchen, uns das Grinsen zu verkneifen.

»Was gibt's da zu lachen? Der Umsatz war miserabel. Hätte ich das gewusst, hätte ich meine Oma hingeschickt!«, murrt Max dann und schnaubt vor sich hin.

Wir reißen uns dann noch kurz zusammen, brechen aber spätestens in Lachen aus, wenn wir alle bei Dario sitzen und auf unsere Pizza warten. Ich liebe Darios Pizzeria, die Küche mit dem riesigen gemauerten Steinofen ist offen, und es macht Spaß ihm zuzuschauen, wie er den Teig hoch in die Luft wirft, fast bis zur Decke. Außerdem läuft dort die ganze Zeit so schräge Musik eines lokalen Radiosenders, die bis auf die Terrasse hinaustönt.

Eigentlich sind die Abende das, worauf ich mich am

meisten freue. Es hat sich einfach so ergeben, dass wir den Feierabend gemeinsam verbringen. Normalerweise bin ich zurückhaltend, wenn es darum geht, neue Leute kennenzulernen, aber die vier sind wie ganz selbstverständlich auf mich zugekommen. Sie sind nett, sehr sogar, und ich bin nicht alleine.

Anders als bei der Arbeit. Da lege ich ewig viele Kilometer zurück und schlappe in meinen Flipflops durch den weichen Sand. Eigentlich könnte das sehr entspannend sein, hatte ich mir vorgestellt, doch mein Gehirn lässt mir keine Ruhe. Ich weiß gar nicht, woher das kommt. Manchmal frage ich mich, ob es anderen Menschen auch so geht. Unablässig drängen sich irgendwelche Gedanken in den Vordergrund. Mit immer neuen Problemstellungen.

Jetzt gerade die Sache mit der Zukunft. Mit meiner Zukunft. Was werde ich mit meinem Leben anfangen, wenn die Schule vorbei ist, in ein bisschen weniger als einem Jahr? Es gibt so unglaublich viele Möglichkeiten: Ausbildung, Au-pair in Kanada, Freiwilliges Soziales Jahr, Ausspannen, Rumhängen, Studium, Kunst, Veterinärmedizin, irgendwelche Wissenschaften, auf keinen Fall Jura. Ich könnte jobben, beim Kellnern coole Sprüche lernen, mir einen Freund anlachen, ein Drehbuch schreiben, einen Cellokurs besuchen (Cello, das schönste Instrument von allen!). Ich könnte meine Familiengeschichte aufarbeiten, eine Weltreise machen, einen Blog schreiben, mich politisch engagieren, berühmt werden, ungeahnte Abenteuer erleben.

Wo soll ich anfangen mich festzulegen?

»Wir müssen uns alle festlegen. Das Leben ist nicht nur Halligalli. Oder wie ihr eher sagen würdet: Das Leben ist kein Ponyhof. Man muss Verantwortung übernehmen. Du musst Verantwortung übernehmen! Wir sind Milliarden von Menschen auf der Welt, jetzt stell dir mal vor, alle würden nur das machen, was ihnen Spaß macht, ohne sich festzulegen … na danke schön!«

Solche Sätze sagt mein Vater manchmal und will dann von mir wissen, wie ich mir mein weiteres Leben vorstelle, zusätzlich bläut er mir ein, dass es nie zu früh sei, sich um die Altersvorsorge zu kümmern.

Altersvorsorge ist ein gruseliges Wort.

Ich bin keine Drückebergerin und auch nicht feige, und ich habe sowieso beschlossen, innerhalb der sechs Wochen Ferienjobben an diesem schönen Strand hier eine Antwort zu finden, darauf, wie ich als erwachsener Mensch durch die Welt gehen will.

Und dass mir das Kopfschmerzen bereiten würde, damit habe ich schon gerechnet und eine Großpackung Paracetamol eingepackt.

Meine Pause ist zu Ende, ich stehe auf und klopfe mir den Sand von meiner eigenhändig abgeschnittenen Jeans, die zwar schon superkurz ist, aber immer noch zu warm für diese Temperaturen. Fast dreißig Grad. An den Schultern habe ich schon am ersten Tag einen üblen Sonnenbrand bekommen, trotz Eincremen.

»Ich habe da so ein Spezial-Öl, das hilft gegen jede Strahlung«, hatte Martin mir heute früh angeboten, als er meine verbrannten Schultern sah. Martin Gelbhaar mit dem wirklich gelben Haar, locker zur Seite gekämmt, und den blau-weiß gestreiften Matrosen-Shirts. Er kommt hier aus dem Ort und ist deswegen braun gebrannt wie ein kalifornischer Surferboy. Er hat Lederbändchen um die Handgelenke hängen und eine wirklich tolle samtige Stimme. Ich bin ein großer Fan von samtigen Stimmen.

Ich lasse noch einmal den Blick über das Meer schweifen, das heute ungewöhnlich glatt ist. Dann ziehe ich weiter meine Bahnen, vom Steg, wo man die Surfbretter ausleihen kann, bis ganz hinunter, wo das Karussell mit den bunt angemalten Elefanten, Autos und Fliegern steht, und wieder zurück. Die Kinder zerren stundenlang ihre knallbunten Schwimmreifen und aufblasbaren Boote unter Kreischen ins Meer und bespringen sie. Das Wasser spritzt in alle Richtungen. Die Kinder verschlucken sich am salzigen Wasser, husten und lachen gleichzeitig, werden von ihren älteren Geschwistern an den Armen rausgezogen und von den Eltern ermahnt, nur nicht zu weit rauszuschwimmen. Unermüdlich bauen sie Burgen und schmücken sie mit Steinen und Muscheln. Es macht mir Spaß, dabei zuzuschauen. Meine Gedanken schweifen immer wieder ab, und ich kriege regelmäßig einen Schreck, wenn mich jemand anspricht. »He Fräulein! Was kostet so ein kleiner Drache?«

Die Sonne sinkt immer tiefer, bis die Funken auf dem Meer ganz warm und golden werden. Die Leute fangen an, langsam ihre Sachen zusammenzupacken. Die Handtücher und Decken werden ausgeschüttelt, der Sand rieselt leise auf den Boden zurück. Die Kinder werden eingemummelt und schauen sehnsüchtig zu den immer größer werdenden Wellen. Die Möwen spüren den Aufbruch und trauen sich näher an den Strand heran, sie laufen auf der Suche nach Essbarem hin und her und picken im Sand herum. Die Letzten kommen aus dem Wasser, schlüpfen in ihre Schuhe und schultern die Strandtaschen.

Ich drehe meine letzten Runden nicht mehr ganz so enthusiastisch wie zu Anfang des Tages, ein wenig erschöpft, doch dafür wieder ein Stück mehr gebräunt.

Bis zum Abend habe ich trotz der Windstille fast vierzig Drachen verkauft. Als klar ist, dass heute nichts mehr geht, mache ich mich auf zu Max. Die anderen sind noch nicht da.

Er drückt mir einen Fünfziger in die Hand. »Könnte mehr sein!«

Natürlich.

Es gibt einfach Menschen, die kriegen kein nettes Wort über die Lippen, nie. Max ist so einer.

Ich wende mich ab, murmele ein halbherziges »Auf Wiedersehen«. Warum soll ich eigentlich nett sein, wenn er so ein Arsch ist? Ich laufe die Verandatreppe runter auf die Straße, einfach geradeaus, ohne Ziel. Für Dario ist es noch zu früh, die anderen kommen erst in einer Stunde. Ich kaufe mir am Eisstand ein Softeis, Schoko-Vanille, kunstvoll ineinandergewunden, und setze mich damit auf die Steintreppe vor einem heruntergekommenen leer stehenden Haus. Die Füße tun mir weh. Ich wackele mit den Zehen und hoffe auf Entspannung. Vor und zurück.

Ich schaue den Familien dabei zu, wie sie vom Strand kommen, die Handtücher über die Schultern geworfen, ein wenig erschöpft und voller Vorfreude auf das Abendessen. Es gibt Familien, bei denen muss ich einfach lächeln, weil sie so sympathisch sind. Solche, die sich in die Seite kneifen und Küsse auf die Wangen drücken und ihren Kindern liebevoll zurufen, sie sollen auf dem Bürgersteig bleiben. Und dann gibt es welche, da zieht sich mein Magen vor Schmerz zusammen und in meinem Kopf läuft dann eine Endlosschleife: Lieber keine Familie als so eine …

Es liegt an der Art, wie sie sich ansehen, angenervt, so als wären sie lieber woanders als hier. Als wäre Urlaub nichts anderes als eine einzige Qual. Etwas, was man einmal im Jahr hinter sich bringen muss, weil es sich so gehört.

Aber es ist bloß ein Gefühl, nichts Konkretes. Ich kenne die Leute ja gar nicht. Vielleicht habe ich einfach eine komische Wahrnehmung. Man sollte die Menschen so sein lassen, wie sie sein wollen. Ich mag es schließlich auch nicht, wenn jemand anderes versucht, mir in mein Leben reinzureden. Mein Vater macht das besonders gerne und er weiß, wie sehr mich das ärgert, aber er sagt, dass es seine Aufgabe als Vater ist, und das sei auch nicht immer nur Spaß.

Mein Blick bleibt an einer Frau hängen, einer Mutter mit Sommersprossen im Gesicht und blauen Sandalen an den Füßen. Sie bleibt auf dem Gehweg gegenüber stehen und beugt sich zu ihrer Tochter. In der einen Hand hält sie ihren kleinen Fuß, während die andere Hand dieses Füßchen vom Sand befreit, auch zwischen den Zehen. Das Mädchen lacht und ruft, dass es kitzelt, und ihre Mutter lacht auch, bekommt kleine Fältchen um die Augen und kneift ihre Tochter in die Nase.

Kein Vater weit und breit.

Mein Blick fällt auf mein Spiegelbild im Schaufenster daneben. Ich ziehe mir das Tuch vom Kopf und löse mein braunes lockiges Haar. Wie wäre es eigentlich, wenn ich, Nora, auch mal alleinerziehende Mutter werde …

Der Wecker klingelt um 6:30. Nora dreht sich im Bett auf die andere Seite. Noch einmal einkuscheln, die Bettdecke ist so warm. Ihre Tochter Kim schläft noch tief und fest. Nora streicht ihr über das Haar und saugt den Duft von diesem kleinen warmen Körper in ihre Nase. »Wach auf, meine Kleine.«

Kim verzieht den Mund. »Ich will nicht in den Kindergarten, Mama.«

Nora steht auf und schlurft ins Bad, putzt sich die Zähne, ohne ein einziges Mal in den Spiegel zu sehen. Jetzt noch nicht, vielleicht nach dem Frühstück.

Die kleine Kim kommt hinterhergetrottet, reibt sich die Augen und setzt sich auf die Toilette.

»Mama?«

»Ja?«

»Warum haben wir keinen Papa?«

Nora verschluckt sich an der Zahnpasta.

»Wo hast du das her? Aus dem Kindergarten?« Immer kommt solches Zeug aus dem Kindergarten.

»Alle haben einen Papa. Wir haben keinen Papa. Wo ist unser Papa?«

»Dein Papa ist nicht auch mein Papa. Mein Papa ist Opa, den kennst du doch.«

»Und wo ist mein Papa?«

Nora will nicht in Tränen ausbrechen. Sie will der Kleinen auf keinen Fall die Wahrheit zumuten. Dass ihr Papa nämlich ein anstrengender Typ war, verkannter Künstler, manchmal zornig, dass er sich oft im Ton vergriff, sie manchmal angriff. Dass Nora das zu spät erkannt hatte. So spät, dass sie fast schon ein anderer Mensch geworden war. Weinerlich, empfindlich, immer müde. Depressiv. Und als sie sich einmal im Spiegel beinahe nicht erkannte, da schlug ihr Herz plötzlich bis zum Hals, und sie rannte raus auf die Straße und weinte so hemmungslos, dass sogar Passanten anhielten und sie fragten, ob alles in Ordnung sei.

Sie setzte sich in den Bus und fuhr bis zur Endstation und dann wieder zurück, die ganze Nacht lang, und während sie fuhr, fasste sie den Entschluss, von nun an alleine durch die Welt zu gehen, aber da wusste sie noch nicht, dass Kim schon unterwegs war.

Sie sagte dem verkannten Künstler nichts. War einfach weg, zog um, änderte ihre Handynummer, färbte sogar ihr Haar, um möglichst nicht erkannt zu werden. Sie trug ständig Hut und Sonnenbrille und ganz andere Kleidung als früher. Sie hatte Angst, er könnte ihr zufällig über den Weg laufen.

Sie haderte immer wieder mit sich selbst, ob sie das Kind haben wolle. Nicht dass sie noch die Wahl gehabt hätte, es war schon zu spät, um es wegzumachen. In dieser Zeit weinte Nora viel.

Und als Kim dann schließlich da war, nahm Nora ihr Baby in den Arm und ließ es einen ganzen Tag nicht mehr los. Sie weinte und lachte und manchmal tat sie beides gleichzeitig, und es war das Größte, dieses Kind geboren zu haben und am Köpfchen zu riechen und diese kleinen, winzigen Fingerchen zu halten.

Nora spült sich die Zahnpasta aus dem Mund. »Ich weiß nicht, wo dein Papa ist«, versucht sie schließlich die möglichst aufrichtige Antwort.

»Mama, du bist komisch«, meint ihre Tochter klug.

»Vielleicht schon.«

»Hm.« Kim springt von der Klobrille, drückt die Spü-

lung und verschwindet in ihr Zimmer, um ihre Puppen aus dem Bett zu holen und sie für den Tag anzuziehen.

Glücklicherweise halten sich Kinder nicht zu lange an einem Thema auf.

Nora wird dann gleich Frühstück vorbereiten, Maisbrei mit Nüssen, Rosinen und braunem Zucker. Beider Lieblingsfrühstück. Und dann, wenn sie Kim im Kindergarten abgegeben hat, wird sie in einem Café sitzen, eigentlich Anträge schreiben wollen, für Kunststipendien, aber nicht dazu kommen, weil sie sich die ganze Zeit fragen wird, welche Antwort auf die Vaterfrage für ihre wunderschöne Tochter die beste wäre, die optimalste, um sie in ihrer Entwicklung nicht zu stören.

Sie wird keine Antwort finden, denn das Sprichwort »Wer suchet, der findet« ist nicht unbedingt immer richtig.

»Hey, kleine Nora!« Rocco steht vor mir, und mir fällt fast das Eis aus der Hand, so überrumpelt bin ich.

»Hey.« Ich muss unwillkürlich lächeln. Rocco strahlt einen immer an, dass man gar nicht anders kann. Seine Hosen hängen ihm fast in den Kniekehlen, seine Basecap hat er grundsätzlich verkehrtherum auf und die Sonnenbrille darf natürlich auch nicht fehlen.

Rocco setzt sich neben mich auf die Treppe. »Mieser Tag heute?«

»Wie kommst du drauf?«

»Du siehst aus, als würde dir irgendetwas Sorgen bereiten.« Er schnippt sich Sand unter den Fingernägeln weg, dann setzt er seine Cap ab und streicht sich durch die braunen Haare.

»Ich habe nur über etwas nachgedacht. Aber ja, das kann einem schon Sorgen bereiten.«

»Willst du drüber reden?«, fragt Rocco, doch er scheint nicht wirklich interessiert.

»Eigentlich nicht. Nur so Gedankenspiele«, beruhige ich ihn.

»Ich halte ja nicht so viel von Gedankenspielen. Von Gedanken allgemein.« Rocco grinst zufrieden.

»Ach ja?«

»Diese ganze Grübelnummer und so, nee, das ist nichts für mich.« Er meint es tatsächlich ernst.

»Und was ist etwas für dich?«

»Möglichst viel Spaß haben!«

Puh.

Ich weiß auch nicht, was mich daran stört, aber meine Antwort fällt deutlich aus. »Das klingt irgendwie ziemlich blöd.«

»Finde ich nicht. Das ist doch ganz normal. Ich glaube, nur die Leute finden das nicht, die keinen Spaß haben und gerne welchen hätten. Das ist wie mit dem Geld. Es schimpfen nur die über Geld, die keins haben. Oder über Vitamin B. Beziehungen schaden nur denen, die keine haben. Und so.«

»Ich finde deine Argumentationskette etwas konfus.«

Aber in Wirklichkeit habe ich Rocco schon längst in mein Herz geschlossen. Ich glaube, er ist das, was man als »erfrischend« bezeichnen würde. Er redet, wie es ihm gerade passt, ohne sich einen Kopf darüber zu machen, ob die Leute ihn dann blöd finden oder oberflächlich oder niedlich oder harmlos oder was auch immer. Das ist durchaus beneidenswert.

Ich zerbreche mir natürlich immer den Kopf darüber, was andere von mir denken. Am schlimmsten ist es, wenn die Leute etwas von mir glauben, was gar nicht stimmt, und ich überlege dann immer fieberhaft, wie ich sie vom Gegenteil überzeugen könnte.

Das ist lästig. Sehr. Und während sich andere immer zu Neujahr vornehmen, nicht mehr zu rauchen, nicht mehr so viel Schokolade zu essen oder endlich mehr Sex zu haben, nehme ich mir jedes Mal aufs Neue vor, nicht mehr so sehr nach der Meinung anderer zu leben.

»Du hast recht. Ich hätte auch gerne Spaß. Jetzt zum Beispiel.«

Ohne ein Wort springt Rocco auf, packt mich an der Hand und zieht mich hinter sich her, die Straße runter, Richtung Wald. Wir rennen.

Irgendwann lässt Rocco meine Hand los, aber wir rennen weiter, jeder für sich, immer eine Tempostufe zu schnell. Lange werde ich das nicht durchhalten. Rocco muss immer seine Hosen hochziehen, damit er nicht drüberstolpert.

Ich spüre meine Lungen pumpen. Ein paar Stiche. Dann das wummernde Herz und schließlich die Beine, die zu Gummi werden. Mein Kopf fühlt sich an, als könne er jeden Moment explodieren. Ich habe absolut keine Kondition.

Rocco geht als Erster zu Boden. Mit einem dumpfen Aufprall landet er im weichen Moos und färbt bei dieser Gelegenheit seine Jeans grün ein.

Ich lasse mich einige Sekunden später mit einem Seufzer der Erleichterung neben ihn fallen.

»Das nennst du Spaß?« Aber schon muss ich lachen, erst leise, dann pruste ich los.

»Fühlst du das? Wie die Glückshormone durch dich durchjagen?« Rocco ist ganz stolz auf sich, so als hätte er die Glückshormone selbst erfunden, im Chemielabor hergestellt.

Und es stimmt. Ich fühle sie. Sie jagen durch meinen Körper, von unten nach oben und wieder zurück, und entladen sich endlich im hysterischen Gekicher.

Wow!

»Manchmal besser als Drogen«, keucht Rocco und streckt alle viere von sich.

Auch ich drehe mich auf den Rücken und betrachte den Himmel durch die Baumkronen hindurch, wie die Wolken vorbeiziehen, bis alles um mich herum sich zu verschieben scheint. Ich schließe die Augen. Kleine helle Punkte tanzen vor meinen Lidern. Manchmal mache ich mir Sorgen wegen dieser Punkte. Könnte doch ein Anzeichen für eine Krankheit sein. Vielleicht. Sobald ich es denke, ärgere ich mich darüber, aber ich kann nichts dagegen tun. Ich drehe meinen Kopf zur Seite und öffne ein Auge, nur ganz leicht. Roccos Nasenflügel flattern lustig, während er wieder zu Atem kommt. Er fährt sich mit der Zunge über die Lippen. Sie glänzen. Mir fällt zum ersten Mal auf, dass seine Ohren winzig klein sind.

»Rocco?«

»Hm?«

»Wie möchtest du sterben?«

»Gott! Was ist mit dir nur los!?« Rocco rümpft die Nase.

»Aber du wirst doch sterben! Wir alle. Da kann man doch mal drüber nachdenken. Und wenn du dir aussuchen könntest wie …?«

»Superheldenhaft natürlich! Während ich ein Kind aus einem brennenden Haus rette oder eine Katze. Kurz nachdem ich das Kind oder die Katze den Sanitätern übergebe, falle ich zu Boden, das Herz bleibt stehen. Ohne Schmerzen natürlich.« Er lässt diesen Superheldenfilm vor seinem inneren Auge ablaufen und grinst.

»Und wie alt bist du da?«

»Na, irgendwas mit gut über siebzig, fast achtzig, schätze ich mal.«

»Das hört sich gut an.« Ich muss grinsen, richte mich wieder auf und pflücke einen Grashalm vom Boden, den ich mir cowboymäßig in den Mund stecke und daran rumkaue. Er schmeckt bitter.

Rocco dreht sich herum und stützt seinen Kopf in die Hände. »Und du? Rück schon raus mit der Sprache.«

»Ich weiß nicht genau. Ich kann mich immer nicht entscheiden. Aber ich bin nicht älter als fünfzig.«

»Fünfzig? Meine Mutter wird bald fünfzig und die ist voll gut in Schuss! Ein flotter Feger.«

»Ja. Das ist es doch! Besser gut in Schuss, als so ’ne klapprige, verschrumpelte, nach komischem Puder riechende alte Schachtel. Nee. Ehrlich. So eine, die die Treppe in den zweiten Stock nicht mehr alleine schafft, stöhnt und schnauft, und die Nachbarn verdrehen die Augen, wenn sie ihr die Tomaten im Treppenhaus aufsammeln müssen, weil die Tüte ihr aus der Hand gefallen ist.«

»Du hast schon eine mittelmäßige Macke. Das weißt du hoffentlich.« Rocco schüttelt den Kopf.

Ja, es sind möglicherweise komische Gedanken. Ein bisschen düster vielleicht. Aber was kann ich schon dafür, wenn die plötzlich kommen? Den Gedankenausschaltknopf hat noch keiner erfunden, was eigentlich komisch ist, weil die Menschen schon so viel erfunden haben, und auch so viel Unnützes … wäre also durchaus mal Zeit für den Ausschaltknopf.

»Komm, gehen wir zu Dario, vielleicht bringt dich das auf andere Gedanken.« Rocco reicht mir seine Hand und zieht mich mit einem übertriebenen Ächzen aus dem Moos, das so ein wunderbares Kissen abgegeben hat. »Vielleicht werden wir auch gar nicht sterben!«, prahlt Rocco. »Bis dahin, ich meine, bis wir alt sind, kann noch einiges passieren. Die Wissenschaft macht unglaubliche Fortschritte!«

»Ist das dein Ernst?«

»Ist mir egal! Ehrlich. Ich lass das alles ganz entspannt auf mich zukommen.« Rocco macht mit der Hand eine geschmeidige Wellenbewegung.

Verrückter Junge, denke ich mir, und mag ihn trotzdem noch mehr als zuvor.

Bei Dario sitzen sie schon alle auf der Terrasse. Ruth, Martin und James und ein paar von den Bockwurstjungs, doch die sitzen an einem anderen Tisch. Gott sei Dank!

Trotzdem hält sie das nicht davon ab, über die Tische zu grölen: »Ajajaj, was sehe ich da, ein verliebtes Ehepaar.«

»Gott, wie alt seid ihr? Acht?« Rocco schlägt sich mit der flachen Hand gegen die Stirn und hüpft dann in James-Dean-Manier über die Rücklehne der Bank auf den Sitz. Die Bockwurstjungs glotzen und rollen mit den Augen und geben irgendwelche ekligen Laute von sich.

Ich bestelle am Ausgabefenster eine große Pizza Hawaii und eine Flasche Cola mit zwei Gläsern für Rocco und mich. Die anderen sind schon versorgt. Dario schüttelt verzweifelt den Kopf, wobei seine supergegelten, glänzenden Haare keinen Millimeter nachgeben. Er kann nicht verstehen, wie man sich ernsthaft Ananas auf die Pizza wünschen kann, aber ich glaube, er hat mittlerweile resigniert. Ich strecke ihm den Daumen entgegen, als Zeichen meiner großen Dankbarkeit, dass er mir trotzdem und gegen seine Überzeugung Ananasscheiben auf die Pizza legt, und er zwinkert mir zu.

Als ich an den Tisch komme, lächelt Ruth mir zu, so ein Lächeln, als wären wir beide Verbündete. Und irgendwie sind wir es ja auch, als einzige Mädchen in diesem Jungshaufen.

Ich setze mich auf den freien Platz zwische Martin und James. James schaut kurz von seinem iPhone auf, hebt die Hand und grüßt mit einem knappen »Hi«, um sich sofort wieder seinem Display zuzuwenden. Ich nehme es nicht persönlich. James ist supernett, er spricht einfach nur selten, aber wenn, dann bringt er die Sachen meist auf den Punkt. Ich glaube nicht, dass er desinteressiert ist, er scheint nur viele wichtige Aufgaben im World Wide Web zu haben.

Martin rückt zu mir ran und holt ein kleines Fläschchen mit einer grünlichen Flüssigkeit aus dem Rucksack und reicht es mir. »Gegen deinen Sonnenbrand!« Er schaut mitleidig auf meine Schultern.

»Danke«, murmele ich und öffne umständlich den Verschluss.

»Hundertpro wirksam. Warte, ich helfe dir.« Martin nimmt mir mit einem Lächeln das Fläschen aus der Hand und gießt ein paar Tropfen auf meine Schultern. Sie fühlen sich kalt an wie kleine Eisperlen. Er verreibt sie ganz vorsichtig. Ich bin etwas verlegen, weil Martin mir vor allen anderen die Schultern massiert. Rocco zwinkert schon so blöd, aber irgendwie genieße ich es.

»Riecht vielleicht ein bisschen merkwürdig, aber ich sage dir, morgen ist alles tipptopp.« Martin verschließt zufrieden die kleine Flasche und trocknet sich die Hände an einer Serviette ab.

Ich lächle dankbar und spüre dabei noch immer seine warmen Hände auf meiner Haut.

Dann kommt Dario mit der Pizza. Er bedient uns immer persönlich, weil er sagt, dass wir ja quasi Kollegen sind. Strandarbeiter. Dabei lässt er immer wieder coole italienische Sprüche ab, wobei ich mir gar nicht sicher bin, ob er Italiener ist oder nur so tut, weil es zu einer guten Pizza dazugehört.

Ich bin halb ausgehungert, als ich mir ein Stück Hawaii vom Teller schnappe und hineinbeiße. Während ich kaue, schaue ich mich selig am Tisch um. Ich bin total gerührt. Martin, Rocco, Ruth, James. Lauter liebe Leute um mich herum. Ich habe wirklich Glück gehabt.

Es könnte perfekt sein, wenn die Bockwurstjungs nebenan nicht so nerven würden. Sie rufen blödes Zeug und pfeifen Mädchen hinterher. Ganz dämlich. Aber zwei Mädchen steigen tatsächlich darauf ein und setzen sich an deren Tisch.

»Hey ihr Ökos! So macht man das!«, brüllt der eine in unsere Richtung.

»Vollidioten«, sagt Ruth, aber nicht so laut, dass sie es hören. Ich nicke, habe aber auch keine Lust auf einen Streit. Das sind die mit Sicherheit nicht wert. Solche Typen gibt es überall um einen herum. Zu Tausenden.

»Die sollen mal abhauen, nach Vollidiotenhausen«, kichert sie in sich hinein, ganz erfreut über diese Vorstellung. Ruth mit ihren großen grünen Augen und dem roten Schimmer in Haar. Wahrscheinlich ist sie früher immer als Pippi Langstrumpf zum Fasching gegangen, ohne sich groß verkleiden zu müssen.

Ich lächele ihr bestätigend zu. Vielleicht sollten wir mal zusammen um die Häuser ziehen. Das könnte nett werden, irgendwie scheint sie auch ein bisschen schräg. Und schräg ist gut.

»Ich würde sie gar nicht beachten. Die sind nicht ganz dicht«, bemerkt Martin.

»Kennst du die etwa?«, fragt Ruth.

»Die sind hier aus der Gegend. Wir gehen zusammen zur Schule.« Martin schaut zu dem Tisch der Jungs und verzieht das Gesicht.

»Hey, Martin! Was hängst du eigentlich mit diesen Losern rum? Bist du etwa auch einer?«

»Ja, Maik, genau, ich bin auch einer!« Er schüttelt den Kopf.

Die Jungs lachen und klopfen sich auf ihre Schenkel, als hätten sie weiß Gott was für einen guten Witz gerissen.

»Warum verkaufst du nicht auch Würste? Das ist doch das Privileg der Einheimischen.« Ich schaue zwischen Martin und den Jungs hin und her. Aber eigentlich erklärt es sich von selbst. Wenn man nämlich Martin mit dem Rest der Jungs vergleicht, dann passt das nicht zusammen. Was genau es ist, kann ich nicht sagen. Die Kleidung vielleicht, die Frisur, aber es sind vor allem die Augen. Die von Martin sind ganz klar und offen. Die von den Jungs wirken stumpf, gelangweilt und irgendwie lüstern.

»Ich bin Vegetarier. Deshalb verkaufe ich keine Wurst«, antwortet Martin.

Auch das noch!

Ein weiterer Außenseiterpunkt in der Bockwurstgemeinschaft.

»Die sind schon ganz okay, einzeln für sich, unter vier Augen oder wenn sie was von einem brauchen. Aber in der Horde drehen sie auf. Das ist halt so.« Martin dreht ihnen den Rücken zu.

»Dämliches Mackergehabe ist das. Du brauchst die nicht zu verteidigen«, meint Rocco und wirft noch einen bösen Blick zu ihrem Tisch.

»Kriegt euch ein. Wir können uns doch nicht den ganzen Abend mit diesen Typen beschäftigen. Kennt nicht jemand einen Witz oder so?« Ruth schaut erwartungsvoll zu Martin und Rocco, aber die stopfen sich lieber ihre Münder mit Essen voll.

Nachdem die Pizzateller leer sind, liegt uns das Essen im Magen. Wir sind alle müde von acht Stunden Arbeit an der frischen Luft. Eigentlich wollten wir mal zusammen ausgehen, aber jetzt ist niemandem mehr nach Feiern zumute, sondern eher nach einem kuscheligen Bett unterm Moskitonetz. Also verschieben wir den ursprünglich geplanten Dorfdiscobesuch auf einen der nächsten Tage.

Dario winkt uns zum Abschied mit seinen mehligen Händen zu: »Ciao, ragazzi!« Er scheint keinen Feierabend zu haben. Immer wenn ich an der Pizzeria vorbeilaufe, sehe ich ihn vor dem Ofen stehen. Meistens lächelt er, nur ganz selten sieht man, dass er sich erschöpft mit der Hand über das Gesicht fährt.

Wir schlendern noch ein bisschen die Fußgängerzone entlang, sind aber nicht mehr besonders gesprächig. Ich spüre, dass meine Wangen gerötet sind, und kann schon nicht mehr unterscheiden, ob es von der frischen Luft kommt oder ob es ein neuer Sonnenbrand ist. Glücklicherweise habe ich jetzt Martins Wunderöl.

Zuerst verabschiedet sich Rocco mit wilden Handbewegungen, dann Ruth mit einem dezenten Winken und schließlich muss auch ich in die Straße einbiegen, wo das Haus von Frau Mertens steht.

»Also dann, Martin und James… Mensch, ihr solltet mal eine Band gründen. Martin&James. Guter Name.« Ich hebe meine Hand zum Abschied und die Jungs lächeln.

Und während James wieder auf sein iPhone schaut, um am Navi irgendwas umzustellen, bleibt Martin noch einen kurzen Moment stehen und sieht mich an – sieht mir auch noch nach, als ich schon davongehe, das kann ich ganz deutlich fühlen, traue mich aber nicht, mich noch einmal umzudrehen.

Frau Mertens sitzt auf ihrer Veranda, in eine Decke gewickelt. Eine alte Gaslampe spendet Licht und zieht Motten und Mücken an.

»So lange lässt euch dieser Chef ackern?« Sie schaut besorgt von ihrem Buch auf.

Ich setze mich auf die Treppenstufen und lasse zur Entspannung meine Füße noch einmal kreisen. »Nein, wir waren noch etwas essen.«

»Hast du Freunde gefunden, Liebes?« Frau Mertens lächelt erfreut.

Dieses »Liebes« ist für mich wie Balsam auf der Seele.

Warum ist das so? Warum sehne ich mich so sehr nach liebevollen Wörtern oder Berührungen? Als Martin vorhin meine Schultern eingerieben hat, schossen kleine Wärmeblitze durch meinen Körper. Am liebsten hätte ich mich bei Martin angelehnt, eingekuschelt, vergraben, aber das hätte natürlich etwas seltsam gewirkt.

Ich setze mich noch zwei Stufen höher, näher an Frau Mertens ran und schaue ihr direkt ins Gesicht. Ihr Lächeln färbt sofort auf mich ab.

»Ja, ich schätze, ich habe Freunde gefunden. Und Sie? Hatten Sie einen schönen Tag?«

»Was soll dieses Sie eigentlich? Ich habe dir doch schon gesagt, ich heiße Irmi.«

»Ja.« Ich senke schuldbewusst den Kopf.

»Sag es. Sag Irmi«, fordert Frau Mertens mich auf und sieht mich dabei mit hochgezogenen Augebrauen an.

»Irmi«, sage ich und strahle über das ganze Gesicht, weil Irmi so ein unglaublich süßer Name ist, dass ich gar nicht anders kann.

»Na bitte!« Sie klatscht in die Hände und streicht sich dann die Decke auf den Knien glatt.

Ich nutzte den Augenblick, um mir ihr Gesicht näher anzusehen und versuche mir vorzustellen, wie Irmi als junge Frau aussah und wie viel von dieser jungen Irmi noch in der alten steckt. Ich habe vor ein paar Jahren, als meine Oma starb, beim Sortieren von Kisten alte Fotos gefunden. Als ich Mama fragte, wer das auf den Fotos sei, sagte sie mir, dass es Oma wäre. Ich nahm die Fotos mit nach Hause, sah sie mir immer wieder an, sogar mit der Lupe, aber ich konnte beim besten Willen nicht das Gesicht meiner Oma darin wiedererkennen.

Der Gedanke, dass ein Mensch sich im Laufe seines Lebens so sehr verändert, machte mir damals Angst, und tut es eigentlich heute noch.

Irmi hat ein unglaublich freundliches Gesicht. Alle ihre Falten sind nach oben gezogen, als ob sie lächeln. Genauso strahlen ihre Augen, hellblau, wie das Wasser der Ostsee. Ihr dickes Haar ist silbrig grau, fast weiß, und immer zu einem Dutt zusammengebunden. Außer sie trägt einen Hut, dann lässt sie es auch mal offen.

»Trinkst du noch einen Tee mit mir, Liebes?« Irmi beugt sich vor und tastet nach der Teekanne, um zu prüfen, ob noch warmer Tee drin ist.

»Gerne«, antworte ich und hole mir rasch eine Tasse aus der Küche, eine kleine, aus Porzellan, mit rotem Blumenmuster. Die Wohnung von Irmi ist voll von solch hübschen Dingen, wie in einer Puppenstube. Über Jahre gesammelt.

Dann sitzen wir da, Irmi und ich, nippen an unserem Kräutertee und sehen dem Himmel dabei zu, wie er immer dunkler wird und wie immer mehr Sterne zum Vorschein kommen, die kleinen Lichter der Nacht. Einzelne Touristen sind noch unterwegs auf der Straße, zu einem letzten Spaziergang oder auf dem Weg in die Disco.

Irmi und ich reden nicht viel, nur so kleine Sachen wie »Ach, diese Mücken sind besonders lästig in diesem Jahr!« oder »Doch noch ganz schön kühl so spät am Abend.«

Aber es ist eine schöne Situation, ein wohliges Gefühl, hier auf der Veranda, eingemummelt in warme Decken, uns an die Teetassen klammernd. Aus dem Garten hört man Grillen zirpen. Alles ist so friedlich. Ich bin friedlich, angenehm erschöpft, dass es in den Fingerspitzen kribbelt.

Und schließlich fallen mir die Augen zu, weshalb ich mich entschließe, endlich ins Bett zu verschwinden.

»Gute Nacht, Irmi.«

»Gute Nacht, Liebes.« Sie greift nach meiner Hand und drückt sie fest. Ihre raue Haut legt sich warm um meine Finger. Nachdem ich die Tasse in die Spüle gestellt habe, sauge ich noch mal den Duft des Hauses in mich auf. Zimt, frische Kräuter, feuchte Erde, Weichspüler. Irgendetwas daran erinnert mich an meine Kindheit, aber ich kann nicht ausmachen, was genau es ist.

Völlig erschöpft falle ich ins Bett. In einen tiefen, traumlosen Schlaf.

ALS ICH AM NÄCHSTEN TAG schon wieder vier Stunden über den Strand gelaufen bin, aber kaum Drachen verkauft habe, kommt Ruth winkend und mit wehendem Haar angelaufen und gesellt sich zu mir. »Hey, Nora! Gehen wir ein Stück zusammen?«, fragt sie fast etwas schüchtern und fummelt umständlich an ihrer Kühlbox und ihrem Rock herum, die ihr vom schnellen Laufen ganz verrutscht sind.

Irgendetwas hat sie auf dem Herzen.

»Gerne. Vielleicht können wir ein Eiskaffee- und Drachenangebot machen, beides zum Preis von eindreiviertel oder so.« Ich freue mich sehr, dass sie mich begleiten will.

»Ich glaube, dann wird Max uns köpfen, oder Schlimmeres noch. Eigentlich dürften wir nicht mal zusammen hier unterwegs sein.« Sie sieht sich hektisch um, ob wir nicht vielleicht beobachtet werden.

»Der ist ein ganz schöner Halsabschneider.« Ich ziehe eine Grimasse und versuche Max' mürrischen Gesichtsausdruck nachzuahmen.

»Ein bierbäuchiger Möchtegern-Diktator ist der«, setzt Ruth noch einen drauf.

»Ein müffeliger, schlecht gelaunter Blödmann.«

»Ein grunzender Saftsack!«

»Ein sabbernder Volltrottel!«

»Ein gehirnloser Oberhonk!«

Das tut gut. Wir lächeln einvernehmlich noch eine Weile vor uns hin.

Dann müssen wir kurz stehen bleiben, weil Ruth drei Eiskaffee verkaufen darf und ich sogar mal einen Drachen, für ein kleines lockiges Mädchen mit riesigen blauen Augen und Sommersprossen auf der Nase. Sie reicht mir aus ihrer schwitzigen Hand die Münzen und wartet brav, bis ich sie nachgezählt habe. »Ist okay.« Ich zwinkere ihr zu. Stolz schaut sie zu Mama und Papa, die ihre Tochter anlächeln und sich wahrscheinlich wundern, wie selbstständig die Kleine doch schon ist.

Als wir beide wieder unterwegs sind und uns die Füße vom Wasser umspülen lassen, nimmt Ruth ihren ganzen Mut zusammen und fragt: »Sag mal, du und Rocco, seid ihr … Also habt ihr … ich meine …«

Ich sehe sie irritiert an und runzele die Stirn. »Haben wir was?«

»Du weißt schon. Was miteinander laufen?« Ruth bereut sofort, dass sie davon angefangen hat, das sehe ich ihr ganz deutlich an.

»Nein«, lache ich, um die Situation wieder zu entspannen. »Wie kommst du darauf?«

»Na, weil ihr … du und er … gestern zusammen … Ach, ich bin albern!« Sie bleibt stehen und bedeckt ihr Gesicht mit den Händen.

Ich fasse sie an den Schultern und schüttle sie leicht. »Hey, wir sind uns gestern zufällig begegnet und dann durch den Wald gerannt, wegen der Glückshormone, aber mehr auch nicht. Wirklich.« Ich verstehe schon, worum es Ruth geht. Sie mag Rocco, und dass ich gestern mit ihm bei Dario aufgetaucht bin, muss sie ziemlich aus der Bahn geworfen haben.

»Ich bin nicht verliebt oder so, aber wenn ich es gerne wäre, dann wäre Rocco ...« Sie wird knallrot.

»Ist schon okay.« Ich lächele sie an und streiche ihr über den Arm.

Ich hätte gar nichts dagegen, mich zu verlieben, nur tatsächlich nicht in Rocco, obwohl er wirklich süß ist, sogar sehr gut aussieht. Aber wenn, dann hätte es schon gefunkt, gestern im Wald. Hat es aber nicht. Es tut mir leid, dass Ruth sich wahrscheinlich die ganze Nacht den Kopf darüber zerbrochen hat.

»Hey, haben wir uns nicht eine Pause verdient?« Ich lasse mich in den Sand fallen und packe meine Sandwiches aus. Irmi hat mir doch tatsächlich eine Brotbüchse gefüllt. Zwei Mohrrüben, ein halber Apfel, superweiche Toastscheiben, belegt mit Käse und Salat. So etwas hatte ich zum letzten Mal im Kindergarten mitgehabt.

Ruth spendiert aus ihrer Kühltruhe zwei Eiskaffee, ich gebe ihr eine Hälfte vom Sandwich ab.

»Das ist irgendwie doch ein cooler Job.« Ich lehne mich zurück, lege mich auf den Dünensand. Denn obwohl die Arbeit anstrengend ist, macht das Rauschen der Wellen alles wieder wett.

Die Sandwiches schmecken unglaublich lecker, ein bisschen aufgeweicht, ein wenig matschig, genau richtig.

Wir essen schweigend und beobachten die Menschen im Meer.

Etwas weiter weg bemerke ich zwei Frauen, die sich im Wasser sehr nahe kommen. Sie streichen sich über ihre Gesichter und Schultern und schließlich küssen sie sich. Ganz zart und vorsichtig drücken sie ihre Oberkörper aneinander. Ich schaue weg, ein wenig irritiert, und dann muss ich doch schnell wieder hinsehen, möglichst unauffällig. Ich tue so, als würde ich den Ausflugsschiffen am Horizont nachschauen, damit Ruth mich nicht für eine Spannerin hält, aber in Wirklichkeit schiele ich zu den beiden verliebten Frauen. Irgendwie macht mich das nervös.

Es sind zwei wirklich schöne Frauen, die nassen Haarsträhnen fallen ihnen ins Gesicht, die gebräunte Haut glänzt golden.

Ich spüre ein seltsames Kribbeln im Bauch …

»Guten Morgen«, flüstert Katja Nora ins Ohr. »Der Wecker hat schon dreimal geklingelt.« Katjas Atem ist warm und riecht nach Zahnpasta.

Nora schlägt die Augen auf und sieht Katja dabei zu, wie sie im Zimmer auf und ab läuft, nach ihren Strumpfhosen greift und sich in den Sessel plumpsen lässt. Katja ist klein und schlank und sieht eigentlich noch aus wie ein Mädchen in ihren gepunkteten Kleidern. Ein zartes, fröhliches Mädchen, das Bilder malt und deshalb immer farbverschmierte Finger hat.

Die beiden haben sich auf einer Ausstellungseröffnung kennengelernt. Ein Freund von Nora hatte die beiden miteinander bekannt gemacht. Es war so eine Kunstveranstal-

tung mit einem Hauch von Underground, bassiger Musik und neonfarbenen Drinks.

»Welche sind deine Bilder?«, hatte Nora gefragt, und Katja führte sie durch das Fabrikgebäude die wackeligen Stufen hinauf und hinunter, unzählige verschachtelte Räume, alle heruntergekommen, voller Schutt und Spinnweben. Sie unterhielten sich über Bilder und Musik, Bücher und Serien und auch über amerikanische Kuchenspezialitäten. Nora meinte, sie würde sich am liebsten in Schokoladenmuffins reinlegen, Katja in Cookies.

Sie tauschten Nummern aus, ganz unverbindlich, obwohl Nora schon dämmerte, dass da etwas mehr war. Es fühlte sich ungewohnt an.

Sie trafen sich ein paar Tage später auf einen Kaffee.

Die Vertrautheit des Ausstellungsabends war einer seltsamen Unsicherheit gewichen.

Sowohl Nora als auch Katja taten sich schwer, das Gespräch am Laufen zu halten. Nicht deshalb, weil sie sich nichts zu sagen hatten, sondern weil diese Spannung zwischen ihnen so unvorbereitet kam. Sie lächelten ein paar Mal verlegen. Nora erwischte sich sogar dabei, wie sie an ihren Nägeln knabberte.

Als Katja dann mit ihrer Hand zufällig Noras Oberschenkel streifte, wurde Nora warm und kalt und wieder warm, und das machte sie ganz fahrig, sodass sie schließlich versehentlich den Kuchenteller vom Tisch wischte. Unglücklich entschuldigte sie sich bei der Bedienung und fragte Katja, ob sie woanders hingehen könnten.

Sie gingen zu Katja und hörten Musik, französischen Pop, tranken schwarzen Tee mit viel Zucker, und schließlich nahm Katja Noras Gesicht in ihre Hände und küsste sie.

»Das war schön«, sagte Nora, obwohl sie das gar nicht sagen wollte, es kam ganz von alleine aus ihrem Mund. Katja lächelte bloß und küsste sie wieder und fuhr ganz sanft mit der Hand über ihre Brust.

Sie trafen sich von da an mehrmals in der Woche, liefen gemeinsam durch die Stadt und verbrachten die Abende in Cafés und Bars, bei Livemusik und weißem Wein.

Kurz vor Weihnachten wurde es kompliziert.

Mama wollte nicht feiern.

»Ich habe gar nichts gegen Lesben, wirklich nicht, nichts gegen Homosexuelle. Mein Gott, wir haben einen schwulen Bürgermeister, und das finde ich wirklich toll! Den wähle ich. Das weißt du. Du darfst das nicht falsch verstehen, nur … ich dachte, als Nächstes in meinem Leben, nun als Nächstes wäre an der Reihe, dass ich Oma werde. Ich sehe nicht aus wie eine, aber ich wäre eine flotte Oma. Ich hatte mich schon darauf gefreut, wirklich. Und jetzt das. Katja ist nett. Keine Frage. Aber mir ist nicht so nach gemeinsam Weihnachten feiern, Familienidyll und dem Ganzen. Ich werde mit Sigi in den Winterurlaub fliegen.

Das war ein Schlag ins Gesicht. Ob lesbisch oder nicht, Kinder hätte Nora sowieso nicht bekommen wollen. Ihre Mutter konnte das nicht wissen, weil sie nur selten miteinander redeten, also wirklich redeten, über Gefühle und Träume und solche Sachen.

Also feiern Katja und Nora heute allein.

»Willst du nicht aufstehen?«, fragt Katja und klettert zu Nora ins Bett, küsst sie auf die Haare und nimmt sie in den Arm.

Sie riecht so wunderbar nach Jasmin. Wie macht sie das, so ganz ohne Parfüm?

Sie werden gleich den Weihnachtsbaum kaufen fahren, bei einem Bauern im Umland, und von dort auch noch Gemüse mitbringen für den Weihnachtseintopf mit Zimt.

Nora hat für Katja zwei Karten für einen französischen Songwriter besorgt und wird sie heute Abend unter den Baum legen. Und Katja hat mit Sicherheit ein Bild für Nora gemalt, irgendeins mit Brüsten. Nora liebt diese Bilder. Und neuerdings auch Brüste.

Kurz vor Mitternacht wird Mama eine SMS schicken: »Fröhliche Feiertage. Vielleicht feiern wir die nächsten zusammen.«

Vielleicht. Wer weiß das schon.

»Hey, wir sollten weitermachen, bevor der fiese Max uns noch feuert.« Ruth verstaut die Sprühsahne in ihrer Kühltruhe.

Ich folge den beiden Frauen noch einen Moment mit meinem Blick, wie sie aus dem Wasser steigen und zu ihren Handtüchern laufen, sich gegenseitig beim Abtrocknen helfen, sich ansehen und lachen.

Ich seufze und erhebe mich unwillig, es war gerade so gemütlich. Aber es hilft nichts, wir laufen weiter über den Strand, drehen unsere Runden, weichen rennenden Kindern aus oder älteren Menschen mit ganz vielen Krampfadern an den Beinen.

»Soll ich für dich herausfinden, was Rocco von dir hält?«, schlage ich Ruth vor. Ich fühle mich etwas schuldig und würde ihr gerne das schlechte Gefühl nehmen.

»Nein! Ja! Also, ich weiß nicht. Er kennt mich ja gar nicht.« Ruth ist total aufgeregt.

»Nur so, der erste Eindruck«, beruhige ich sie.

»Ich weiß nicht, der erste Eindruck kann doch auch täuschen … Also, ich habe schon oft gehört, dass der erste Eindruck ganz anders war als der zweite. Die Frauenzeitschriften sagen einem zwar etwas anderes – ich weiß nicht, warum sie das tun, verkauft sich vielleicht besser so ein einfaches Konzept – aber ich glaube im echten Leben … Ach, ehrlich, das macht mich jetzt irgendwie ganz verrückt!«

»Ist schon okay, Ruth!«

»Du hältst mich für kompliziert? Ich bin nicht kompliziert!«

»Wir sind doch alle kompliziert.« Und das stimmt ja auch. Jeder trägt so sein Päckchen mit durchs Leben. Manche akzeptieren ihr Päckchen, die anderen ignorieren es, und ich habe so viele Päckchen, dass ich gar nicht weiß, an welcher Baustelle ich zuerst anfangen soll.

»Oh Gott! So wird das nie was!«

»Was?«

»Das mit den Männern!« Sie seufzt verzweifelt.

»Wir atmen erst mal schön durch, okay. Es wird sich schon eine Lösung finden.« Ich weiß nicht, ob ich da nicht zu viel verspreche. Was weiß ich schon von Männern? So gut wie gar nichts! Nicht die beste Voraussetzung, um mich hier als Kupplerin aufzuführen.

Wir laufen weiter und unterhalten uns über alles Mögliche. Mit Ruth zu reden, ist wirklich unkompliziert, und die Zeit vergeht schnell. Gegen Nachmittag, als die schlimmste Hitze nachgelassen hat, verkauft es sich auch wieder besser. Die Leute können sich wieder bewegen, aus ihren Strandmuscheln kriechen, die Handtücher vom Kopf nehmen, sich einen Kaffee gönnen und ihren Kindern einen Drachen, wo man schon mal dabei ist.

»Wir sollten das öfter machen. Zusammen verkaufen«, schlage ich vor. Und als die Uhrzeiger endlich den heiß ersehnten Feierabend anzeigen, umarme ich Ruth zum Abschied und sage ihr Bescheid, dass ich diesen Abend nicht zu Dario gehen werde.

Stattdessen möchte ich mir das kleine Badeörtchen hier genauer ansehen. Bisher war ich immer nur auf derselben Straße unterwegs, mehrmals am Tag, rauf und runter, und einmal der kurze Ausflug in den Wald mit Rocco, aber sonst kenne ich hier nichts. Außerdem möchte ich den ersten Schwung Postkarten nach Hause schreiben und verschicken. An Mama, an Papa und seine komische Freundin, anstandshalber, an meine Freundin Jana, die mit ihren Eltern in die Berge fahren musste. In die Berge! Bei dieser Hitze! Ich denke auch kurz darüber nach, eine Postkarte an Ben zu schicken, meinen Exfreund, nur damit er sieht, dass es mir gut geht. Blöderweise ist das immer noch wichtig für mich, obwohl ich ganz genau weiß, dass es das nicht sein sollte. Ihm ist es wahrscheinlich völlig egal. Soweit ich gehört habe, reist er gerade in der Weltgeschichte rum, wie immer auf der Suche nach dem maximalen Abenteuer. Unsere kurze Beziehung war es jedenfalls nicht. Ich sollte keine Postkarte schicken, das wäre definitiv albern.

Nachdem ich bei Max die Drachen abgegeben habe, treffe ich auf der Straße einen von den Bockwurstjungs. Den mit dem roten Gesicht. Ich senke schnell meinen Blick und laufe an ihm vorbei, aber da ruft er mir schon hinterher: »He, du!«

Ich drehe mich um, und er kommt mir entgegen, mit so

einem schiefen Lächeln. Sein Gang hat etwas möchtegerngangsterhaftes, als ob er es stundenlang vor dem Spiegel geübt hätte. Er war mir von Anfang an unsympathisch, noch bevor die Würstchenjungs angefangen haben, Rocco aufzuziehen.

»Du und deine Freundin … ich wollte, nein wir, wir wollten euch sagen, wenn ihr keine Lust mehr habt, die ganze Zeit mit diesen Oberlosern rumzuhängen, dann könnt ihr gerne an unserem Tisch Platz nehmen. Wir würden uns gut um euch kümmern.« Er leckt sich mit seiner Zunge über die Lippen.

Ich hebe meine Augenbrauen und lasse im Schnelldurchlauf all die guten Filmsprüche durch meinen Kopf schießen. »Sag mal, wurdest du eigentlich wirklich schon so geboren? Gleich mit dem Idiotengen?«

Volltreffer!

Ich kann kaum glauben, dass ich das wirklich gesagt habe. Ein wenig schäme ich mich auch gleich und erröte, was den Spruch dann wieder nur halb so gut macht.

Aber der Typ guckt trotzdem blöd, so lange, bis ihm auch endlich was einfällt. »Das wirst du bereuen!« Er deutet mit dem Zeigefinger auf mich, fuchtelt damit vor meinem Gesicht herum.

Ich lasse ihn stehen, was soll ich da noch sagen? Als ich schon weiter weg bin, höre ich ihn immer noch fluchen.

Vielleicht ist das wirklich eine gute Option, das mit dem lesbisch werden. Typen benehmen sich nämlich definitiv oft wie totale Arschlöcher. Meinen, dass man ihre dämlichen Anmachen mag, ihre ekligen Zungen auf den Lippen toll findet, und wenn man nicht drauf anspringt, fühlen sie sich in ihrer Ehre verletzt und werden wütend. Das muss man sich ja wohl nicht geben. Ich kann mir nicht vorstellen, dass Frauen zueinander so sind.

Irmi hat Abendessen gekocht. Fenchelgemüse und rote Linsen auf Kokosöl angebraten. Dazu gegrilltes Hähnchen aus dem Ofen mit Käse überbacken.

»Und jetzt erzählst du mir ein bisschen von dir«, fordert sie mich auf, während sie mir das Fleisch auf den Teller legt. Sie hat eine blaue Schürze mit ganz vielen Rüschen umgebunden, die bei jeder Bewegung mitwippen.

Ich weiß nicht genau, was Irmi damit meint, dass ich von mir erzählen soll. Hobbies? Lieblingsfarbe? Was ich später mal werden will? All diese Sachen, die man jahrelang in irgendwelche Freundschaftsbücher reingeschrieben hat?

Oder soll ich Irmi ein Geheimnis anvertrauen? Wem, wenn nicht ihr? Hier würde es sicher aufgehoben sein.

»Ich bin ein großer Fan von ausgedachten Figuren«, platzt es aus mir raus, noch ehe ich überlegen kann, ob es wirklich eine gute Idee ist.

Irmi sieht mich fragend an und setzt sich mir gegenüber an den Tisch.

»Also Figuren aus Filmen oder Serien oder Büchern, manchmal auch Liedern«, erkläre ich. »Ich habe wirklich schon viele Filme gesehen, Tausende, und etliche Bücher gelesen, und Musik höre ich sowieso ständig. Und dann, wenn mir eine Figur besonders gefällt, nehme ich sie mir und erfinde weitere Geschichten für sie. Ich lege dann ein richtiges Profil für sie an, ich habe ein extra Buch dafür. Und manchmal, wenn ich dann mit Leuten spreche, stelle ich mir vor, wie es wäre, wenn statt mir die Figur jetzt mit ihnen sprechen würde, oder wie sie einen Witz erzählen würde. Na, solche Sachen eben.«

»Scheint mir ein aufwendiges Hobby.« Irmi lächelt verschmitzt.

»Das ist eigentlich kein richtiges Hobby. Das passiert dann einfach. Also, ich kann fast nichts dagegen machen. Wenn sich eine Figur in meinem Kopf eingenistet hat, dann kriege ich sie nicht mehr raus. Am Anfang fand ich das total nervig, lästig irgendwie. Aber dann habe ich mit diesem Profilbuch angefangen und darin kann ich sie ganz gut ablegen sozusagen.« Ich hole Luft und denke noch mal kurz darüber nach, was ich da gerade gesagt habe. »Klingt das komisch?«

»Ich weiß nicht«, sagt Irmi. »Was denkst du denn? Klingt das für dich komisch?«

»Eigentlich nicht.«

Aber wenn ich noch ein bisschen länger darüber nachdenke, muss ich zugeben, dass mir damit schon öfters komische Sachen passieren. Nämlich solche, dass ich mir manchmal zu Hause Musik anmache und mich schminke und mich dann mit einer Zigarette ans Fenster stelle, die ich für solche Anlässe in der Schublade versteck habe. Ganz melancholisch stehe ich dann da, während im Zimmer ein Räucherstäbchen vor sich hinräuchert. Eine Weile ist das ganz nett und unterhaltsam, aber plötzlich weiß ich nicht mehr, ob ich das jetzt bin, die echte Nora, die da so steht und vor sich hin qualmt, oder vielleicht doch eher eine dieser tollen Filmfiguren. Und ob das Leben in diesem Moment wirklich echt ist oder ob ich mir da etwas zurechtbastele.

Und auf einmal wird mir dann ganz anders, die Luft in

der Lunge wird knapp, die Knie weich, und das Einzige, was hilft, ist jemanden anzurufen, der sagt: »Ah, hallo, Nora.« Dann erst weiß ich wieder, dass ich doch noch da bin. Ich werfe dann die Zigarette aus dem Fenster, ziehe mir eine Jacke über und gehe raus, laufe so lange durch die Straßen, bis ich wieder das Gefühl für meinen Körper kriege und schließlich erschöpft in mein Bett fallen kann.

Das erzähle ich Irmi lieber nicht. Nicht dass sie glaubt, ich wäre schizophren. Das wäre ein wenig viel für den Anfang. Stattdessen bedanke ich mich bei ihr, dafür dass sie gekocht hat, und wünsche ihr einen guten Appetit.

Wir essen zusammen, erzählen, was wir den Tag über gemacht haben. Das Besteck klappert leise auf den Tellern. Ich vermische die Linsen und das Gemüse zu einem Brei. Aus dem Radio brabbelt es unentwegt, es läuft den ganzen Tag. Wir hören den Nachrichten zu. Hunderte Naturkatastrophen, so scheint es, alle weit weg, so weit, dass es einem schwer fällt, sich die wirklich vorzustellen. Die Welt ist einfach zu groß.

Nach dem Essen helfe ich Irmi beim Spülen und mache mich dann auf zu einem Spaziergang durch die engen Gassen des kleinen Örtchens.

Ganz egal wo ich langlaufe, es riecht überall nach Kiefernnadeln, nach feuchtem Waldboden. Und man hört etwas weiter weg das Meer rauschen. Und die Möwen. Überall diese Möwen!

Es ist noch hell. Die Urlauber schlendern vor sich hin, entspannt, mit einem Softeis in der Hand, ausgeruht und mit einem Lächeln im Gesicht. Die kleinen Cafés sind bis auf den letzten Platz gefüllt und auch bei Dario herrscht

Hochbetrieb. Ich winke ihm im Vorbeilaufen zu. Dario zwinkert zurück, während er den Teig schwungvoll bis fast an die Decke schleudert und ihn dann wieder auffängt, ohne wirklich hinzusehen.

Poser!

Ich laufe weiter, rein in den kleinen Park. Wirklich klein, ich habe ihn in drei Minuten durchquert.

Hinter dem Park steht ein zweistöckiges altes Gebäude mit einem Hof, der für alle zugänglich scheint. Man hört lautes Kinderkreischen. Ich laufe durch das schmiedeeiserne Tor und bleibe erstaunt stehen. In der Mitte des Hofes ist ein Wasserbecken aufgebaut, in dem vier durchsichtige Riesenkugeln schwimmen, überdimensionale, luftgefüllte Seifenblasen, in die Kinder reinklettern und darin toben können, so wie Hamster in Laufrädern.

Ich will schon weitergehen, da bemerke ich Martin. Er sitzt in der Mitte des Hofes auf einer grünen Holzbank und schreibt etwas in ein Büchlein. Oder zeichnet er? Ich beobachte ihn eine Weile. Er ist ganz vertieft und nagt auf seiner Lippe. Sein sonnengelbes Haar fällt ihm in die Stirn, sein Nacken ist über das Buch gebeugt. Während er mit dem Stift über das Papier fährt, bemerke ich zum ersten Mal, was für schöne Hände er hat.

Ich kann unmöglich hier so stehen bleiben und starren.

Nach kurzem Zögern laufe ich über den Kiesweg auf die Bank zu und setze mich unauffälig an das andere Ende. Martin ist so konzentriert, dass er mich gar nicht bemerkt.

»Hi«, sage ich leise und blicke auf meine Hände, die mir plötzlich so ungelenk vorkommen.

»Hi«, antwortet er überrascht, klappt rasch sein Buch zu und läßt den Stift in der Tasche verschwinden.

»Was machst du hier?«

»Ich komme öfter hierher. Was macht dein Sonnenbrand?«

Ich streiche vorsichtig über meine Schulter. »Weg. Wahnsinn.«

»Hab ich doch gesagt.« Seine blauen Augen strahlen mich an.

Ich hole das Fläschen aus meinem kleinen Rucksack und will es Martin zurückgeben. Aber er schüttelt den Kopf und schiebt meine Hand wieder zurück. »Behalte es ruhig. Für morgen haben sie wolkenlosen Himmel angesagt. Sonne pur, über zwölf Stunden lang.«

»Wow.« Seine Berührung macht mich nervös.

»Windstill«, fügt er hinzu, und jetzt erst lässt er meine Hand wieder los.

»Oh. Da werde ich wohl keinen einzigen Drachen loswerden.«

»Wenn du willst, tausche ich mit dir. Kannst mein Popcorn verkaufen.«

Ich lächle. Womit habe ich das bloß verdient? Erst das Sonnenöl und jetzt das.

»Bist du ein Dichter?« Ich deute auf sein Büchlein. Es ist in Leder gebunden und schon ganz abgegriffen.

»Nee.« Er dreht das Buch ein paar Mal hin und her und legt es mir schließlich in die Hand.

Ich öffne es vorsichtig, blättere die Seiten um, als wären es Schmetterlingsflügel.

Martin ist kein Dichter. Er zeichnet. Er skizziert. Ich sehe mir die Skizzen an und erkenne Menschen, Kinder und auf den zweiten Blick auch Rollstühle, verrenkte Glieder oder sogar fehlende.

Ich sehe Martin fragend an und er deutet mit dem Kopf Richtung Haus. Und erst da fällt es mir auf. Auf der Terrasse des Hauses sitzen Kinder in Rollstühlen und sehen sich die gesunden Kinder an, wie die sich in den Bällen hin und her schmeißen und vor Freude kreischen.

»Oh Gott«, sage ich und mehr fällt mir erst mal nicht ein.

»Das ist ein Sanatorium.« Martin blättert die Seiten im Büchlein weiter und noch mehr Skizzen kommen zum Vorschein. Schielende Augen, verzogene Lippen, verbogene Finger.

»Warum zeichnest du sie?« Ich finde das irgendwie makaber.

»Ich finde sie toll. Du nicht? Sie sitzen hier und sehen den Menschen beim normalen Leben zu. Manchmal lachen sie ganz laut. Das hört sich im ersten Moment ungewohnt an, aber man gewöhnt sich schnell dran.«

Ich sehe mir diese Kinder näher an und frage mich, warum man hier, vor ihren Augen, diese Vergnügungsbälle aufgebaut hat. Doch wohl unmöglich aus Hohn? Aber aus Unachtsamkeit vielleicht.

Die Kinder in ihren Bällen nehmen die Kinder in den Rollstühlen überhaupt nicht wahr, weil sie viel zu beschäftigt sind. Umgekehrt verhält es sich ganz anders.

»Findest du das schlimm?«, fragt Martin, als er merkt, dass es mir die Sprache verschlagen hat.

»Nein. Ich weiß nicht. Ich finde es seltsam. Findest du das nicht seltsam?«

»Anfangs ja. Da fand ich es unmöglich und habe mich aufgeregt, aber dann hab ich angefangen zu zeichnen, und dabei ist mir aufgefallen, dass die Kinder in ihren Rollstühlen einen Mordsspaß dabei haben, diesem Kugeltheater hier zuzusehen. Fast wie Fernsehen.«

»Das ist doch trotzdem merkwürdig, ihnen so etwas vor die Nase zu bauen.«

»Aber nur, weil wir immer von uns selbst ausgehen. Für uns wäre es ganz schlimm, weil wir uns nicht vorstellen können, in einem Rollstuhl zu sitzen oder sonstwie beeinträchtigt zu sein, aber sie sind es nun mal.«

»Das Leben ist ungerecht.«

»Das Leben ist das Leben«, wirft Martin ein.

»Wer bist du? Der Zen-Meister, oder was?«

Martin lacht, nimmt mir das Skizzenbuch aus der Hand und packt es weg.

»Willst du woanders hin?«, fragt er.

Ich überlege kurz. Na gut, wenn das hier wie Fernsehen ist – wer wollte nicht schon mal im Fernsehen sein? »Meinst du, wir sind zu alt für diese aufgeblasenen Kugeln?«

»Mit Sicherheit zu fett!«

»Ach was!« Ich springe auf und steuere Richtung Wasserbecken. Martin sieht sich nach allen Seiten um, bevor er mir folgt.

Der Kugelverleihmensch runzelt die Stirn bei unserem Anblick, kassiert aber trotzdem das Geld, das ich aus meinem Geldbeutel fische.

Wir klettern etwas umständlich in diese durchsichtigen Riesenkugeln. Ich verrenke mir dabei fast meinen Arm. Bei den Kindern sieht das einfacher aus. Mit einer Art Staubsauger wird Luft in den Ball hineingeblasen, dass man sich die Ohren zuhalten muss vor lauter Lärm. Dann schubst der Aufseher mit einem gelangweilten Blick beide Kugeln in die Mitte des Beckens.

Ich muss mich kurz an die Plastikluft im Innern gewöhnen. Martin legt gleich los, wirft sich gegen die weichen Wände und wird von der sich drehenden Kugel in der Gegend herumgeschleudert. Er ruft irgendwas, aber ich kann es nicht hören und schüttele nur mit dem Kopf. Martin macht Gesten, die mich zum Aufstehen bewegen sollen. Ich versuche es ja schon die ganze Zeit, verliere aber sofort das Gleichgewicht und plumpse wieder hin. Man sieht draußen das Wasser in alle Richtungen spritzen.

Ich schaue kurz zu den Kindern im Rollstuhl. Und tatsächlich, sie lachen, jedenfalls einige von ihnen. Sie zeigen mit dem Finger auf uns und scheinen sich zu freuen. Ich nehme all meine Kraft zusammen und springe auf, falle sofort wieder hin, drehe mich in der Kugel und versuche, wieder aufzustehen, zu laufen, zu rennen, mich fallen zu lassen.

Eine kleine Show für die Kinder auf der Terrasse.

Nach wenigen Minuten bin ich schon völlig außer Atem. Martin klopft an das Gummi, schneidet Grimassen und sagt etwas, immer und immer wieder, und je mehr ich versuche, an seinen Lippen abzulesen, was er da sagt, umso mehr bilde ich mir ein, folgende Worte zu erkennen: I love you.

Ich strauchle und falle hin. Das Herz schlägt mir bis zum Hals.

Unmöglich!

Das kann nicht das sein, was er sagt! Warum sollte er das tun? Völlig absurd!

Ich würde gerne noch einmal hinsehen zu ihm, um mich davon zu überzeugen, dass ich wirklich spinne, aber ich kann nicht wieder hingucken, etwas hält mich zurück. Ich fühle das Blut in meinen Kopf steigen. Ich bleibe einfach sitzen, wackele noch ein wenig hin und her und spüre das Wasser unter meinem Hintern. Wie kann ich jetzt bloß so tun, als wäre nichts passiert? Andererseits, es kann nicht sein, dass er das gesagt hat. Und er kann auch nicht ahnen, was ich mir da in meinem kranken Kopf zusammenspinne. Von daher sollte ich mich am besten so verhalten, als sei nichts geschehen.

Endlich werden wir an Seilen zurück an den Beckenrand gezogen und mit hochroten Köpfen wieder aus den Gummihüllen gelassen.

»Das war doch was!«, schwärmt Martin ganz außer Atem, und ich nicke.

Als wir uns die Schuhe wieder anziehen, schweigen wir. Und selbst als wir auf dem Heimweg die Hauptraße runterlaufen, sagen wir kein Wort.

Es ist dämmrig geworden, die Laternen gehen an und die Menschen auf der Straße werden immer weniger.

»Hör zu«, setzt Martin an, und mir klopft das Herz schneller. »Du warst heute nicht bei Dario … und wir haben beschlossen, am Montag, wenn wir alle mit der Arbeit fertig sind, ein Picknick im Wald zu machen, Ruth, Rocco, James und ich und hoffentlich auch du, wenn du magst.«

»Klar, ja, natürlich, warum nicht!« Ich bin erleichtert, dass es nur um Picknick geht. »Ja. Picknick ist super. Toll, wirklich! Ich bin ein Picknick-Fan! Schon immer gewesen. Auch als Kind schon. Essen in der Natur, was gibt es Besseres? Auf jeden Fall, ich bin dabei!«

Martin schmunzelt, so als wäre ich nicht ganz bei Trost, aber auch so, als wäre das völlig okay.

Wir verabschieden uns an Irmis Gartentor. Er hat mich

doch tatsächlich nach Hause begleitet. Einen Moment lang sind wir beide unschlüssig, ob wir uns die Hände reichen sollen, aber dann springe ich über meinen Schatten und umarme Martin einfach. Das ist besser, allein schon deshalb, weil meine Hände ganz feucht sind, von der Hitze und sicher auch vor Aufregung.

»Wir sind doch jetzt Freunde«, sage ich zu seinem Hinterkopf und Martin nickt. Seine Haare riechen nach Shampoo und Sonne.

Freunde.

Als wir uns wieder loslassen, scheint es kurz, als würde Martin noch etwas sagen wollen. Er öffnet schon den Mund, aber in letzter Sekunde lässt er es dann doch bleiben, nickt nur und tippt sich zum Abschied mit dem Finger an den Kopf.

Freunde.

Aber als ich schließlich im Bett liege und nicht schlafen kann und den Tag Revue passieren lasse, drängt sich immer wieder dieses Bild in meine Gedanken … Martin im Gummiball, und seine Lippen, die sagen: I love you.

Liebe Mama!
Es ist irre heiß hier.
Du hast gesagt, ich soll ausprobieren, wie es sich anfühlt, sein eigenes Geld zu verdienen. Natürlich fühlt sich das gut an. Ich habe bisher fast alles gespart. Außer einen Bernsteinring, den habe ich mir geleistet. So einen Ring, wie Oma ihn auch immer hatte. Erinnerst du dich?
Du hast auch gesagt, ich soll mal sehen, wie es sich anfühlt, alleine zu sein. Da muss ich dich enttäuschen. Ich habe Freunde gefunden. Ziemlich schnell. Ich hatte es nicht einmal darauf angelegt, sie waren einfach da. Vielleicht soll das mit dem Alleinsein zu einem anderen Zeitpunkt stattfinden.
Ich wollte dir eine Postkarte schicken, aber der Platz hat nicht ausgereicht, außerdem muss der Briefträger nicht alles wissen, der weiß sowieso schon zu viel über uns.
Wir sind im Streit auseinandergegangen. Und jedes Mal, wenn das passiert, weiß ich am Ende nicht, wie es dazu kam. Ich würde mich gerne entschuldigen, weiß aber nicht so recht wofür. Papa sagt, wir müssen uns zanken, weil wir uns doch so ähnlich sind. Ich finde,

das ist ein doofer Grund, denn wenn es so ist, dann wäre das ja so etwas wie unser Schicksal, aber so ein Schicksal gefällt mir nicht und strengt mich auch sehr an.

Ich bin ja jetzt eine Weile weg, und wenn ich wiederkomme, könnten wir uns vielleicht darüber unterhalten. Irgendwie hängt das immer wie so ein Schatten im Hintergrund herum. Ich hatte beschlossen, ein wenig aufzuräumen. Mit mir und mit dem Leben. Ist gar nicht so einfach. Und es ist auch viel leichter, das hier zu schreiben, als wenn ich mir vorstelle, dir das alles ins Gesicht sagen zu müssen. Aber eigentlich wollte ich dir bloß sagen, dass es mir gut geht. Irmi, bei der ich wohne, kümmert sich darum, dass ich immer genug esse und auch ganz gesund. Papa wäre froh.

Ich schicke dir Grüße und die Postkarte einfach dazu, vielleicht magst du sie an den Kühlschrank hängen.

Nora

Ich lese mir das Geschriebene noch ein paar Mal durch. So einen Brief habe ich noch nie an meine Mutter geschrieben. Unser Verhältnis ist schwierig. Wir versuchen, gut miteinander auszukommen, aber manchmal habe ich das Gefühl, dass wir aneinander vorbeileben. Mama gibt sich Mühe. Sie sorgt sich um mich und versucht, mir Zeit einzuräumen, aber gerade dann kriegen wir uns wegen irgendwelchen Kleinigkeiten immer in die Haare. Wenn ich das gemeinsame Abendessen wegen einer Verabredung ausfallen lasse, nimmt sie es persönlich, schiebt es darauf, dass ich ein Einzelkind bin und nie gelernt habe, Kompromisse zu machen. Dann macht sie sich selber Vorwürfe, dass ich keine Geschwister habe. Ich versuche, sie zu beruhigen: Ist doch alles in Ordnung mit mir, es ist bloß ein Abendessen, das ich ausfallen lasse, aber da ist die Stimmung schon so im Eimer, dass wir beide schlecht gelaunt das Zimmer verlassen. Solche Dinge passieren ständig und in letzter Zeit sind wir uns immer öfter aus dem Weg gegangen. Aber jetzt hatte ich plötzlich das Bedürfnis, ihr diesen Brief zu schreiben.

Ich glaube, das kommt, weil ich hier von Irmi immer so liebevoll behandelt werde, mich so wohl damit fühle, dass sich jemand für mich interessiert und nette Dinge zu mir sagt. Und ich denke, vielleicht wäre es für Mama und mich auch einfacher, wenn wir uns so nehmen könnten, wie wir sind, wenn wir öfter etwas Nettes zueinander sagen würden, selbst wenn die andere nicht immer so ist, wie man sich das wünscht. Irmi ist so großzügig im Verteilen von Komplimenten oder netten Gesten, und das scheint sie selbst glücklich zu machen, als würde es abfärben. Sie ist ständig am Lächeln. Vielleicht kann ich mir von ihr etwas abgucken.

Auf dem Weg zum Briefkasten sehe ich in einer Gasse vor einem Haus drei von den Bockwurstjungs stehen und bei ihnen ist Martin. Ich überlege, schnell weiterzulaufen, aber dann drücke ich mich doch an die Hauswand und schiele hinüber, was die da so treiben. Sie reden. Ein wenig aufgeregt möglicherweise, nur kann ich nicht hören, was sie sagen. Martin wirkt wie ein Fremdkörper zwischen ihnen. Trotzdem klopft ihm einer der Jungs auf die Schulter und lacht. Martin lacht auch. Komisch, diese Vertrautheit gab es nicht, als alle bei Dario saßen. Ich weiß nicht warum, aber Martin mit den Jungs zu sehen, versetzt mir eine kleinen Stich. War das alles nur gespielt? Quatsch. Die Fantasie geht mit mir durch.

Trotzdem. Das schlechte Gefühl will nicht weggehen.

Zumal auch der Typ dabei ist, den ich neulich als Idioten beschimpft habe. Vielleicht hat sich der Typ bei Martin über mich beschwert.

Ob die Jungs da wohl wissen, dass Martin behinderte Kinder zeichnet?

Einer von ihnen löst sich aus der Gruppe und läuft los, genau in meine Richtung. Schnell mache ich kehrt und verschwinde in die nächste Seitenstraße. Wird eben ein Umweg zum Briefkasten.

Danach hole ich eilig bei Max meine Drachen ab. Eigentlich hatte ich mit Martin ausgemacht zu tauschen, aber jetzt ist es mir schon peinlich, dass ich ihm vorhin hinterherspioniert habe. Ich werde lieber einen weiteren Tag damit zubringen, mit meinen Drachen über den warmen Strandsand zu laufen, immer geradeaus und wieder zurück. Vorbei an den Bademeistern, den sonnengebräunten, die heldenhaft auf ihren Türmchen sitzen und Ausschau halten nach möglichen Gefahren. Manchmal würde ich gerne mit ihnen tauschen, meist gegen Schichtende, wenn meine Füße anfangen zu schmerzen und meine Stimme langsam ganz heiser wird, weil ich den ganzen Tag rufen musste: »Drachen! Kleine Drachen! Große Drachen! Drachen für groß und klein!« Der Spruch ist bescheuert, aber Max hat mir den so aufgetragen und gesagt, das wäre schon seit zehn Jahren der Verkaufsslogan und man läge hier großen Wert auf Traditionen. So ganz kann ich das nicht glauben. Nur werde ich von Max bezahlt, und wer weiß, wer hier am Strand einen Blick darauf hat, dass alles so läuft wie geplant.

Meine Pause verbringe ich heute in einer kleinen Strandbar mit Palmen auf der Veranda. Als wäre man nicht an der Ostsee, sondern auf Hawaii. Ich nippe an meiner kühlen Cola mit viel Eis, esse Pommes rot-weiß, ein Kontrast zu Irmis gesunder Küche, und reibe mir bei der Gelegenheit mit Martins Wunderöl meine Schultern ein. Eigentlich bin ich für diesen Job gar nicht gemacht. Viel zu helle Haut, anfällig für jeden Sonnenbrand. Kreislaufaussetzer von der heißen Luft, und meine Kondition ist sowieso das Letzte. Daran hatte ich nicht gedacht, als ich mich für den Job beworben habe. Und das Wetter verspricht die nächsten Wochen so zu bleiben, behauptet Irmi, die vier Mal täglich den Wetterbericht schaut, auf zwei verschiedenen Kanälen.

Jetzt, wo ich hier so ruhig sitze und kurz entspanne, bemerke ich erst die leichten Kopfschmerzen, die ich wahrscheinlich schon länger habe. Ich habe das mit der Migräne schon mal gegoogelt. Frauenleiden. Na klar. Familiäre Vorbelastung. Verspannungen. Stress. Wetter. Schlechte Lichtverhältnisse am Arbeitsplatz.

Zumindest von Letzterem kann nicht die Rede sein. Ich schlucke zwei Paracetamol und spüle sie mit Cola runter. Es dauert nur eine Viertelstunde, dann lässt der Schmerz nach. Ich kann es regelrecht fühlen, wie er von Minute zu Minute immer mehr weicht.

Die schöne Begleiterscheinung von Paracetamol ist, dass nicht nur der Kopfschmerz verschwindet, sondern auch alle anderen kleinen Wehwehchen, und dass man nach nur zwei Tabletten beinahe wie auf Sprungfedern durch die Welt hüpft.

Ich habe einmal den Fehler gemacht, meinem Vater davon vorzuschwärmen und der flippte gleich aus. »Bist du jetzt tablettensüchtig oder was? Das wäre ja noch schöner. Mit siebzehn! Finger weg davon, hörst du? Geh joggen oder sonst was ... Dieses Yoga-Dings soll doch so gut sein. Wenn du willst, melde ich dich gleich an.« Er griff schon zum Telefonbuch.

»Ich bin nicht tablettensüchtig!«

»Na das rate ich dir aber auch!«

Mein Vater ist toll, meistens, aber manchmal übertreibt er einfach.

Ich breche auf, um die Nachmittagsschicht hinter mich zu bringen. Es fühlt sich wirklich gut an, eigenes Geld zu verdienen, aber manchmal ist es auch anstrengend. Dauernd freundlich zu sein zum Beispiel. Die meisten Kunden sind nett, und die Kinder sind sowieso die Besten, aber ab und zu trifft man auch auf so unfreundliche Menschen, die sich wie Snobs benehmen und die meinen, für ihre fünf Euro müsse man sie hofieren und Small Talk gratis austeilen, der mich wertvolle Verkaufsminuten kostet. »Immerzu lächeln ist das A und O«, predigt Max.

Im Verkauf zu arbeiten wird sicher nichts mit Zukunft für mich, aber hier versuche ich mich zusammenzureißen. Das wollte ich Irmi ja sowieso nachmachen, das mit dem Lächeln, also kann ich gleich damit anfangen. Wenn es zu viel wird, versuche ich meine Laune mit der Vorfreude auf den Feierabend hochzuhalten. Mal sehen, ob Martin heute auch kommt oder ob er vielleicht doch zu den Würstchen übergelaufen ist. Es ist ja auch nicht immer ganz einfach, sich gegen eingeschworene Gruppen zu stellen. Wer weiß, was man sich dann in dem Dorfjugendclub anhören muss.

Na gut, ich weiß eigentlich nichts von Dorfjugendclubs, es sind nur irgendwelche Klischees aus Krimifilmen oder auch Büchern. Der Gruppenzwang und irgendwelche Rangordnungen. Ich selbst habe das noch nicht erlebt. Zu Hause habe ich keine Gruppe. Nur Jana, meine beste Freundin, und ein paar lose Bekannte aus der Schule, mit denen ich manchmal ins Kino gehe. Auch das schiebt meine Mutter natürlich darauf, dass ich ein Einzelkind bin. Das werde ich mir wohl mein Leben lang anhören müssen, ohne überhaupt etwas dafür zu können.

»Papa! Papa! Ich will so einen Drachen!« Die hohe Stimme eines kleinen Jungen holt mich wieder an den Strand zurück.

»Ich will, ich will, ich will! Weißt du, was ich will?« Der Vater erhebt sich mühevoll von seiner Stranddecke.

»Aber du hast es versprochen!«

Ich setze meinen Rucksack mit den Drachen ab und der Junge kommt freudestrahlend zu mir gelaufen. »Ich will den Größten!«, ruft er und zieht seine Arme so weit auseinander, wie es nur geht.

Der Papa mit dem beachtlichen Sonnenbrand stapft angenervt heran, aber er hat den Kampf schon aufgegeben, weil er weiß, dass es anstrengender wird, sich mit dem Kind auseinanderzusetzen, als einfach einen Drachen zu kaufen. Schon zückt er das Portemonnaie.

»Such dir einen aus«, sage ich, und der kleine Junge guckt sich den mit Spiderman drauf aus. Ist natürlich ein wenig teurer, bei den Superhelden zahlt man drauf. Der Vater verdreht die Augen, aber der Sohn rennt schon überglücklich mit der knisternden Tüte davon.

»Schönen Tag noch.« Ich probiere mein bestes Lächeln. Übung macht den Meister.

Er lächelt zurück. »Ja danke. Dir auch.«

Als ich weiterlaufe, versuche ich das Lächeln beizubehalten. Aber es ist anstrengender, als ich dachte. Mein Kiefer verspannt und die Haut über den Lippen fängt schon an, leicht zu zucken. Ich werde mir das vor dem Spiegel mal ansehen müssen und Irmi fragen, wie sie das den ganzen Tag so durchhalten kann.

Plötzlich steht Martin neben mir, über der Schulter seine fast leere Popcorntasche.

»Hey.« Er setzt zu einer Umarmung an.

»Hey.« Ich werde etwas rot.

»Wie lief's?«, fragt er und fängt an, meine Drachen zu zählen.

»Ganz gut, schätze ich mal.« Ich weiche seinem Blick aus.

»Ist was mit dir?«, fragt Martin besorgt.

»Nein, nein. Was soll denn sein?« Vielleicht sollte ich ihn einfach fragen, was er da mit den Jungs zu besprechen hatte? Aber was geht es mich eigentlich an? Martin ist mir keine Erklärung schuldig. Vielleicht fühlt er sich dann verfolgt oder ertappt.

»Sehen wir uns heute bei Dario?« Er lächelt mich an.

»Ja. Nein. Also vielleicht. Ich glaube schon.« Manchmal stelle ich mich wirklich total blöd an.

»Ich seh schon, du lässt dir alle Möglichkeiten offen.« Er zupft an meinem Rucksack.

»Ich muss... also, ich gehe jetzt da lang.« Ich deute ganz vage zur nächsten Treppe, die durch die Dünen nach oben führt.

»Okay. Ich muss nur noch zwei Runden machen. Das Popcorn geht hier besser als in manch einem Kino.«

»Also bis dann.« Das sollte nett klingen, freundlich, aber es kommt ganz anders raus. Verdammt!

»Ja, früher oder später, irgendwann!« Er macht kehrt und hebt seine Hand zum Abschied. War da Enttäuschung in seinen Augen? Mensch, das habe ich jetzt irgendwie versaut. Am besten lasse ich die Pizza bei Dario heute wieder ausfallen, bevor ich mich weiterhin so dämlich benehme und Martin mich am Ende gar nicht mehr leiden kann. Aber eigentlich habe ich auch schon halb zugesagt. Wenn ich nicht komme, glaubt er erst recht, ich wäre irgendwie durchgeknallt. Und warum interessiert es mich eigentlich so, was er von mir denkt? Hatte ich mir nicht vorgenommen, die Meinung der anderen nicht mehr so wichtig zu nehmen?

Das Beste ist, ich setze mich heute Abend auf Irmis Veranda und bringe ein wenig Ordnung in dieses ganze Gefühls- und Gedankenchaos.

Am nächsten Tag passiert dann etwas Schreckliches.

Es ist schon fast Schichtende für uns Strandverkäufer, der Großteil der Badegäste verlässt den Strand und Ruth und ich laufen unsere Abschlussrunde gemeinsam. Dass wir jetzt noch etwas verkaufen, ist eher unwahrscheinlich.

Da kommt Martin angerannt, mit rotem Kopf und Schweißperlen auf der Stirn. Er wedelt mit seinem Handy. Keuchend bleibt er vor uns stehen. »Sie haben Rocco zusammengeschlagen! Im Wald! James hat mich gerade angerufen. Es klingt schlimm.«

Ruth schlägt sich die Hand vor den Mund.

»Wer hat Rocco zusammengeschlagen?«, frage ich und lasse meinen Rucksack mit den Drachen zu Boden fallen.

»Keine Ahnung. Die! Diese Idioten wahrscheinlich!« Martin ist völlig außer sich, während er sich auf die Knie stützt und versucht, wieder zu Atem zu kommen.

Ruth steigen Tränen in die Augen. Sie sieht mich hilflos an, als hätte ich eine Antwort parat, aber mir werden nur die Knie weich und ich suche nach den richtigen Worten.

»Los jetzt!«, drängt Martin.

Wir raffen unsere Sachen zusammen und rennen los, Martin hinterher. Wir mühen uns die Dünen hoch, es ist nicht leicht, in dem weichen Sand vorwärtszukommen. Ruth strauchelt und fällt hin, ein Teil von ihrem Kaffee läuft aus der Tasche.

»Scheiße!«, schreit sie und lässt sich in den Sand fallen. Ich reiche ihr meine Hand, ziehe sie wieder hoch und schleife sie hinter mir her.

Endlich kommen wir in den Wald. Die kühle Luft zwischen den schattigen Bäumen schlägt uns entgegen.

Martin ist so schnell, dass er fast aus unserem Blickfeld verschwindet. Äste knacken unter meinen Füßen, der Waldboden ist uneben und voller Hindernisse. Abgebrochene Äste, Tannenzapfen, Müll, der von irgendeiner Party übrig geblieben ist.

»Ich kann nicht mehr!« Jetzt heult Ruth. Ich weiß nicht, ob wegen Rocco oder wegen dem verkippten Kaffee oder wegen ihrer miesen Kondition. Doch sie läuft weiter, heulend, aber sie läuft.

Endlich sehen wir sie. Rocco liegt auf dem Boden, James ist über ihn gebeugt und Martin kommt gerade an, stützt wieder die Hände auf seine Knie und atmet durch. Ich greife mir noch einmal Ruths Hand und zerre sie die letzten paar Meter hinter mir her. Kurz bevor wir bei den

Jungs ankommen, werden wir langsamer, ich gucke kurz zum Himmel, um mich zu fassen. Bitte, bitte kein Blut!

Aber natürlich ist da Blut. Roccos Gesicht ist in alle möglichen Farben getaucht, blau, rot, sogar schwarz. Er liegt da, zusammengekrümmt und hält sich den Bauch.

Ruth wird plötzlich ganz ruhig, lässt ihre Tasche fallen, kniet sich zu ihm runter und nimmt seine Hand. Sie flüstert ihm etwas zu.

James ist ein Stück weiter weg gegangen, er spricht in sein Telefon.

»Die Sanitäter«, erklärt Martin.

»Was ist passiert?«, frage ich und bin völlig fassungslos. Solche Szenen kenne ich nur aus dem Fernsehen. Mir ist übel, ich kann das Blut förmlich riechen.

»Wir wissen es nicht genau. Rocco ist völlig durch den Wind. Er lallt nur was von wegen ›*diese feigen Bockwurstärsche*‹, mehr hat er nicht gesagt. Ich bin nicht sicher, ob er vielleicht ein paar Zähne verloren hat.«

In meinem Kopf dreht sich alles. Ich weiß nicht, was ich tun soll. Ich gehe in die Knie und suche den Waldboden ab. Hektisch schiebe ich Blätter zur Seite und sehe unter größeren Ästen nach. Aber ich kann keine Zähne finden. Hoffentlich sind sie alle in seinem Mund. Fest an dem Platz, wo sie hingehören. Verdammt noch mal! Wie konnte so etwas passieren?

Hinter uns knackt es plötzlich und wir hören Stimmen. Erschrocken fahren wir zusammen und drehen uns um, aber es sind glücklicherweise die Sanitäter. Sie kommen angerannt. »Aus dem Weg!«

Wir treten zur Seite. Ruth presst sich an mich, ohne den Blick von Rocco zu lassen. Die Sanitäter beugen sich über ihn und leuchten mit einem kleinen Lämpchen in seine Augen. Sie prüfen den Puls und schieben vorsichtig seinen Mund auseinander. Sie haben eine Bahre mitgebracht, auf die sie Rocco geübt drauflegen.

»Einer von uns sollte mitgehen«, sagt Martin.

»Ruth geht mit!«, antworte ich mit fester Stimme. Ruth nickt und sieht mich dankbar an.

Dann gehen sie davon, die zwei Sanitäter mit Rocco auf der Liege. Ruth stolpert hinterher und wischt sich die Tränen aus dem Gesicht.

Martin, James und ich sehen ihnen nach, bis sie hinter den Bäumen verschwunden sind und man nur noch von Weitem die Äste knacken hört.

Wir setzen uns auf den Boden. Erschöpft, erleichtert und trotzdem besorgt. Eine ganze Weile sagt niemand ein Wort. Aber dann platzt Martin schließlich der Kragen. »Verdammte Arschlöcher!«

Er steht auf und sucht sich einen Baum, um dagegenzutreten. Immer und immer wieder, sodass sich Rinde vom Stamm löst.

»Hey! Was soll das jetzt werden? Meinst du damit ist jemanden geholfen?«, schaltet sich James ein. Man muss zugeben, James sagt nicht viel, aber wenn, dann trifft es immer den Punkt.

Martin hält inne, atmet schwer aus und setzt sich wieder.

Mir ist zum Heulen zu Mute. Ich hatte mich die ganze Zeit zusammengerissen, wollte die Fassung bewahren, aber jetzt weicht das Adrenalin aus meinem Körper, meine Muskeln entspannen sich und stattdessen wird mir übel. Ich versuche, dieses Gefühl wegzuatmen.

»Ich glaube, ich bin ein bisschen schuld daran«, stoße ich hervor.

Ich spüre ihre fragenden Blicke auf mir. In meinem Kopf rauscht es. »Ich habe einen von denen beleidigt. So ein großer Hässlicher mit rotem Gesicht. Ich habe ihm zu verstehen gegeben, dass ich ihn für einen Idioten halte. Der sagte schon so was, dass ich es bereuen würde. Aber ich konnte doch nicht ahnen, dass Rocco dafür herhalten muss!«

Die Tränen quellen jetzt einfach aus meinen Augen. Ich kann nichts dagegen tun.

Martin hockt sich neben mich und streicht mir über die Schulter. »Mach dir keinen Kopf. Du kannst nichts dafür. Die hatten Rocco sowieso auf dem Kieker. Die ganze Zeit schon. Der hat sich ein paar Mal mit denen angelegt. Ist am Strand neben ihnen hergelaufen und hat ganz laut gefragt, ob ihre Würste vielleicht schon abgelaufen wären, weil sie so vergammelt schmecken würden. Ich schätze, er hat denen den Umsatz versaut. Er hat sich über sie lustig gemacht. Das war jetzt die Quittung.«

»Aber gleich so was!« Meine Fassungslosigkeit schlägt um in Wut. Bei der Vorstellung, wie die Jungs sich auf Rocco gestürzt haben, schlägt mein Herz wild gegen meine Brust. Wahrscheinlich vier auf einen. »Diese Feiglinge! Das wird denen noch leid tun!«

»Was willst du denn machen? Denen auflauern? Heimlich, im Dunkeln? Jetzt mal im Ernst, meinst du wir haben eine Chance gegen die?« Martin schüttelt den Kopf.

»Ich will mich ja nicht prügeln! Aber irgendwas müssen wir tun!« Ich kann nicht begreifen, dass die Jungs so gelassen bleiben.

Und dann schießt ein Gedanke durch meinen Kopf. »Ich

habe dich gestern mit denen gesehen.« Ich versuche, das so beiläufig wie möglich zu sagen, aber es klingt dann doch wie ein Vorwurf.

Martin sieht mich ratlos an.

»Sah aus, als hättet ihr etwas zu bereden gehabt.« Jetzt kommen die Worte einfach so unkontrolliert aus mir raus.

»Was willst du damit sagen?« Martins Blick wird ernst und hart.

»Ich sage nur, was ich gesehen hab.« Ich will seinem Blick standhalten, für einen Rückzieher ist es ohnehin zu spät.

»Rück raus mit der Sprache!« Seine Lippen fangen an zu zittern.

»Sind das nun deine Freunde oder nicht? Erst sagst du, dass wir die ignorieren sollen, und heimlich hältst du mit denen irgendwelche Besprechungen ab.« Meine Stimme wird ganz schrill, als ich das sage.

Martin sieht zu Boden, atmet einmal tief ein und aus und schaut mir dann wieder in die Augen. »Willst du damit sagen, ich hätte etwas mit der Sache zu tun?«

Ich antworte nicht, sehe ihn nur trotzig an. Ich merke, wie James den Atem anhält.

»Scher dich zum Teufel!« Martin wendet sich ab und schnaubt verächtlich. Er läuft ein paar Schritte weiter in den Wald rein.

Ich setze mich neben James, immer noch völlig aufgelöst.

»Das war dumm«, sagt er und schüttelt resigniert den Kopf.

»Ich weiß«, antworte ich, denn jetzt weiß ich es tatsächlich.

Was habe ich mir dabei gedacht? Ich muss doch nur in Martins Augen sehen, um zu erkennen, dass er unmöglich etwas damit zu tun haben kann. Warum habe ich das bloß gesagt? Zu spät.

Plötzlich schäme ich mich schrecklich. Ich stehe schnell auf und schnappe Ruths Tasche und meinen Rucksack. Es bringt ja nichts, hier im Wald rumzusitzen und sich gegenseitig Vorwürfe zu machen. Davon wird nichts besser. Wir bekommen höchstens noch Ärger mit Max, wenn wir die Ware nicht pünktlich zurückbringen.

»Martin!«, rufe ich. Er reagiert nicht. Also laufe ich ihm nach und greife nach seiner Hand. »Es tut mir leid, wirklich. Ich bin eine Idiotin.«

»Warum hast du nicht früher was gesagt? Gestern zum Beispiel. Warum hast du nicht einfach gefragt?« Martin ist gekränkt.

»Das war blöd von mir. Geht mich doch auch nichts an. Es ist mir nur rausgerutscht ... das war der Stress ... das ganze Blut. Ich habe noch nie jemanden gesehen, der verprügelt worden ist. Es tut mir wirklich sehr leid.« Ich drücke seine Hand und lasse sie dann verlegen wieder los.

»Schon gut, vergiss es«, murmelt Martin und nimmt mir Ruths Kühltasche aus der Hand.

»Wenn du es auch vergisst ...« Ich sehe ihm so lange in die Augen, bis sich da der Anflug eines Lächelns in seinem Gesicht zeigt.

Ich seufze erleichtert. Ein leises »Danke!« kommt über meine Lippen, kaum hörbar, aber ich sehe, dass Martin es registriert hat.

James kommt herangetrottet und klopft uns auf den Rücken. »Lasst uns gehen.«

Langsam laufen wir durch den Wald. Die Mücken fallen über uns her, wahrscheinlich schon die ganze Zeit, aber ich bemerke es jetzt erst und werde schneller.

Als wir dann endlich auf Max' Veranda stehen, bekommen wir natürlich trotzdem Ärger. Dafür, dass Ruth ihre Ware nicht selbst abgibt, und dafür, dass Kaffee verkippt worden ist.

»Das wird vom Lohn abgezogen. Ist ja wohl klar!«, faucht Max. Heute scheint er noch schlechter gelaunt zu sein als sonst. »Jeder Schaden, der an der Ware entsteht, ist euer Schaden! Verkippt ihr den Scheißkaffee – bitte, nicht mein Problem, euer Problem!«

Wir drei tun so, als hören wir uns die Standpauke reuevoll an, haben aber in Wirklichkeit auf Durchzug geschaltet. Es ist ja doch immer das Gleiche. Als er endlich fertig ist damit, erzählen wir, was mit Rocco passiert ist.

»Na, das ist ja ganz toll! Und wo kriege ich jetzt auf die Schnelle Ersatz her?« Er kramt aus der Jogginghose sein Handy raus und fängt an die Nummern in seinem Telefonbuch durchzugehen.

Das ist nicht zu fassen!

Martin, James und ich wechseln Blicke. Das ist die Krönung für diesen miesen Tag!

»Ich verkaufe sein Eis mit.« Martin klingt zornig. »Und was machen Sie mit den anderen? Die sind schließlich schuld!«

Max zuckt mit den Schultern. »Erstens weiß ich nicht, wer schuld ist. Und zweitens: Soll ich wegen euren Kindereien die halbe Belegschaft kündigen? Das wäre ja noch schöner!«

»Chefs müssen so sein«, sagt James später, als wir schon bei Dario sitzen und auf unsere Pizza warten. Und dann, als hätte er für den heutigen Tag genug gesagt, wendet er sich wieder seinem iPhone zu, fährt geschäftig mit dem Finger über das Display und ist nicht mehr ansprechbar.

»Ich halte das für bekloppt. Warum bitte schön müssen Chefs so sein?«

»Vielleicht, damit man ihnen nicht auf der Nase herumtanzt«, tippe ich und muss an meine Lehrer denken, die auch immer so streng tun, und wenn man sie dann aus Versehen privat trifft, sind sie wie ausgewechselt. So ist das mit Max bestimmt auch. Hinter verschlossenen Türen schmust er bestimmt mit Katzen und malt Bilder mit Sonnenuntergängen und Schiffen, aber nach außen gibt er den harten Typen!

Als die Pizza kommt, kauen wir recht lustlos darauf rum, sodass Dario sich genötigt fühlt, zu uns rüberzukommen, um mal was klarzustellen. »Hey! Ragazzi! Wenn ihr hier so vor euch hinkaut, als würde euch das nicht schmecken, dann muss ich euch sagen: Das vertreibt die Kundschaft! Das sieht aus, als würde man von meiner Pizza Depressionen bekommen… und das sieht dann für mich ziemlich blöd aus. Also reißt euch zusammen! Capito?«

»Deine Pizza ist die beste!«, beteuert Martin und hält ein Stück davon hoch in die Luft.

»Ja, die allerallerbeste!«, steige ich mit ein.

»Eine bessere Pizza habe ich noch nie gegessen!«, ruft James Dario hinterher, als dieser schon wieder auf dem Weg zurück zu seinem Ofen ist.

»Das ist hier so was wie 'ne Fünf-Sterne-Pizza! Mhmm. Absolute Oberliga!«, setzt Martin noch einen drauf.

»Würde es einen Pizza-Oscar geben, du würdest ihn bekommen!« Ich breche in Lachen aus.

Die anderen Gäste gucken schon zu unserem Tisch rüber. Einige sind amüsiert und lächeln uns zu, andere schütteln etwas pikiert die Köpfe.

Wir stopfen uns übertrieben gierig die Pizza in den Mund, bis die Tomatensoße seitlich wieder rausläuft und geben Schmatzgeräusche von uns. »Mhhhm. Ahhh. Ohhh. Lecker!«

»Bene, bene, schon gut!«, ruft Dario und streckt seinen Zeigefinger über die Theke. »Wenn das hier nicht klappt, gibt es für euch Hausverbot, Collegas!«

Ich schiele rüber zu dem Tisch, an dem sonst die Bockwurstjungs sitzen. Aber sie sind nicht da, keiner von ihnen. Stattdessen sitzt dort eine Frau in einem kurzen blauen Flatterkleid mit klobigen Wanderschuhen und einem großen Rucksack neben sich. Sie studiert eine Karte, während sie sich kleine vorgeschnittene Pizzastückchen in den Mund schiebt. Ihre Haut ist gleichmäßig gebräunt, als sei sie schon Monate unterwegs, und die sonnengebleichten blonden Haare hat sie zu einem losen Zopf gebunden, aus dem bunte Bänder hängen. Sie sieht richtig gut aus. Ausgeglichen, zufrieden, frei … Bestimmt hat sie keine Migräne.

Nora wacht auf vom Klopfen des Regens gegen die Zeltwände. Ihre Füße sind kalt. Sie reibt sie gegeneinander in dem engen Schlafsack, bei dem der Mann im Outdoorladen versprochen hatte, dass er auch bei Minusgraden warm halten würde.

Vielleicht tut er es auch, aber nicht bei Noras miserabler

Durchblutung, die ihr fast immer kalte Hände und Füße beschert. Außer beim Wandern, wenn sie dauernd in Bewegung ist. Dann ist ihr wohlig warm, dann fühlt sie das Herz pumpen und das Blut durch ihre Adern strömen bis in die Finger- und Zehenspitzen.

»Hey… something wrong?« Franco legt den Arm um sie. Die Schlafsäcke rascheln.

»I'm cold«, flüstert Nora.

Franco zieht sie an sich und reibt mit seinen Händen ihre Schultern.

Sie haben sich vorgestern kennengelernt, Franco und sie. Mitten in den Alpen, auf der italienischen Seite. Beide waren schon einige Tage unterwegs, ganz allein auf ihrem Selbstfindungstrip.

Sie zündeten ein Lagerfeuer an und kochten auf dem Campingkocher heiße Tütensuppe mit Tomatengeschmack. Franco hatte irgendwelche selbst gesammelten und getrockneten Kräuter hineingeworfen. Nora war skeptisch, ihr ist dann aber doch nicht übel geworden, wie sie es erwartet hatte.

Sie schliefen noch am selben Abend miteinander. Unter dem freien Himmel, in Enzian gebettet.

Es ging nicht um Liebe, bestimmt nicht, aber nach so langer Zeit alleine unterwegs, sehnt man sich nach der Verschmelzung mit einem anderen Menschen – und erst recht mit so einem attraktiven wie Franco. Braune Augen, dunkle Locken und eine sexy Narbe am Kinn.

Sie werden noch ein Stück zusammen gehen, das haben sie schon ausgemacht. Aber dann wird Nora nach Spanien fliegen, und Franco wird weit weg von Spanien gehen, weil es sein Heimatland ist, welchem er zu entfliehen versucht.

Auf dem Flughafen wird es dann zu einer heißen Abschiedsszene kommen, filmreif, mit wildem Geknutsche. Franco schenkt Nora sein Tütchen mit Kräutern und Nora ihm eine Muschel, die sie am Strand in der Bretagne gefunden hat.

Ein letztes Mal Winken.

In Spanien trifft Nora auf eine Gruppe von Leuten, die sich auf einem stillgelegten Bahnhof eingerichtet hat. Spanier, Griechen, Engländer und zwei Australier.

Der selbst angelegte Garten strotzt vor in der Sonne gereiftem Obst und Gemüse. Sie haben Hunde und halten Hühner. Und von den Eiern gibt es jeden Morgen das beste Rührei mit Schnittlauch und Tomaten, das Nora je gegessen hat.

Gegen Mittag gehen sie schwimmen, im nahe gelegenen See, liegen im Gras und lesen Bücher, spielen Karten, philosophieren über den Zustand der Welt.

Am Nachmittag werden Dinge hergestellt, Tassen bemalt, Körbe geflochten, Socken gestrickt, Pilze zum Trocknen auf den heißen Steinen ausgebreitet. Einmal in der Woche fährt die Gruppe auf den Markt, um die Sachen zu verkaufen oder gegen andere Dinge zu tauschen wie Toilettenpapier, Seife, Schokolade, Streichhölzer und so Zeug. Milch, Käse und Honig bekommen sie beim benachbarten Bauern.

Mehr braucht es nicht. Das ist erstaunlich, findet Nora. Und sie bleibt eine Weile bei der Gruppe, über zwei Monate.

Sie geht dann schließlich schweren Herzens doch, zum einen, weil sie sich selbst versprochen hat, die halbe Welt zu erkunden, und zum anderen, weil sie ihren Flieger nach

Amerika schon vor einer Weile gebucht hat und sie ihn unmöglich verpassen darf.

Im Flugzeug überfallen sie Gedanken von Heimatlosigkeit und der Wehmut, dass sie die vielen Menschen immer nur oberflächlich kennenlernt. Und was passiert, wenn sie krank wird? Wer wird sich dann um sie kümmern? Und überhaupt ist es ein Scheißgefühl, wenn man sich immer nur auf sich selbst verlassen kann.

Aber dann, als sie in L.A. aus dem Flieger steigt und mit dem Taxi Richtung Innenstadt fährt, da erwacht wieder ihr Entdeckergeist, und sie stürzt sich rein in diese laute Stadt voller Smog und voller irrationaler Verheißungen. Und wenn sie krank wird, dann geht sie eben zum Doktor! Doctor Gary oder Doctor McFly oder sonstwem.

»Wow, das ging aber schnell!«, ruft Martin Rocco zu, der bei Ruth untergehakt und humpelnd auf unseren Tisch zusteuert.

»Lasst euch von meinem Aussehen bloß nicht täuschen, der Doktor sagt, ich sehe bald wieder so blendend aus wie immer!« Er setzt sich auf seinen Platz in der Mitte der Bank. Wir haben hier alle unsere Plätze, das hatte sich von Anfang an so ergeben.

Ruth und ich wechseln Blicke und ein verschwörerisches Grinsen.

Dario spendiert eine Pizza und weitere Getränke und setzt sich kurz zu uns. Er begutachtet Roccos Gesicht und schüttelt den Kopf. »Nicht gut, Alter.«

Rocco wirft einen Blick zu dem Tisch der Bockwurstjungs. »Ich würde sagen, das hat sich erledigt mit diesen

Nervensägen. Den Kampf um das Stammlokal haben wir gewonnen!« Er reißt die Arme in die Luft.

»Du bist nicht sauer?«, frage ich verwundert.

»Und wie!«, antwortet Rocco. »Aber die haben auf ihrem Karmakonto ordentlich Minuspunkte gesammelt. Das kommt zurück. Wart's nur ab.«

Karmakonto. Davon habe ich schon öfter gehört. Ob es das wirklich gibt? Es gibt Menschen, die leben tatsächlich nach diesem Karmaprinzip.

Ich denke darüber nach, wie viele Plus- oder Minuspunkte ich auf so einem Konto haben dürfte.

Minuspunkte für: Mama belügen. Über Mitschüler lästern. BHs bei H&M klauen. Mit Jungs flirten, die ich eigentlich nicht toll finde, nur um das eigene Selbstbewusstsein aufzuwerten. Oma zu Weihnachten nur deshalb anzurufen, damit sie sich an mich erinnert und einen Umschlag mit hundert Euro schickt. Spinnen töten, weil es schneller geht, als sie in Gläser zu fangen und rauszutragen.

Pluspunkte für: Jedem Straßenmusiker, der mir über den Weg läuft, einen Euro geben. Winnie, die Waisenkatze voller Flöhe, bei mir aufnehmen und Mama so lange bearbeiten, bis sie endlich einwilligt, sie zu behalten und die Tierarztrechnungen zu zahlen. Und außerdem …

Tja.

Mehr fällt mir erst mal nicht ein.

Das ist eine schlechte Bilanz. »Meinst du dieses Karmakonto existiert? Also für jeden?«

»Aber klar!« Rocco verzieht das Gesicht zu einem schiefen Lächeln und versucht, mit seinem geschwollenen Auge zu zwinkern, was irgendwie sehr komisch aussieht.

Verdammt! Ich werde mich anstrengen müssen! Ich werde dieses blöde Konto mit Pluspunkten auffüllen müssen. Möglichst schnell. Vielleicht kann ich gleich damit anfangen, indem ich Irmis Haus putze. Von oben bis unten. Das gibt bestimmt fünf Pluspunkte.

»Außerdem, ich sehe das so: Diese Dreckskerle haben gesagt, sie wollen mir meine schöne Visage einschlagen ... Ich glaube, die sind alle verknallt in mich und regen sich selbst furchtbar darüber auf, weil sie herausgefunden haben, dass sie in Wirklichkeit schwul sind, und sich dafür hassen, na und so weiter. Im Prinzip können sie nichts dafür, die armen kleinen Häschen.«

»Das ist eine furchtbar bescheuerte Theorie«, meint James, und Ruth stimmt dem zu.

Aber Rocco wirkt damit so zufrieden, dass wir ihn gar nicht vom Gegenteil überzeugen wollen.

Ich bin froh, dass er wieder da ist, dass es ihm besser geht und dass es letztendlich nicht mehr als ein paar blaue Flecken und kleinere Platzwunden sind, die sein schönes Gesicht entstellen.

Ruth fährt mit ihrer Hand über Roccos Rücken und lächelt. Irgendetwas ist anders zwischen ihnen, seit sie in der Ambulanz zwei Stunden nebeneinander auf harten Plastikstühlen gesessen haben.

Eine halbe Stunde später rauchen wir vor der Pizzeria noch eine letzte Zigarette miteinander, eine Nelkenzigarette, die Roccos Stiefvater aus Indonesien mitgebracht hat. Und schließlich einigen wir uns noch darauf, am nächsten Abend zusammen die Dorfdisco zu besuchen, um uns mal ordentlich zu betrinken.

»Gute Nacht, ihr Lieben.« Ruth macht den Anfang und die anderen folgen.

Ich sehe Martin noch ein letztes Mal an und frage, ob alles wieder okay ist zwischen uns. Er winkt nur ab, fragt: »War da was?«, und umarmt mich zum Abschied.

»WARUM NIMMST DU eigentlich diese Tabletten?«, fragt Irmi am Frühstückstisch, als sie mich dabei beobachtet, wie ich zwei Paracetamol aus der Verpackung drücke und sie mit Orangesaft runterspüle.

»Sonst kommen wieder so Kopfschmerzen«, antworte ich und stopfe lustlos ein bisschen Toast hinterher.

»Kommen?«, hakt Irmi nach.

»Sie sind noch nicht da, aber ich fühle, dass sie bald kommen werden«, erkläre ich etwas unwillig.

»Hm«, sagt Irmi nur. Dann schüttelt sie ganz leicht den Kopf und sieht mich mit so einem bohrenden Blick an, dass ich sofort anfange, unruhig auf meinem Stuhl hin und her zu rutschen.

Ich halte es nicht lange so aus und schließlich frage ich: »Das findest du komisch, Irmi?«

»Ich finde so einiges komisch, das weißt du doch.«

Ich glaube, Irmi provoziert mich. Eigentlich könnte es mir ja egal sein, wie lange kenne ich sie schon? Was weiß sie schon von meinen Kopfschmerzen?

»Na gut, also wenn du es genau wissen willst. Ich finde es wirklich komisch«, sagt Irmi und lächelt sanft, um keinen Streit daraus zu machen.

Bei Mama und mir hätte es an dieser Stelle sofort gekracht, wahrscheinlich wäre ich einfach vom Tisch aufgestanden und hätte womöglich noch mit der Tür geknallt. Das mache ich hier nicht. Ich bin schließlich Gast.

»Also ich fahre ganz gut damit, jeden zweiten Tag ein paar Tabletten zu schlucken, statt mich immer mit den Schmerzen zu quälen.« Jetzt rechtfertige ich mich, obwohl ich das eigentlich nicht wollte.

»Jeden zweiten Tag? Du meine Güte!« Irmi fasst sich an den Kopf.

»Das ist Migräne. Das liegt in der Familie.« Ich merke, wie langsam Wut in mir aufsteigt.

»Weißt du, woher Kopfschmerzen kommen?« Irmi beugt sich über den Tisch, als wolle sie ein Geheimnis mit mir teilen, aber ich weiche aus, lehne mich in meinem Stuhl zurück.

Irmi bemerkt das und setzt sich wieder auf ihren Stuhl, streicht ihren Rock glatt. »Kopfschmerzen kommen von Kopfzerbrechen. Sich um alles und jeden Gedanken machen und sorgen. Sich unter Druck setzen. Alles immer richtig machen wollen. Nicht frei sein … mit sich selbst.«

Eso-Scheiß. Das ist das Erste, was mir dazu durch den Kopf schießt. Wobei ich das natürlich nicht ausspreche, dazu habe ich zu viel Respekt vor Irmi. Und nachdem ich Eso-Scheiß zu Ende gedacht habe, kommt mir noch der zweite Gedanke: dass nämlich das, was Irmi gesagt hat, hundert Prozent auf mich zutrifft. Aber auch das sage ich nicht. In erster Linie deshalb, weil es mich enorm erschreckt, wie sehr es doch auf der Hand liegt, und wie wenig ich es selbst bisher gesehen habe.

Die Tabletten liegen mir plötzlich schwer im Magen.

Ich überlege, ins Bad zu gehen und sie wieder zu erbrechen, aber ich kann mich nicht dazu aufraffen. Als wäre ich am Stuhl festgewachsen. Als würde ich plötzlich ganz schwer werden, doppelt so schwer wie ich in Wirklichkeit bin. Als würde der Kopf etwas anderes wollen als der Körper.

Irmi räumt den Tisch ab und setzt Tee auf. Irgend so ein Kräuterzeug. Hexenzeug. Eso-Zeug.

Und da passiert es einfach, ich kann gar nicht glauben, dass es wirklich passiert, aber wie ich auf diesem Stuhl sitze, schwer wie ein Elefant, rollen plötzlich Tränen aus meinen Augen. Rollen von den Wangen herab, fallen auf meine graue Hose und lassen runde nasse Flecke zurück.

»Das ist ja kein Weltuntergang«, flüstert Irmi und reicht mir eine Tasse mit Eso-Tee. Sie sieht, dass ich weine, verliert aber kein Wort darüber, stattdessen legt sie ihre faltige, warme Hand auf meine Schulter und bleibt einfach eine Weile neben mir stehen.

Die Tränen versiegen langsam. Ich atme noch ein paar Mal durch, trinke einen Schluck Tee und schnäuze mir viel zu laut die Nase.

Wir zucken zusammen, als es an der Tür klingelt. Ich sehe Irmi an und sie nickt mir zu. Alles okay, nichts passiert, und trotzdem fühle ich, dass das erst der Anfang von etwas war.

Vor der Tür wartet Ruth mit einer ganz anderen Energie – mit nervöser Verliebtheit nämlich –, und das lenkt mich für den Moment ab. Vor allem muss ich jetzt nicht alleine sein, mit meinen Gedanken an diese seltsamen Situation da eben in der Küche.

»Danke Nora, danke, danke, danke! Ich weiß gar nicht, wie oft ich das sagen soll!« Ruth fällt mir um den Hals.

»Wow! Was hab ich gemacht? Sag schon, sag schon, sag schon!« Ich lasse mich von Ruths Freude anstecken und hüpfe mit ihr durch den Vorgarten.

»Machst du Witze? Rocco ist gestern Nacht noch bei mir vorbeigekommen.« Sie grinst von einem Ohr zum anderen und ihre Augen glänzen, als hätte sie Fieber.

»Das ging aber schnell!« Da bin ich platt. Dass Rocco ein Draufgänger ist, habe ich mir schon denken können, aber Ruth?

»Nicht so! Nein. Er ist gestern noch an mein Fenster gekommen, hat Steinchen dagegen geworfen. Ist das zu glauben? Ich kam mir vor wie in einem Film. Ich meine, wer wirft im echten Leben Steinchen ans Fenster? Und dann stand er da, mit seinem zerschrammten Gesicht. Gott, der ist so süß!« Ruth bekommt so einen verklärten Gesichtsausdruck.

»Du bist ja schwer verknallt!« Ich lache und freue mich wirklich für sie.

»Aber wenn du mich gestern nicht mitgeschickt hättest in die Ambulanz, dann wäre alles ganz anders gekommen, dann wäre nichts von alldem passiert!« Sie umarmt mich wieder überschwänglich und drückt mir die Luft ab.

»Aber was ist denn nun passiert?« Ich überlege, ob es vielleicht gut wäre, Ruth eine Runde zu schütteln, bevor sie explodiert, aber dann lasse ich das lieber bleiben, denn möglicherweise explodiert sie vom Schütteln erst recht.

»Na ja, ach, eigentlich ist nicht so viel passiert. Aber er stand da unter meinem Fenster, in Mondlicht getaucht wie so ein Romeo! Ich meine, ich hab echt Angst bekommen, weil ich dachte, das ist doch jetzt ein Klischee, ein abgegriffenes Klischee, das träumst du nur. Das denkst du dir nur aus. Aber dann… Er stand wirklich da und er sagte ›Danke‹ und grinste.«

»Und du?«

»Ich? Ich sagte ›Bitte‹.«

Ich reiße die Augen weit auf und warte, ob da noch was kommt. Aber da kommt nichts mehr.

»Das war's!« Ruths Augen glänzen.

»Na, das ist doch aber immerhin ein Anfang.«

»Ist mir egal. Und wenn es das Ende ist. Das war großartig.«

Ruth nimmt meine Hand und wir laufen ein Stück so zusammen, laufen durch das Gartentor und dann in eine kleine ruhige Gasse. Ich freue mich für Ruth, aber ein klein wenig Neid ist auch dabei. Nicht wegen Rocco, aber wegen dem Gefühl, wegen diesem Verrücktspielen. Das hatte ich lange nicht mehr. Nicht mal bei Ben.

Vor einem Jahr das letzte Mal, da war ich wirklich verknallt, in meinen neuen Mathelehrer. Ausgerechnet! Wo ich Mathe noch nie ausstehen konnte. Aber Herr Hoffmann hatte einen Drei-Tage-Bart und Haare, die ihm vor die Augen fielen, und eine Stimme, mit der er besser beim Radio gearbeitet hätte, als Mathe zu unterrichten. Natürlich hatte Herr Hoffmann eine Frau, eine mit langen roten Haaren, schwarzer Lederjacke und Skinny-Jeans. So eine wirklich coole, dass ich mir also keine Illusionen machen brauchte, er wäre unglücklich mit ihr. Trotzdem konnte ich das Herzklopfen nicht unterdrücken, und auch nicht die Träume, die sich nachts anschlichen, sexuelle Träume, davon wie Herr Hoffmann mir heimlich in der Schule näherkommt. Oh Mann, und ich konnte darüber nicht einmal mit jemanden reden.

Und dann wurde seine Frau schwanger und er ging in Elternzeit und das schmerzte – aber mit jedem Tag etwas weniger, und nach drei Monaten konnte ich mich nicht mal mehr richtig an sein Gesicht erinnern. Seitdem hatte mein Herz nicht mehr in dieser Art geklopft, und sexuelle Träume hatte ich nur noch mit Seriendarstellern, aber das zählt nicht. Und das mit Ben war eher so eine Notlösung gewesen. Er tauchte plötzlich auf und fand mich gut, und weil ich dachte, dass es vielleicht Zeit wäre für einen Freund, ließ ich mich darauf ein. Aber er merkte schnell, dass ich nicht das war, was er sich erhofft hatte, und ließ mich fallen. Wir hatten nur zwei Mal miteinander geschlafen.

»Sag mir jedenfalls, wenn es etwas gibt, womit ich mich bei dir revanchieren kann«, flüstert Ruth mir ins Ohr, denn da kommen sie schon um die Ecke gebogen, die Popcornjungs und der Eisverkäufer mit dem lädierten Gesicht.

Wir begrüßen uns überschwänglich, umarmen einander. Sogar James macht mit und lässt sein iPhone zu Abwechslung den ganzen Weg über in der Hosentasche stecken. Dieser Zwischenfall gestern im Wald, auch wenn er nicht schön war, hat uns ein Stückweit stärker zusammengeschweißt.

Am Strand trennen sich unsere Wege für die nächsten paar Stunden. Aber wir machen aus, besser aufeinander zu achten und die Würstchen im Auge zu behalten, so gut es nur geht.

Ich stapfe los, die Drachen auf den Rücken geschnallt, die Schultern mit Martins Wunderöl eingeschmiert, ein Tuch um den Kopf gebunden.

»Hey, Drachenmädchen!« Martin ist mir ein kleines Stück nachgelaufen.

»Ja?« Ich drehe mich zu ihm um, voller Hoffnung, dass er vielleicht mit mir zusammen laufen will.

»Pass auf dich auf«, sagt er aber nur, reicht mit ein Tütchen Popcorn aus seiner Tasche und macht wieder kehrt.

»Werd ich… auf mich aufpassen, meine ich. Und danke.« Ich bin total erleichtert, dass Martin tatsächlich wieder mit mir spricht. Ich weiß nicht, ob ich an seiner Stelle nicht tausend Jahre nachtragend geblieben wäre. In Zukunft muss ich besser darauf achten, welche Gedanken meinen Kopf verlassen und welche lieber für immer dort verschlossen bleiben.

Während ich vor mich hin lächelnd weiterlaufe, an den ersten potenziellen Kunden vorbei, fällt mir auf, dass mein Herz ein bisschen schneller schlägt als sonst. Aber bevor ich in mich hineinhören kann, kommen schon die ersten Kinder auf mich zugerannt, mit sonnengebräunten Gesichtern und bunten Badehosen, mit klebrigen Fingern und einem zahnlosen Lächeln.

»Einen Drachen für mich und einen für meine Schwester. Die liegt da drüben und traut sich nicht. Ich muss ihr auch noch zeigen, wie das geht. Weil sie ist ja noch klein. Also zwei Drachen. Bitte.«

ABENDS IN DER Dorfdisco herrscht gähnende Leere.

Wir saßen noch extra lange bei Dario, um nicht zu früh zu kommen, aber es hat nichts geholfen.

Absolut tote Hose.

Die Discokugel in der Mitte des Raums dreht sich träge und streut bunte Flecken auf die Terrakottafliesen. Die Musik ist furchtbar. Irgend so ein Dance-Zeug, und viel zu laut.

»Was habt ihr erwartet?«, wundert sich Rocco mit dem Matschgesicht und geht zur Bar, um Getränke zu ordern.

Die erste Runde Jägermeister zum Verdauen der Vier-Käse-Pizza.

Ruth und ich verziehen angewidert das Gesicht, nachdem wir das Glas auf Ex getrunken haben.

»Wow.« Die Jungs versuchen, ihre Drinks ganz cool runterzukippen, aber auch ihre Gesichter zucken.

»Wisst ihr, dass wir uns hier so richtig danebenbenehmen können, wenn wir wollen?« Rocco ist begeistert. »Ich meine, hier kennt uns echt niemand.

Ich muss schmunzeln. »Wieso möchtest du dich denn schlecht benehmen?«, frage ich und stelle unsere leeren Gläser wieder zurück auf das kleine Tablett.

»Ich weiß nicht, nur so, theoretisch meine ich. Man könnte vor die Theke kotzen zum Beispiel.« Er bläht seine Wangen und tut so, als würde es ihm wieder hochkommen.

»Der erste Schnaps und du muss schon kotzen?«, lacht Martin.

»Deine Mutter vielleicht!« Rocco fuchtelt gangstermäßig mit seinen Händen vor Martins Gesicht herum.

»Uh! Muttersprüche! Wie originell!« James schüttelt den Kopf. Wieder mal.

Ruth besorgt derweil die zweite Runde. Diesmal Tequila.

»Das kann was werden«, stöhne ich, lecke mir das Salz vom Handrücken, kippe das Glas wieder auf Ex und beiße in die Zitronenspalte.

Ich fühle den Alkohol durch meine Brust strömen und die Wärme in meine Wangen steigen. Langsam wird es lustig. Ich schaue rüber zu Martin. Für heute Abend hat er auf sein Matrosen-Shirt verzichtet. Er trägt eine schwarze Jeans und ein schwarzes Hemd mit hochgekrempelten Ärmeln. Schon wieder muss ich auf seine Hände starren. Auf seine schlanken Finger, mit denen er den Takt auf der Holztheke mitklopft.

Ich stehe vom Hocker auf und zupfe an meinem Rock rum, probiere zur Musik ganz leicht meine Hüften zu schwingen, den Kopf, die Arme. Ruth folgt meinem Beispiel. Wir gehen noch schnell zur Bar, Ruth bestellt zwei Jägermeister, und dann stürmen wir die Tanzfläche. Wir drehen uns ein paar Mal im Kreis, hüpfen auf und ab, werfen die Köpfe nach hinten. Die Musik ist wirklich das Letzte, aber wir versuchen das Beste draus zu machen. Nicht sexy, nicht sinnlich, nicht schön. Sondern impulsiv und wild und schräg. Die Haare fallen uns ins Gesicht.

Die paar Discobesucher schauen irritiert und flüstern sich Sachen ins Ohr. Als Rocco das bemerkt, schließt er sich uns beiden an, packt Ruth und mich an den Händen und wirbelt uns über die Tanzfläche. Erst die eine, dann die andere. Ich lache und sehe rüber zu Martin, der auf die Bar zusteuert, um die nächste Runde auszugeben.

Schnell löse ich mich von der Tanzfläche und stelle mich zu ihm.

»Wenn wir in diesem Tempo weitertrinken, könnte das gefährlich werden«, keuche ich.

»Für wen?« Er reicht mir das nächste Glas.

»Ich weiß nicht. Für alle? Für mich vielleicht?« Ich rieche an der hellbraunen Flüssigkeit, nippe vorsichtig dran und stelle das Glas zurück auf den Tresen. Ich bin die Einzige aus unserer Gruppe, die noch nicht achtzehn ist. Hoffentlich kommt der Barmann da nicht bald drauf.

»Sollen wir auf dich aufpassen?« Martin wirkt leicht besorgt, als fände er mich irgendwie komisch, blöd, mädchenhaft. Verdammt! Er hat mich nicht verstanden. Ich hätte mal wieder lieber meinen Mund halten sollen. Warum passiert mir das bei ihm ständig?

»Nein. So habe ich das nicht gemeint«, versuche ich klarzustellen.

»Was meinst du dann?« Er lässt nicht locker.

Oh Gott, ich wollte nur einen Spruch machen, irgendeinen. Alkohol, er und ich… gefährlich. So in etwa. Was für ein kümmerlicher Flirtversuch!

»Vergiss es!«, sage ich voller Scham und laufe zurück auf die Tanzfläche, weil mir das als kleineres Übel erscheint. Besser, als mich um Kopf und Kragen zu reden.

Der DJ wechselt den Musikstil, rüber zu Schlager. Ganz ohne Übergang. Schlimmer kann es nun wirklich nicht mehr werden. Erstaunlicherweise füllt sich aber die Tanzfläche mit Leuten. Glitzerröckchen und Sportschuhe, rosa Lippenstift und karierte Hemden. Rocco, Ruth und ich werden an den Rand gedrängt. Die Einheimischen erobern sich ihre Tanzfläche zurück. Wir versuchen noch, mit unserem Tanzstil aus dem Rahmen zu fallen, Aufsehen zu erregen, aber keiner achtet mehr auf uns. Genug Freakshow für den heutigen Abend. Versunken in süßliche Texte, schunkeln sich die anderen zufrieden in andere Sphären und wollen sich von uns Möchtegern-Rebellen mit Sicherheit nicht die Laune verderben lassen.

Also holt Rocco lieber den nächsten Schnaps an der Bar ab.

»Ich bin betrunken«, kichert Ruth und hakt sich vorsichtshalber bei mir unter. James sieht uns prüfend an. Er scheint immer irgendwie über den Dingen zu stehen, nie ist er hundert Prozent bei etwas dabei. Immer nur wie ein Zuschauer. Gerade jetzt geht mir das voll auf die Nerven.

»Auf Dorfdiscos!«, rufe ich deshalb übertrieben aufgedreht.

»Auf nie wieder Dorfdiscos!«, kichert Ruth und verschüttet den halben Schnaps.

»Auf guten Musikgeschmack!«, schlage ich vor.

»Auf schöne Ladys!« Rocco. Klar.

»Auf unerwartete Gefahren!« Martin sieht mir in die Augen, aber ich weiche seinem Blick aus.

Wir stoßen an und kippen dieses furchtbar brennende Zeug runter.

Neue Leute kommen hereingeströmt, besetzen die Tanzfläche, belagern die Bar. Jetzt geht die Party richtig los. Zwischen den Neuankömmlingen sind auch drei von den Würstchen, mit frisch gebügelten Hemden und viel zu viel Gel im Haar. Sie schauen kurz in unsere Richtung, tun aber so, als hätten sie uns nicht gesehen, und nehmen dann am anderen Ende des Raums an einem Ecktisch Platz.

»Die haben echt Nerven!«, presst Martin gereizt hervor.

»Vergiss die! Wirklich.« Rocco winkt ab, als ob das alles harmlos wäre. »Bringt ja nichts.«

»Vielleicht doch. Vielleicht sollten wir denen geben, was sie verdienen.« Irgendwie ist das komisch, wie er sich da reinsteigert. Passt eigentlich gar nicht zu ihm.

»Komm schon runter, Mann.« James holt Martin wieder auf den Boden zurück. »Meinst du, die haben Angst vor dir?«

Martin ist frustriert, fummelt nervös an seinen Armbändern rum und blickt wieder zum Ecktisch rüber.

»Komm schon! Verdirb uns jetzt nicht die Laune.« Rocco legt ihm den Arm um die Schulter und reicht ihm sein halb volles Glas.

Ich muss auf Toilette. Der ganze Schnaps setzt mir schon ganz schön zu. Ich trinke eigentlich eher selten, manchmal ein Bier auf einer Party, höchstens zwei.

In meinem Kopf dreht sich alles, und als ich vom Klo aufstehe, schwanke ich etwas. Am Waschbecken benetze ich meine Stirn mit kaltem Wasser. Ich sehe blass aus in dem grellen Licht, meine Haare sind ganz wirr vom Tanzen. Ich rücke die Träger meines Tops zurecht, richte mich auf. Mehr Alkohol rühre ich heute besser nicht an.

Als ich die Toilette verlasse, verstellt mir in dem engen Flur ein Mann den Weg. »Warte mal kurz«, sagt er und streckt die Hand nach mir aus. Ich weiche sofort zurück.

Ich habe ihn schon mal gesehen. Wo bloß? Am Strand?

Er ist schon älter, bestimmt um die vierzig. Trägt ein rotgrün kariertes Hemd und unvorteilhafte Shorts. Männer mit kurzen Hosen gehen sowieso überhaupt nicht!

»Ich würde gern durch.« Meine Stimme kippt ein wenig. Wahrscheinlich auch wegen dem Alkohol.

»Ich will dich nur was fragen.« Der Typ kommt einen Schritt auf mich zu.

»Meine Freunde warten auf mich.« Ich merke, wie ich verkrampfe und meine Hände sich zu Fäusten ballen.

»Ich habe dich beobachtet. Vorhin, auf der Tanzfläche. Ich mag, wie du tanzt.« Er lehnt sich mit einer Hand gegen die Wand, sodass ich nicht an ihm vorbei kann.

»Danke«, sage ich knapp und versuche, unter seinem Arm vorbeizuschlüpfen. Aber der Typ schiebt seinen Körper vor und greift nach mir, sodass ich wieder zurückweiche.

»Und am Strand. Da hab ich dich auch beobachtet. Da konnte ich bloß nichts sagen, weil ich mit meiner Familie in dieser verdammten überhitzten Strandmuschel saß.«

»Ich möchte jetzt gerne gehen.« Die Situation wird langsam brenzlig.

»Weißt du, wie das ist?« Er beugt sich zu mir vor, eine Mischung aus Rasierwasser und Bierdunst steigt mir in die Nase. »Da sitzt man mit seiner Familie … Oh Mann, ich liebe meine Familie, aber manchmal ist das auch ein bisschen viel. Mama hier, Papa da. Sandburgen und so ein Scheiß. Und meine Frau ist auch nicht mehr die frischeste, wenn du verstehst. Sie ist jetzt halt Mutti. Und dann läufst du da vorbei in deinen sündhaft kurzen Jeans. Mann, da muss man sich schon sehr beherrschen. Ist das überhaupt erlaubt, so kurze Jeans zu tragen?« Seine glasigen Augen bleiben an meinem Körper hängen.

Warum kommt bloß keiner vorbei? Warum muss ausgerechnet jetzt niemand auf Toilette?

Mir wird kalt und heiß, alles auf einmal, und dazu noch unglaublich schlecht. Schweißtropfen bilden sich auf meiner Stirn und mein Puls rast. Ich könnte zurück auf die Toilette rennen, aber dann könnte er mir nachkommen, und von drin hört mich bestimmt keiner.

»Ich werde schreien«, kündige ich an.

Aber der Typ grinst nur. »Hey, bleib mal schön locker! Ich mach doch nichts, ich würde nur so gerne einmal deinen knackigen Hintern berühren.« Er macht einen Schritt auf mich zu. Ich weiche zurück und knalle mit dem Rücken an die Wand. Am liebsten würde ich die Augen schließen, um sein Gesicht nicht mehr zu sehen, doch ich blicke ihn weiter an, damit er es nicht wirklich wagt, mich zu berühren.

Aber er tut es trotzdem, streckt die Hand nach mir aus und bläst mir seine Fahne ins Gesicht.

»Hey!«, höre ich Martins Stimme vom anderen Ende des Flurs rufen. Gott sei Dank!

Der Typ dreht sich um, und ich nutze die Gelegenheit, mich an ihm vorbeizudrängen, so schnell ich kann. Verdattert streckt er noch einmal seine Hand nach mir aus und streift dabei meine Brust. »Geile Titten!«, höre ich ihn noch zischen, bevor ich die Tür der Disco aufstoße und mich an die frische Luft rette.

Martin kommt sofort hinterhergelaufen. Er legt seine Hand auf meine Schulter, aber ich stoße sie zur Seite und renne weg, renne wie eine Wahnsinnige und bekomme furchtbares Seitenstechen davon.

Doch ich laufe weiter, an dem kleinen Waldstück vorbei, wo ich die Hand vor den Augen nicht mehr sehe, weil es so dunkel ist. Immer geradeaus, hin zum rauschenden Meer.

Ich kann Martin hören, wie er völlig außer Atem hinter mir her rennt.

Am Strand endlich lasse ich mich in den Sand fallen. Martin bleibt ein paar Meter neben mir stehen, ich spüre seinen Blick.

»Geh weg!«, schreie ich in seine Richtung.

»Nein.« Er bleibt weiter an seinem Platz, geht in die Hocke und starrt das dunkle Meer an.

»Geh weg! Ich möchte heulen!«, rufe ich ihm verzweifelt zu.

»Dann heul!«, schreit er zurück.

»Ich will nicht, dass du das siehst!« Ich wende mich von ihm ab.

»Ich seh sowieso nichts, ist viel zu dunkel. Heul endlich!«

Was ist bloß los mit diesem Martin?

Ich will heulen, wirklich. Ich warte darauf, dass sich die Tränen endlich lösen. Aber stattdessen muss ich plötzlich lachen.

»Heulst du jetzt?«, fragt Martin und kommt ein Stück näher.

Ich schüttele nur den Kopf. Martin setzt sich vorsichtig zu mir in den Sand.

»Du bist echt komisch«, sage ich zu ihm und blicke ihm in die Augen.

»Ich bin komisch? Hast du dich schon mal angeguckt? Erst redest du davon, dass es heute Nacht gefährlich werden könnte, und dann, paar Minuten später, wirst du von diesem hässlichen Typen bedrängt. Du hättest ja gleich sagen können, was Sache ist.«

»Das war nicht so gemeint.« Wie kann ich ihm das bloß klarmachen?

Martin schaut mich ratlos an und schüttelt den Kopf. »Das war nicht so gemeint? Nicht? Weil es nämlich schon einen komischen Eindruck macht, findest du nicht?«

Ich muss wieder lachen. Was soll ich sonst machen? Es ist zu blöd.

»Hör zu. Ich kenne diesen Typen nicht. Und ich wusste auch nicht, dass der mich so eklig anmachen würde, wirklich nicht. Das war ein dummer Zufall. Und wenn du mir nicht glaubst, dann kannst du verschwinden, ehrlich. Das brauch ich nicht.« Ich hebe einen Stein vom Boden auf und schleudere ihn ins Wasser.

»Ich glaube dir.« Er ist jetzt ganz ruhig, lehnt sich zurück und stützt seine Ellenbogen im Sand ab.

Eine Weile sagen wir nichts. Starren aufs Meer und lassen Sand durch unsere Finger rieseln. Die Wellen sind heute Nacht richtig hoch und geben ein gewaltiges Rauschen von sich. Der Mond scheint hell und taucht den Strand in ein blasses Licht. Immer wieder wird er von schnell dahinziehenden Wolken verdeckt, die merkwürdige Schatten über uns werfen.

»Danke, dass du mich da rausgeholt hast.« Ich lege meine Hand auf Martins.

»Es tut mir leid, dass Männer so sind.«

Es tut ihm wirklich leid, das sehe ich an seinem zerknirschten Gesicht.

»Sind ja nicht alle so.« Ich versuche zu lächeln.

»Es reicht, dass nur ein paar so sind.« Martin zieht seine Hand unter meiner wieder hervor, um sich eine Zigarette anzuzünden. Er bietet mir auch eine an, aber ich winke ab.

»Weißt du, ich bin noch nicht lange hier, aber ich habe den Eindruck, dass ich hier ganz viel mitmache, durchmache, für mich lerne. So viel wie in mehreren Jahren Schule nicht.«

»Ich weiß, was du meinst, so ungefähr.« Er atmet lautlos den Rauch aus.

»Ja?« Ich sehe ihn von der Seite an.

»Wenn man zu Hause ist... bei seinen Eltern in der Kindrolle, in der Schule in der Schülerrolle, bei den Kumpels in der Freakrolle... wie auch immer. Jedenfalls ist man immer in dieser Rolle, die man schon ganz gut eingeübt hat und von der man den Text schon im Voraus weiß.« Er dreht sich zur Seite und stützt sich auf den Unterarm. Er schaut mich ernst an. »Aber hier bist du für dich. Allein. Ohne Rolle. Mit neuen Menschen, mit einer neuen Aufgabe. Wenn du willst, kannst du dir natürlich sofort eine neue Rolle zulegen, aber wenn nicht, dann kannst du kurz innehalten und in dich reinhören. Das ist ein guter Zustand, finde ich.«

Ich nicke. Er hat recht. Vielleicht sollte ich ihm von meinem Rollenbuch erzählen, aber dann lasse ich es sein, das wäre zu viel auf einmal. Ich strecke nun doch meine Hand nach seiner Zigarette aus, um ein paar Züge davon zu nehmen, reiche sie ihm dann wieder zurück.

»Nur die Kumpels verfolgen dich noch«, sage ich.

»Jetzt sind sie ja keine Kumpels mehr.« Er sieht mir in die Augen.

»Tut mir leid, dass du deine Kumpels verloren hast.«

»Muss es nicht.« Er wirft den Zigarettenstummel in den Sand und wir schauen zu, wie der restliche Tabak verglüht.

»Lass uns wieder zurückgehen, zu den anderen, sonst machen die sich noch ernsthaft Sorgen«, schlage ich schließlich vor.

»Du willst da wieder hin? Bist du sicher?« Martin hebt skeptisch die Augenbrauen.

»Wenn ich eine Rolle mit Sicherheit nicht annehmen werde, dann die Opferrolle. Lass uns amüsieren!«

Wir klopfen uns den Sand von den Klamotten und laufen wieder zurück, langsam, schlendernd, nah beieinander, sodass sich unsere Arme ab und zu berühren.

»Du bist gar nicht betrunken«, wundere ich mich.

»Wenn du wüßtest!« Martin torkelt demonstrativ.

»Mir war schlecht. Die ganze Zeit. Aber jetzt ist es okay.«

»Das ist die frische Luft.«

»Wir sollten öfter mal so spazieren gehen.« Ich lächele Martin an. »So als Freunde, meine ich«, schiebe ich sicherheitshalber hinterher.

Er lächelt zurück und nickt etwas vage. »Die anderen wundern sich bestimmt schon, wo wir bleiben.«

Ich laufe über den Strand, der menschenleer ist. Man hört nur Hunde bellen, aber sieht keine. Es ist dunkel. Auf dem Wasser schwimmen Möwen, lassen sich von den Wellen schaukeln, aber als ich näher rangehe, meine Augen zusammenkneife, um besser sehen zu können, sind es keine Möwen, sondern weiße Perserkatzen mit feuerroten Augen. Sie grinsen frech. Ich wende mich verunsichert ab und da steht auf einmal Max hinter mir. Ich stoße mit ihm zusammen. Ich will wegrennen, aber meine Füße sind im Sand versunken, bis zu den Knöcheln, und ich komme nicht von der Stelle.

Plötzlich ist Max nicht mehr Max, sondern Rocco, und ich bin erleichtert, falle ihm um den Hals.

»Darf ich dich küssen?«, fragt er, und ich möchte schrecklich gerne, aber da sehe ich Ruth und Martin von Weitem auf uns zukommen. Sie halten sich an den Händen. Auf einmal ist auch James da.

Ich fische so eine Perserkatze aus dem Wasser und stecke sie in meine Tasche.

»Für Irmi«, erkläre ich, aber keiner hört zu. Die Katze strampelt und schlägt ihre Krallen in meine Oberschenkel.

Plötzlich knutscht Ruth mit Martin und Rocco mit James.

»Und ich?« Ich werde weinerlich. Ich versuche, Martin und Ruth zu trennen, will sie auseinanderschieben, aber die scheinen zusammenzukleben. Um Aufmerksamkeit zu erregen, fange ich an, mich auszuziehen. Wie eine Frau im Stripclub, aber so recht mag es mir nicht gelingen. Ich fühle mich steif und denke ständig: Die Cellulite! Die Cellulite! Dann stehe ich bis zur Hüfte im Wasser und um meine Beine kreisen schlangenähnliche Fische, vielleicht

Aale, weshalb ich mich nicht bewegen kann. Neben mir steht Martin. »Lass uns von hier verschwinden!«

»Ja?«

»Ganz, ganz weit weg.« Er zeigt mit seinem Finger zum Horizont.

»Ich kann nicht. Ich will, aber ich kann nicht.« Ich versuche ihm das zu erklären und deute auf die Fische im Wasser, aber er sieht gar nicht hin.

»Du willst nicht.« Er hat einen ganz kalten Blick.

»Nein!«, protestiere ich.

»Das tut mir leid. Du tust mir leid!« Er wendet sich von mir ab.

Und da bin ich wieder alleine, immer noch im Wasser und von weiter hinten kommt etwas angeschwommen, etwas Großes, etwas Dunkles …

Ich wache schweißgebadet auf, mein Atem geht schwer. Im Kopf dreht es sich wieder. Ein anstrengendes Schnapskettenkarussell. Es ist spät in der Nacht, kurz vor vier. Ich klettere aus dem Bett und öffne das Fenster, um frische Luft reinzulassen. Dann mache ich leise das Radio an, ganz leise, damit Irmi nicht aufwacht. Ich zünde eine Kerze an. Die Mücken schwirren heran. Ich puste die Kerze wieder aus. Die frische Luft hilft kaum, es bleibt schwül. Ich wünsche mir eine Zigarette herbei. Funktioniert natürlich nicht. Besser so. Wahrscheinlich würde mir davon nur übel werden.

Was für ein merkwürdiger Traum. Eigentlich müsste ich ihn aufschreiben, denn morgen früh ist er wieder vergessen, spätestens am Nachmittag. Ich brauche mich in Traumdeutung nicht auszukennen, um die Symbolik zu verstehen. Meine ganzen Ängste. Martin. Immer wieder Martin.

Aber wofür stehen Perserkatzen?

Bestimmt was Sexuelles. Alles ist immer sexuell. Mir fällt der Typ aus der Disco wieder ein und kurz wird mir schlecht. Was er über seine Frau gesagt hat, das war das Letzte. Weiß seine Frau, was für einen schmierigen Typen sie geheiratet hat?

Und sollte ich aufhören die kurzen Jeans zu tragen? Wäre das auch ohne diese Jeans passiert? Ich habe nicht einmal gedacht, dass es sexy sein soll, es war einfach praktisch, wegen der Hitze. Aber jetzt weiß ich es besser.

Warum wird alles plötzlich so kompliziert?

Ich lege mich wieder ins Bett, ziehe die dünne Daunendecke bis zum Kinn, denn obwohl es warm ist, zittere ich plötzlich. Ich schließe die Augen. Das Karussell dreht sich. Ich öffne sie wieder. Vielleicht sollte ich mich doch übergeben gehen, aber ich kann mich nicht aufraffen. Im Radio läuft ein alter Titel von Guns'n'Roses. Irgendeine von den vielen Balladen. Ich lausche auf die Gitarre, summe mit, summe mich zurück in den Schlaf.

Endlich.

Keine Träume mehr.

NACHDEM ICH MICH frühmorgens aus dem Bett geschleppt habe, streiche ich mir vor dem Badezimmerspiegel über die Schläfen. Meine Augen sind ganz klein und überhaupt sieht mein Gesicht völlig verquollen aus. Schon wieder Kopfschmerzen. Selbst schuld. Nur gut, dass ich heute frei habe.

Keine Drachen, keine Kilometer am Sandstrand, kein Wechselgeldzählen. Und ganz besonders keine Typen, die mit ihrer Familie in überhitzten Strandmuscheln sitzen und meine Beine anstarren.

Der Kaffeeduft aus der Küche steigt zu mir herauf und ich höre Irmi vor sich hin summen. Sie wirkt vergnügt. Ich werde ein wenig schauspielern müssen, sie soll nicht merken, dass ich mich gestern betrunken habe und jetzt einen Kater habe.

Gegen die Fahne putze ich mir gründlich die Zähne, kippe mir dann kaltes Wasser ins Gesicht und lasse es auch über meine Arme laufen. Eine Weile sitze ich auf dem Badewannenrand und reibe mir die Wangen, damit sie ein wenig Farbe bekommen. Dann gehe ich runter zum Frühstück.

»Guten Morgen, meine Liebe«, sagt Irmi mit mir zugewandtem Rücken und rührt eifrig in einer großen Schüssel.

Auf meinem Platz steht bereits eine Tasse mit frisch dampfendem Kaffee. »Guten Morgen.« Ich setze mich an den Tisch und nehme einen kleinen Schluck.

»Bist du noch böse auf mich?« Irmi dreht sich zu mir um und neigt den Kopf zur Seite.

»Böse?«, frage ich verwundert.

Sie hebt die Riesenschüssel von der Arbeitsplatte, bringt sie zum Tisch und stellt sie schnaufend in der Mitte ab.

»Heidelbeerquark. Selbst gerührt!« Sie füllt eine Portion davon in ein kleines Schälchen und stellt es vor mich hin. »Probier mal.«

Ich nehme vorsichtig den Löffel in den Mund. Eigentlich ist mir gar nicht nach Essen, aber ich kann vor Irmi unmöglich zugeben, dass ich einen Kater habe. Ich beiße auf eine saftige Heidelbeere, und der Geschmack, der sich in meinem Mund entfaltet, wirft mich mindestens zehn Jahre zurück, in die Zeit, als meine Oma noch lebte und für mich Hefegebäck machte, mit Heidelbeerfüllung und warmer Vanillesoße.

Das waren immer Nachmittage voller Geborgenheit, mit Feuer im Ofen und Kartenspielen am großen Holztisch. Oma war etwas verwirrt, aber immer liebevoll und mit einem merkwürdigen Humor, wo ich fünf Mal überlegen musste, ob etwas als Witz oder ernst gemeint war. Aber das war auch lustig, dieses ständige Rätseln. Manchmal fiel es mir schwer zu glauben, dass Oma die Mutter von Mama war. Sie waren so verschieden. Oma so warm und Mama so kalt.

Bei Omas Beerdigung weinte ich viel, Mama gar nicht, sie biss sich dafür die Lippen blutig. Und in diesem Moment begriff ich zum ersten Mal, dass jeder für sich alleine ist. Man kann zusammen essen und reden, Monopoly spielen und ins Kino gehen, vielleicht sogar vertraut sein, aber wenn es darauf ankommt, wenn es wirklich essenziell und beängstigend wird, dann ist man allein. Immer. Allein mit seinen Tränen und seinen blutigen Lippen.

»Ich würde dir heute gerne ein bisschen zur Hand gehen, Irmi«, schlage ich vor – natürlich immer noch ein wenig mit dem Gedanken ans Karmakonto, aber auch, weil Irmis Heidelbeeren mich an Oma erinnert haben.

Irmi strahlt, tänzelt zum Kühlschrank und öffnet ihn. Die Fächer sind vollgestopft mit frischem Obst. Himbeeren, Stachelbeeren, Johannisbeeren und Walderdbeeren. »Dann lass uns heute zusammen Marmelade kochen.«

Ich habe noch nie Marmelade gekocht. Für solche Sachen hat man irgendwie nie die Zeit, zumal es bei Edeka Marmelade für zwei Euro gibt. Ein Mal im Jahr fahre ich mit Papa aufs Land zum Erdbeerpflücken. Wir nehmen uns immer vor, etwas daraus herzustellen, aber dann essen wir eine frische Erdbeere nach der anderen, klecksen Sahne drüber oder tun Vanilleeis dazu, und am Abend bleibt nur noch eine kleine Schüssel übrig, die wir für Papas Freundin in den Kühlschrank stellen.

»Ich würde sehr gern bei dir Marmelade kochen lernen, Irmi.«

Dieses Irmi geht mir immer leichter von den Lippen. Mittlerweile scheint es mir sogar absurd, sie Frau Mertens zu nennen. Viel zu unpersönlich für die kleine Dame mit den hochgezogenen Fältchen, dem lieben Lächeln und den Blumen am Strohhut. Eigentlich ist sie viel mehr ein alt gewordenes Mädchen.

»Und wenn du mich vorher noch für ein Stündchen zum Strand runter begleiten würdest, wäre ich überglücklich«, sagt sie und bindet sich die Schürze ab.

Als wir beide das Haus verlassen, hakt sich Irmi bei mir unter. Sie ist etwas unsicher auf den Beinen. Zu Hause nicht, aber hier draußen auf dem unebenen Bürgersteig schon, wo man ab und zu anderen Menschen Platz machen muss und wo die Kinder einem vor die Füße rennen, weil sie ihren bunten Ball einfangen wollen.

Irmi erzählt mir, dass sie nicht oft rausgeht. Nur auf ihre Veranda, selbst der Garten sei manchmal schon ganz schön anstrengend. Aber das Meer, das liebt sie und hat es viel zu lange nicht mehr gesehen.

Wir erreichen den Sandstrand. Irmi bleibt feierlich stehen und atmet ganz tief ein, als wolle sie die gesamte Ostseeluft in ihre Lungen aufsaugen.

Ich helfe ihr dabei, ihre Schuhe auszuziehen, damit sie den Sand voll auskosten kann. Wir laufen langsam, der erste Baumstamm, der aus den Dünen ragt, wird von Irmi dankbar als Sitzgelegenheit wahrgenommen. Ich wollte gerne etwas weiter laufen, weg von den Menschenmassen, weg von potenziellen Beinspannern. Ich ziehe vorsichtshalber die Kapuze meiner Strickjacke über den Kopf, damit mich der Typ im Zweifelsfall nicht erkennt.

Irmi knetet ihre Hände und schaut versunken auf das Wasser. Ich habe den Eindruck, dass sie nicht sprechen möchte. Einfach nur sitzen und auf das Meer starren, sich von den Wellen hypnotisieren lassen, in eine andere Welt abtauchen. Wohin bloß? Wohin taucht Irmi wohl ab? Mir fällt auf, dass Irmi nie ihre Familie erwähnt hat. Oder einen Mann. Ob sie alleine ist?

Mir wird klar, dass ich ständig nur über mich und mein Leben nachgdacht habe. Aber ich weiß auch nicht, ob ich Irmi einfach so fragen kann? Wer weiß, was für Wunden man damit aufreißt?

»Mama, Mama! Steh auf! Mein Fußballspiel! Ich kann meine Schuhe nicht finden!«

Nora öffnet die Augen. Warum ausgerechnet Fußball? Die vielen Turniere, das ständige Training und die nervigen Eltern, die am Spielfeldrand ihre Kinder anfeuern, meistens anbrüllen und einem ständig diesen unausstehlichen trockenen Kuchen anbieten.

Alle ihre Jungs spielen Fußball. Daniel, Florian und Lukas.

Andererseits kann sie froh sein, dass sie sich bewegen, dass sie sich für etwas interessieren.

Es gibt andere Kinder, gelangweilt, träge, unsympathisch. Solche, die in der Grundschule Schläge austeilen und später dann selber welche kassieren.

»Mama! Du hattest die Schuhe doch in der Waschmaschine gewaschen! Warum sind sie nicht im Trockner?«

Wann ist der richtige Zeitpunkt, ihren Söhnen beizubringen, wie sie selbst die Waschmaschine bedienen und den Trockner? Und dass sie selbst auf ihre Sachen achten müssen.

Seit letzter Woche haben sie mit Stullenschmieren ange-

fangen. Zumindest war das der Plan. Der Ablösungsprozess. Die Jungs sollen sich ihre Schulbrote selber machen. Machen sie nicht. Sie schmeißen Bananen in ihren Rucksack und Corny-Riegel und Fanta Mango.

Das muss Nora aushalten.

»Nimm das nicht so tragisch«, sagt Thomas, ihr Mann, dann und streicht ihr über das Haar.

Nora steht aus dem Bett auf und wirft sich den Bademantel über. Es ist kalt im Haus, der Winter kommt mit festen Schritten. Warum die Jungs jetzt noch draußen spielen müssen, ist ihr auch ein Rätsel, aber der Trainer schwört auf natürliche Abwehrkräfte.

»Guten Morgen, Schatz.« Thomas schaut von seiner Zeitung auf und lächelt.

»Guten Morgen.« Nora gießt sich einen Kaffee ein. »Warum kann Daniel seine Schuhe nicht finden?«

»Er ist etwas chaotisch!«

»Er muss es lernen!«

»Sei nicht so streng mit ihm. Er ist noch klein.«

»Er ist zwölf!«

Nora nimmt sich den Feuilletonteil vom Tisch. Das ist der Teil, den Thomas nie liest. »Wir könnten mal wieder ausgehen abends. Ins Kino vielleicht«, schlägt Nora vor.

»Hm.«

»Ich kann meine Mutter fragen, ob sie auf die Jungs aufpasst. Das macht sie gern.«

»Ja.«

Thomas sagt Ja und später im Kino, da schläft er ein.

Dany, Flo und Lukas stehen in der Tür und drängeln, sie wollen los.

Nora ist noch nicht mal angezogen, sie hat noch nicht

einmal gefrühstückt. »Könnt ihr heute ohne mich fahren?«

Die Jungs zucken mit den Schultern.

Thomas sieht sie ein bisschen vorwurfsvoll an, aber Nora flüstert so leise, dass nur er es hört: »Bitte.«

Dann sind sie weg und im Haus ist es still.

Das schlechte Gewissen kommt sofort, krallt sich fest. Sie hätte Thomas damit nicht alleine lassen sollen. Drei Kinder sind kein Pappenstiel.

Sie geht zur Anlage und legt eine CD ein, dreht den Lautstärkeregler nach rechts. Sie macht ein paar Tanzschritte, wirft ihr Haar durch die Luft.

Wow.

Wie lange hat sie das nicht mehr gemacht?

Sie setzt sich auf das Sofa, starrt die Wand an, hört die Musik.

Warum hat sie nie angefangen, ein Instrument zu spielen? Ist es jetzt zu spät dafür? Zu spät jedenfalls, um noch sehr gut darin zu werden. Einen Tanzkurs könnte sie vielleicht noch machen. Alleine. Damit will sie Thomas nicht auf die Nerven gehen. Er würde es ihr zuliebe machen. Aber warum sollte sie das wollen?

Es sind immer Kompromisse. Immer.

Nora steht auf und dreht die Musik wieder leiser. Sie geht ins Bad, putzt sich die Zähne, schminkt sich die Augen, macht sich die Haare. Dann schlüpft sie in ihre Jeans und zieht einen dicken Pullover an, wirft ein Tuch um ihren Hals.

Sie schaut in ihrer Tasche nach dem Hausschlüssel und Führerschein. Alles da. Dann noch einmal einen Blick auf den Herd. Alles aus. Sie schnappt sich den Mantel von der

Garderobe, zieht die Wohnungstür hinter sich zu und eilt die Treppe runter.

Wenn sie sich jetzt beeilt und kein Stau ist, dann schafft sie es noch rechtzeitig zum Spiel der Jungs.

Nur diesen scheußlichen Kuchen, den wird sie heute ausschlagen. Zur Not mit der Magen-Darm-Ausrede.

Am späten Nachmittag stehen Irmi und ich in der Küche und kochen Marmelade.

Der Raum versinkt im fruchtigen Duft. In den Töpfen blubbert eine zuckrige Obstmasse, die aussieht wie Lava. Wir hören klassische Musik, Irmi hat sich Bach gewünscht. Ich träufele vorsichtig kleine Mengen Rum in die Töpfe und rühre alles noch einmal um. Die Gläser stehen schon mit heißem Wasser ausgewaschen in einer Reihe. Die Deckel haben wir mit einem goldenen Marker beschriftet.

Irmi dreht die Flammen der Herdplatten aus. Wir nehmen jeweils einen Topf von der Platte und beginnen die Masse in die Gläser zu füllen, vorsichtig, aber zügig. Wir schrauben sie fest zu und drehen sie für fünf Minuten auf den Kopf. Wir füllen etwa dreißig Gläser. Ich stelle die leeren Töpfe in die große Spüle und lasse Wasser drüberlaufen, kippe etwas Spülmittel hinterher und warte, bis das Wasser schaumig über die Ränder läuft.

Dann setze ich mich zu Irmi an den Tisch. Wir begutachten stolz unser Werk. Irmi wirkt erschöpft.

»Das war ein schöner Tag«, sage ich.

»Das stimmt. Und ich danke dir dafür.« Irmi hebt die Lider, als müsste sie sich zwingen, wach zu bleiben. Sie streicht sanft über einige Gläser und wo sie gleich schon dabei ist auch über meinen Rücken. »Ich werde mich einen Moment hinlegen, Liebes«, sagt sie mit schwacher Stimme.

Ich begleite Irmi ins Wohnzimmer zum Sofa, stapele die Kissen so, dass sie es gemütlich hat, decke sie mit einer selbst gemachten Decke zu, gehäkelt oder gestrickt, ich erkenne nie den Unterschied.

»Ich muss mich nur ein wenig ausruhen. Die Füße tun mir weh.« Irmi rollt sich auf dem Sofa zusammen und schließt die Augen.

»Ist gut. Ruh dich aus. Ich mache dir leise Musik an.«

Dann trete ich auf die Veranda. Die Sonne verliert langsam an Kraft. Meine Kopfschmerzen sind weg. Ich habe gar nicht bemerkt, wann sie aufgehört haben. Hatte ich eine Tablette geschluckt vorhin? Nein, hatte ich nicht.

Auf einmal ist mir nach einem spontanen Spaziergang. Ich gehe in die Küche, nehme ein Glas mit Marmelade vom Tisch und stecke es in meine Tasche. Ich schaue noch kurz bei Irmi rein, aber die schläft schon, schnarcht ganz leise.

Ich mache mich auf den Weg. Mein Herz klopft. Ich möchte Martin treffen. Möchte ihn sehen, mit ihm sprechen.

Ich weiß nicht, wo er wohnt, ich hoffe einfach, dass er im Hof des Sanatoriums sitzt und Kinder zeichnet oder nachdenkt oder was auch immer. Hauptsache, er ist da. Wir hängen jetzt schon die ganze Zeit zusammen rum, haben aber nicht mal Nummern ausgetauscht.

Ich bin enttäuscht, als ich ihn dort nicht entdecke. Resigniert setze ich mich auf die Bank, ich kann unmöglich durch den ganzen Ort rennen, um ihn zu suchen.

Stattdessen schaue ich zu den Kindern in ihren Rollstühlen und zu denen, die in den Riesenbällen toben, und denke daran zurück, wie Martin und ich uns darin hin und her geworfen haben. »*I love you.*« Könnte es wirklich sein, dass er das gesagt hat?

Die behinderten Kinder feiern heute Geburtstag oder irgendein anderes Fest. An ihren Rollstühlen sind Ballons befestigt und einige haben Partyhüte auf. Mit ihren verrenkten Gliedern winken sie sich zu und werfen den Kopf nach hinten, geben Geräusche von sich, wahrscheinlich ein Lachen. Auf einem Tisch ist ein Buffet aufgebaut und eine Betreuerin läuft rum und gießt den Kindern Limo in ihre Becher.

Plötzlich legen sich Hände über meine Augen, warme, sanfte Finger.

»Hey«, sage ich und freue mich sehr über meine gute Intuition. Ich wusste doch, er würde hier sein!

»Hey«, erwidert Martin und setzt sich neben mich.

Wir sehen uns kurz an, dann wieder zu Boden, dann zum Himmel und schließlich zu den Geburtstagskindern.

»Geht's dir gut?«, fragt Martin.

»Ja.«

»Das ist gut.«

»Ja.«

Wir schweigen.

Ich öffne meine Tasche und hole das Glas Marmelade raus, halte es Martin entgegen. Martin guckt skeptisch, nimmt es aber. »Ist noch warm«, stellt er fest.

»Ich weiß gar nicht, ob du Marmelade magst.« Ich werde jetzt doch nervös.

»Was ist das für ein Geschmack?«

»Alles mögliche.«

»Alles mögliche klingt doch gut.« Er öffnet den Deckel und schnuppert am Glas.

»Das ist die erste Marmelade, die ich gekocht habe«, erkläre ich ein bisschen verlegen.

»Ich fühle mich geehrt.« Mit dem Finger taucht er vorsichtig in die rote Masse, zieht ihn wieder raus und steckt ihn in den Mund.

»Du hast mir dein Wunderöl überlassen. Ich dachte, ich revanchiere mich. Mehr nicht.«

»Ach so.« Er schraubt den Deckel wieder zu.

Das war dumm. *Mehr nicht.* Zwei kleine Wörter und alles ist kaputt. Warum habe ich das gesagt?

Warum ist das so? Warum fühle ich mich Martin manchmal ganz nah und dann wieder weit weg?

Ich mag ihn. Sehr. Aber ich kann es ihm nicht einfach so sagen.

»Lass uns zu Dario gehen.« Martin steht auf und streckt mir die Hand entgegen. Ich lächele, schultere meine Tasche und stehe auf, ohne seine Hand zu ergreifen. Jetzt nicht. Später vielleicht.

Bei Dario ist es dann wie immer. Vertraut. Gemütlich.

Wir sitzen wieder alle beisammen. Machen Witze, bestellen einen Jumboteller mit Pasta und fünf Gabeln. Dario klopft Sprüche, James lädt Apps runter, die er vorführt. Ruth schickt mir verschwörerische Blicke. Rocco malt auf Bierdeckel Motive, die er sich tätowieren lassen will. Ruth seufzt. Martin streicht über den Deckel der Marmelade und scheint in Gedanken versunken. Dario legt schöne Musik für uns auf.

»Dario! Wir lieben dich!«

Von den Bockwurstjungs ist weit und breit keiner zu sehen. Sie haben jetzt offenbar andere Zeiten, laufen eine andere Strecke am Strand. Anders kann ich mir das nicht erklären.

»Hört zu. Morgen nach der Arbeit, gehen wir in den Wald«, beginnt Rocco mit seiner verführerisch geheimnisvollen Stimme. Er ist ein alter Schauspieler. Es wird nie langweilig mit ihm. Was von all seinem Gehabe echt ist, lässt sich schwer sagen. Vielleicht weiß Ruth da besser Bescheid.

»Ich kümmere mich um das Picknick«, meint Ruth begeistert.

»Ich um die Drogen«, flüstert Rocco und zwinkert uns allen zu. James nickt und streckt seine beiden Daumen in die Höhe. Das der das gut findet, hätte ich wieder mal nicht etwartet. »Und ich habe Unterhaltung für euch!« James sieht liebevoll sein iPhone an.

»Und wir?«, fragt Martin mit einem Blick zu mir.

Wir. Das klingt gut.

»Lagerfeuer? Wir kümmern uns um das Feuer«, schlage ich vor.

Freude und Aufregung machen sich in mir breit. Wald, Feuer, Drogen, Dunkelheit, Freunde. Das klingt alles sehr vielversprechend.

»Um sieben am Strandzugang 5. Von dort kenne ich einen guten Weg«, sagt Rocco und verabschiedet sich. Ruth und er wechseln Blicke.

»Trinken wir noch was?«, fragt Martin, aber James winkt ab und gähnt demonstrativ, und auch Ruth schüttelt den Kopf. Etwas unschlüssig weicht er meinem Blick aus. »Na gut, dann bis morgen.« Offenbar hat er Angst, die nächste blöde Antwort zu kassieren, für die ich mittlerweile schon berühmt bin.

GUT GELAUNT UND mit klarem Kopf schlage ich am nächsten Morgen als Erste bei Max auf.

»Du bist ein gutes Drachenmädchen. Es könnte immer mehr sein, aber alles in allem ist das schon okay.«

Ich schaue mich um, ob hinter mir vielleicht noch eine steht, an die Max diese Worte richtet, aber da ist keine, und er scheint wirklich mich zu meinen. Ich lächele schief. »Danke?«

»Ist das eine Frage?« Max schüttelt den Kopf, während er die Drachen abzählt.

»Ich bin nur verwundert, weil …«

»Ist gut! Brauchst ja nicht gleich auszuflippen.«

Ah. Das hört sich schon eher nach Max an.

Ich schnalle die Drachen auf meinen Rücken und laufe los.

Heute ist es besonders warm. Ich überprüfe schnell meine Trinkreserven und kaufe am Kiosk vorsichtshalber noch einen halben Liter Wasser. Ich streife meine Sandalen von den Füßen und hänge die Riemchen an die Rucksackschnallen. Der Asphalt ist jetzt schon unglaublich heiß, ich hüpfe bis zum Sandweg, der die Düne hinab zum Meer führt. Um mich herum drängen die Menschen heran, um sich den besten Platz zu sichern, um ihre Windfänge und Schirme so zu platzieren, dass man nah genug am Wasser ist und es trotzdem nicht weit zu den Toiletten hat. Die Kleinen tragen die übergroßen aufgeblasenen Krokodile, Delfine, Piratenschiffe vor sich her.

Vor mir bemerke ich den Mann aus der Disco. Ein kurzer Stich fährt durch meine Brust. Ich verlangsame instinktiv mein Tempo, vergrößere den Abstand zwischen uns. Er ist mit seiner Familie unterwegs. Mit seiner Frau, von der er so schmeichelhaft gesprochen hat, und den beiden Kindern. Mädchen und Junge. Das Mädchen lacht und piekst ihren Bruder in den Rücken. Der Mann lächelt seiner Frau zu und schüttelt den Kopf. Die Frau streckt den Arm nach ihm aus und streicht über seine Wange. Eine Familie wie aus dem Bilderbuch.

Mir wird schlecht... und was soll's, vorsichtshalber schlucke ich doch noch schnell zwei Paracetamol, ich fühle den Kopfschmerz förmlich nahen.

Als ich sicher bin, dass der Vorsprung des Typen und seiner Familie groß genug ist, laufe ich weiter und betrete den Badestrand, der auf den ersten zweihundert Metern schon dicht belegt ist. Schweiß, der sich mit Sonnenöl vermischt. Runtergelassene Bikiniträger, um Streifen zu vermeiden. Bierreserven zum Kühlhalten im Sand eingebuddelt.

Die Bademeister sitzen auf ihren Türmchen, die Kappen bis in die Stirn gezogen und unnahbar hinter den Sonnenbrillen verschanzt. Die Wellen rauschen … was sonst, ist ja ihre Lebensaufgabe.

Ich beschließe, mir die Laune nicht von diesem Typen verderben zu lassen. Ich hätte nicht schlecht Lust, ihm noch etwas zu sagen, diesem Perversen, am besten gleich vor seiner Frau. Aber das wird natürlich nicht passieren. Das passiert meistens nur im Kopf, in tausend verschiedenen Varianten. Man legt sich dann alles zurecht, denkt sich gute Sätze aus und dazu die richtigen Gesten, aber im wahren Leben steht man dann stotternd da, läuft rot an und würde am liebsten wegrennen. Ich sollte es also am Besten einfach abhaken. Man muss nach vorne schauen.

Heute Abend zum Beispiel. Die Verabredung zum Picknick. Seit Langem mache ich mir wieder Gedanken darüber, was ich wohl anziehen könnte. Es muss bequem sein, lässig, waldtauglich, Schneidersitz-tauglich, aber es kann nicht schaden, wenn es auch gut aussieht. Vielleicht schaue ich nach Feierabend noch schnell in einem der Klamottenzelte am Marktplatz vorbei. Neulich erst habe ich da ein Oberteil hängen und im Wind flattern sehen, so ein olivgrünes, wo einem bestimmt die Ärmel ganz unauffällig wie in Zeitlupe von den Schultern rutschen.

Die Drachen verkaufen sich heute wie von selbst. Ob das an dem angenehmen Wind liegt, oder daran, dass Max mich heute gelobt hat, oder daran, dass die Paracetamol ihre Wirkung zeigen und mein Körper sich jetzt gewappnet anfühlt? Oder aber es ist die Vorfreude auf heute Abend. Wer weiß das schon. Vielleicht ist es eine Mischung aus allem zusammen. Ich ziehe einen Drachen nach dem anderen aus meinem Rucksack und mein Wechselgeldbeutel wird immer schwerer. Manche der Leute am Strand kenne ich schon. Wir nicken uns im Vorbeigehen zu, eine Art unaufdringliche Begrüßung. Einige von ihnen sitzen Tag für Tag an exakt demselben Platz, als hätten sie ihre Handtücher über Nacht liegen lassen oder sonstwie ihre Stelle markiert. Wenn eine Woche vergangen ist, kommen neue Urlauber an, noch ungebräunt und mit diesem erwartungsvollen Blick. Noch nicht so vollgepackt. Die vielen Buddelsachen und aufblasbaren Tiere, die Strohhüte und Wasserpistolen werden erst nach und nach an den kleinen Ständen gekauft, die an jedem Strandzugang stehen und deren Verkäufer ich manchmal dafür beneide, dass sie den ganzen Tag unter ihrem Schirm sitzen und in einem Buch lesen können. Aber ich will mich eigentlich nicht beschweren. Es gibt blödere Jobs als den meinen, immerhin bin ich die ganze Zeit in Bewegung und das soll ja gesund sein.

Kurz nach sieben stehen meine Freunde vor Irmis Tür. Ich habe getrödelt, und als ich zehn Minuten später als verabredet immer noch nicht da war, hat Rocco gemurrt und beschlossen, dass ich persönlich abgeholt werde. Das erzählt mir Ruth später. Normalerweise bin ich echt zuverlässig, aber diese Anziehgeschichte hat mich wertvolle Minuten gekostet. Ich habe mir sogar die Augen geschminkt, nicht viel, nur die Wimpern getuscht. Ich bin ganz stolz auf mein neues Oberteil. Vor lauter Enthusiasmus habe ich auf dem Heimweg an einem Stand noch ein Parfüm gekauft, so einen billigen Fakeverschnitt von einem teuren. Es riecht ganz unaufdringlich nach grünem Tee und Zitrone.

»Na endlich!« Rocco tippt mit dem Finger auf seine nicht vorhandene Uhr. Ich binde mir noch rasch meine

Schuhe und stürme die Treppe runter. Irmi bleibt winkend auf der Veranda stehen, so lange, bis wir alle hinter der Straßenbiegung verschwunden sind.

»Was hat sie dir da mitgegeben?«, fragt Rocco und zeigt auf die Tupperdose, die Irmi mir noch schnell in die Hand gedrückt hat.

»Waffeln. Sie sind noch warm«, antworte ich und lasse alle mal schnuppern.

»Das ist Luxus!« Rocco pfeift anerkennend.

»Ja, Irmi ist Luxus. Ich weiß gar nicht, warum sie so nett zu mir ist.«

»Ach komm!«, ruft Rocco und rollt mit den Augen.

»Was?« Ich ziehe meine Augenbrauen nach oben.

»Ist das jetzt der Teil, wo du gerne hören möchtest, wie toll du in Wirklichkeit bist und dass es natürlich einen Grund, nein tausend Gründe dafür gibt, warum man nett zu dir ist und so 'n Zeug?« Rocco tänzelt vor mir rum und zieht Grimassen.

»Hey! Was ist dein Problem?«, schaltet sich Martin ein und sieht Rocco verständnislos an.

»Nein, lass ihn. Ich will das hören!« Ich will keinen Streit, aber das interessiert mich jetzt doch gewaltig.

»Na, in der Schule, da gibt es auch immer so Leute. Die sitzen in Kunst da und haben mit Abstand das beste Bild der Klasse gemalt. Aber denen fällt nichts Besseres ein, als sich auf ihrem Stuhl rumzudrücken und zu seufzen. Zu stöhnen und zu seufzen. So lange, bis sich endlich jemand erbarmt, mal zu fragen, was Sache ist. Und dann sagen die doch tatsächlich, dass sie ihr Bild nicht gut finden, obwohl sie ganz genau wissen, dass es das beste weit und breit ist und dass sie dafür eine glatte Eins kassieren werden, vielleicht noch mit ’nem Plus hintendrein. Aber warum sagen sie, dass sie das Bild schlecht finden?« Rocco macht eine Kunstpause und sieht mich herausfordernd an.

»Na sag schon!« Ich blitze ihn herausfordernd an.

»Weil sie hören wollen, wie toll ihr Bild ist! Sie brauchen immer die Versicherung, die Bestätigung, von allen Seiten. Sie wissen, dass sie toll sind, und trotzdem wollen sie es tausend und abertausend Mal immer wieder hören. Immer wieder und wieder und wieder …«

»Schon gut!«

»Ja? Wirklich? Hast du die Metapher verstanden?« Rocco hat sichtlich Spaß an der Provokation.

»Das war keine Metapher, du Schlauberger! Aber wusstest du übrigens, dass es auch Leute gibt, die gehen durchs Leben und meinen, sie hätten voll den Durchblick, und dabei haben sie gar keinen Durchblick, sondern einzig und allein fünf Schubladen, in die sie alles, was ihnen so über den Weg läuft, reinstecken!« Ich muss Luft holen, nachdem ich den Satz mit voller Wucht aus mir rausgeschossen habe.

»Autsch!« Rocco fasst sich theatralisch an die Brust und fällt zu Boden. Der Spinner.

Martin, James und Ruth sehen ihn an, als ob er einen Knall hätte, mindestens. Aber ich beachte ihn nicht weiter, winke ab und laufe stur weiter.

Rocco springt wieder auf und rennt mir hinterher.

»Bleib stehen, na los!« Er greift nach meinem Arm.

Ich bleibe stehen, fahre herum und sehe ihm direkt ins Gesicht.

»Du bist toll! Ganz toll! Ganz, ganz, ganz toll! Deshalb

ist man nett zu dir. Deshalb, verdammt noch mal! Irmi ist nett zu dir und wir alle lieben dich und wenn du dich selber ein bisschen mehr mögen würdest, wäre alles total cool!« Rocco ist ganz außer Puste.

Durch meinen Kopf schießen tausend Möglichkeiten, wie ich da jetzt am besten wieder rauskommen könnte, und in meiner Brust wüten die unterschiedlichsten Gefühle. Aber schließlich verwerfe ich die Drama-Queen, und das allein genügt schon, damit ich mich leichter fühle. Ich entscheide mich für Bodenständigkeit und deshalb sage ich mit einem aufkeimenden Lächeln: »Na warum sagst du das nicht gleich?«

Rocco grinst und streckt mir als Friedensangebot die Hand entgegen. Die anderen atmen erleichtert auf.

»So. Und jetzt Schluss hier mit so Gefühlsduselei und dem anderen Quatsch. Ich dachte, wir wollen einen draufmachen!«, ruft Martin, doch es passt nicht wirklich zu ihm. Ich bin froh, dass die Situation sich entschärft hat, aber was Rocco gesagt hat, ist durchaus zu mir durchgesickert.

Ruth schiebt sich zwischen uns, hakt sich mit einem Arm bei Rocco unter, mit dem anderen bei mir, und dann schlendern wir dem Wald entgegen.

Rocco hat uns eine abgelegene Stelle versprochen, ein gutes Stück entfernt, da kommt man vom Wald direkt auf die Klippen, und von dort soll man eine großartige Aussicht über das Wasser haben. Er meint, von so weit oben sähe das Meer nicht aus wie die kalte, raue Ostsee, sondern sonnengeflutet, mild und warm, als wäre es die Südsee – wenn man sich ein paar Palmen dazu denkt.

Das ist unser Ziel. Fernab vom Tourismus, der zwar unsere Geldquelle ist, aber auf die Dauer auch ganz schön nervt. Niemals werden wir auf diese Weise Urlaub machen, da sind wir uns einig: niemals in die Strandmuschelreihen einordnen, mit Windfängen unser Revier markieren und nie wie Würstchen auf dem Grill in der Sonne braten. Höchstens Sandburgen bauen, das geht gerade noch.

»Ich habe 'ne Wahnsinns-App runtergeladen. Ihr werdet euch in die Hosen machen!« James grinst über beide Ohren.

Wir anderen schütteln nur den Kopf.

Und so laufen wir, in immer wechselnden Konstellationen, unterhalten uns, mal über das Leben und mal über eine Serie, über Musik und die leckersten Schokoriegel, über Extremsport und Verletzungswahrscheinlichkeiten, und darüber, was man machen würde, wenn man plötzlich ganz viel Geld hätte.

Die Sonne wärmt noch angenehm, aber wir sammeln auf dem Weg trotzdem schon Äste für das Lagerfeuer. Martin hat ein langes Seil mitgebracht und bindet das Holz zu einem Bündel zusammen, welches er dann lässig hinter sich her zieht.

Ruth und ich lassen uns zurückfallen und verdrücken unauffällig ein paar Waffeln, Nachtisch geht immer, auch vor dem Essen. Dann sammle ich alibimäßig auch noch ein paar Äste, schließlich war das Feuer Martins und meine Aufgabe.

Rocco bastelt im Gehen aus Gräsern irgendwelche kreisähnlichen Gebilde. »Geisterfänger!«, tönt er. »Werden wir mit Sicherheit brauchen.«

Auch das noch. Ich sage nichts dazu, aber es war klar, dass die Jungs mit irgendwelchem Gruselzeug anfangen werden. Ich bin da sehr empfänglich für, weil ich mit Ben einfach schon zu viele dieser blöden Horrorfilme gesehen habe. Jugendliche im Wald, Dunkelheit, Massaker. Selbst schuld. Aber ich lasse mir lieber nichts anmerken, denn wenn die Jungs erst mal merken, dass ich ein Schisser bin, dann werden sie erst recht richtig loslegen.

Nach etwa einer Stunde kommen wir schließlich an. Überwältigt bleiben alle stehen, sehen über die Klippen hinweg direkt aufs Wasser.

»Wow!«, murmele ich und ein tiefes Glücksgefühl durchströmt mich. Eine wohlige innere Wärme breitet sich aus und ich kann meine Augen nicht vom Meer lösen. Das Wasser ist türkis und funkelt in der gleißenden Sonne. Wie kleine Diamanten, die im Wasser hin und her schaukeln. Man erkennt die Schaumkronen auf den Wellen, aber hier oben hört man sie kaum rauschen.

Martin wagt sich ein wenig weiter vor, um einen Blick auf den Strand zu riskieren. »Keine Menschenseele weit und breit.«

James schießt ein paar Fotos mit seinem Handy. Meer, Baum, Himmel mit Ast, Moos mit Ruths Fuß, Steine.

Rocco zündet sich eine Zigarette an und wirkt sehr zufrieden mit der Platzwahl.

»Woher kennst du diese Stelle eigentlich?«, fragt Ruth.

»Das war nur so ein Gefühl.« Er fährt sich über die Brust und klopft auf die Stelle, unter der sein Herz liegen muss.

Martin setzt sich im Schneidersitz neben mich und kramt in seinem Rucksack. Umständlich holt er eine Flasche Wodka hervor, dreht den Verschluss ab und nimmt einen Schluck. Dann reicht er die Flasche an mich weiter.

»Puh. Ich weiß nicht.« Ich rieche an der Flaschenöffnung und verziehe das Gesicht. »Ich passe erst mal.« Die Erinnerung an den Discoabend und an den Schnaps, von dem sich mein Kopf so schlimm gedreht hat, ist noch zu präsent.

Ruth nimmt zwei ordentliche Schlucke, als sei das ein Klacks, und auch die anschließenden Grimassen bleiben aus. Rocco lächelt und nimmt ihr die Flasche aus der Hand, trinkt und reicht sie an James weiter. Als James die Flasche schließlich zudrehen will, überlege ich es mir doch noch mal anders und trinke, wenn auch etwas angewidert, drei kleine Schlucke.

Verdammter Gruppenzwang, aber eigentlich, was soll's, schließlich sind wir doch deswegen hier.

Rocco und Martin machen sich daran, das Holz aufzuschichten und das Feuer zu entfachen. Es ist noch sehr warm, aber wir wollen grillen. Zum Abendbrot gibt es Würstchen am Stock und Marshmallows als Dessert. Ruth holt die Sachen aus ihrem Körbchen. Wie Rotkäppchen. Alles ist hübsch verpackt und dekoriert. Sie und Irmi würden gut zusammenpassen.

Dann: Wodka vor dem Essen, zwischen Hauptgang und Nachspeise und danach sowieso.

Die Sonne verschwindet am Horizont, plumst langsam und lautlos ins Wasser. Für die Mücken das Zeichen zum Angriff. Wir sprühen uns mit Autan ein, ziehen die Strickjacken über – schade um mein Shirt. Wir zünden Teelichter an und Zigaretten.

James zieht los, um seine App zu testen. Er verrät noch nichts, tut total geheimnisvoll.

Ruth und Rocco laufen ein Stück in die andere Richtung, nehmen heimlich die Wodkaflasche mit und kichern, als hätten sie Mama aus ihrem Geheimfach Süßigkeiten geklaut.

Martin und ich setzen uns auf die Klippen, mit Blick aufs Feuer, damit nichts außer Kontrolle gerät.

»So. Das ist dann wohl jetzt der Zeitpunkt«, sagt Martin und zieht an seiner Zigarette.

»Wofür?« Ich spüre, wie mir die Hitze in die Wangen steigt und blicke angestrengt auf den Boden.

»Um sich Dinge aus dem Leben zu erzählen.«

»Ah.« Erleichterung.

»Soll ich anfangen?«, fragt Martin und reicht seine Zigarette an mich weiter. Ich nehme sie und nicke. »Okay. Aber, na ja, es ist nicht unbedingt spannend.«

»Was machst du, wenn du kein Popcorn verkaufst?«, frage ich und haue auf meinen Oberschenkel, wo sich eine Mücke durch meine Jeans piekst.

»Oh. Na gut. Ich arbeite in einer Bar. Neben der Schule. Abends. Ich trage dann so eine enge schwarze Jeans, Hemd und Hosenträger. Sehe total anders aus. Eigentlich bin ich noch zu jung, um Barkeeper zu sein, aber die Bar gehört meinem Onkel. Ich mixe Drinks, bediene den Plattenspieler. Düstere Musik, Kettenraucher, Whiskeytrinker. Die totale gepflegte Selbstzerstörung. Ich mag die Leute, wie sie so dasitzen, stundenlang an der Bar hängen. Sind ganz andere Leute als das gewöhnliche Kneipenvolk. Eher so Künstler und Philosophen, die an der Küste ihre Kur machen oder Inspiration suchen. Manchmal sprechen sie gar nicht. Sitzen da und denken über Gott und die Welt nach, hören der Musik zu.« Er hält kurz inne und überlegt. »Aber so werden wie die, möchte ich nicht. Nur so ein Gefühl.« Er nimmt mir wieder die Zigarette aus der Hand, dabei berühren sich unsere Finger. »Das Schönste ist im Winter… gegen drei, wenn die letzten Gäste raustorkeln, dann höre ich die letzte Platte, irgendeinen Mainstreampop. Dabei räume ich auf: Flaschen zuschrauben, die klebrigen Flecken aufwischen, alle Gläser ausspülen, die Stühle hochstellen. Dann trete ich raus in die Nacht, in die feuchte, kalte Luft, und im ersten Moment verschlägt es mir den Atem, aber schon im zweiten Moment öffnen sich wieder alle verklebten Poren und saugen diese Luft auf. Es ist wie eine Erlösung.«

»Das hört sich gut an.« Ich vergrabe die Hände in meinen Jackenärmeln, es wird langsam kühl.

»Findest du?« Er sieht mich an, blickt in meine Augen, als würde er dort etwas suchen.

»Ja. Ich finde das schön. Ist doch ein gutes Kontrastprogramm zu dem hier. Immer diese frische Seeluft, pfui, da braucht man doch mal den Alkoholdunst und den Qualm.«

»Jetzt bist du dran«, fordert er mich auf.

»Ich arbeite in keiner Bar. Ich arbeite überhaupt nicht. Ich liege den ganzen Tag im Bett und stelle mir mein Leben vor.« Ich lache. »Nein, im Ernst. Ich stelle mir wirklich oft mein Leben vor. Das ist fast schon wie Arbeit. Ich stelle mir zum Beispiel vor, wie ich mit einem knallroten klapprigen Fahrrad durch die Straßen fahre. Ich weiß nicht, wo das herkommt. Ob ich das mal in einem Film gesehen habe oder im Traum, aber das Bild ist ständig da. Ich warte regelrecht auf Situationen in meinem Leben, wo mir so ein klappriges Rad über den Weg läuft, an mir vorbeifährt, oder was auch immer. Und es ist völlig bescheuert, ich weiß das, aber ich glaube, dass mein Leben mit so einem Fahrrad eine ganz andere Wendung nehmen könnte.« Ich hebe einen Stock vom Boden auf und halte ihn ins Feuer. »Man, jetzt wo ich das erzählt habe, wirkt das noch seltsamer als sowieso schon«, stelle ich fest. Aber etwas ist komisch. Nämlich, dass ich mich zwar wieder irgendwie schäme für diese komischen Sachen, die in meinem Kopf so vorgehen, aber wenn ich Martin ansehe, dann habe ich das Gefühl, dass er es versteht. Dass er meine seltsamen Gedankengänge versteht oder zumindest okay findet.

Bevor ich mich dazu aufraffen kann, ihm das auch zu sagen, hört man etwas weiter weg Äste knacken und James' Stimme, die ruft: »Stirb!«, und dann noch, »Fuck!«.

Martin und ich springen auf, vergessen das Feuer und rennen in den Wald. Die Finsternis hüllt uns ein. Wann ist es so dunkel geworden? Ich greife nach Martins Arm, greife aber ins Leere. Ich drehe mich im Kreis, versuche das Ästeknacken zu orten. »James?«, rufe ich und dann, »Martin?«. Von weiter weg vernehme ich ein leises »Hier«.

Ich gehe in die Hocke, schließe meine Augen und konzentriere mich nur noch auf meine Ohren. Immer wieder dieses Knacken und auch etwas Dumpfes, als würden Äpfel ins Moos fallen, dabei gibt es hier keine Äpfel. Die Blätter in den Bäumen rascheln und irgendwo schwirrt ein Vogel vorbei, eine Eule vielleicht oder Fledermäuse?

»Was soll das?«, ruft jemand. Wer bloß von beiden? Und warum sind sie so weit weg?

Das Herz schlägt viel zu laut in meiner Brust. Vielleicht ist das abgesprochen – der spaßige Teil, wo die Jungs die Mädchen erschrecken.

Warum ist Ruth nicht da?

»Krass!« Das war definitiv James.

Etwas fällt wieder dumpf zu Boden, kein Apfel, etwas Schweres.

Ich muss etwas tun, ich kann hier nicht hocken bleiben, also watschel ich los wie eine Ente, setze einen Fuß vor den anderen, möglichst leise, möglichst in die richtige Richtung.

»Jungs. Wo seid ihr?«, flüstere ich, um den Waldmörder nicht auf mich aufmerksam zu machen. Bilder jagen durch meinen Kopf: Beil, Axt, Messer, Kettensäge. Alles schon in zahlreichen Filmen gesehen. Bevorzugte Beute: hilflose, betrunkene Teenager.

Ich hätte es wissen müssen. Wer geht denn auch nachts in den Wald? Nachts gehört man ins Bett! Mama hatte vollkommen recht! Fehlt nur noch, dass ich mir vor Angst in die Hose mache. Ich stoße gegen etwas Hartes und da fasst mich jemand am Arm und zieht mich mit. Mein Herz bleibt stehen. Ich hole tief Luft, um gleich ganz laut zu schreien. »Psst.« Es ist Martin. Gott sei Dank!

Er zieht mich mit sich und drückt mich an einen Baum. »Schau mal«, er dreht mein Gesicht in die Richtung, wo ich hingucken soll. Ich kneife die Augen zusammen. Sie gewöhnen sich langsam an die Dunkelheit. Wenn ich mich anstrenge, kann ich einen Schatten erkennen. Etwas bewegt sich ganz langsam.

»Was zur Hölle ist das?«, flüstere ich atemlos.

»James.«

»Was macht er da?« Ich kann nicht viel erkennen, aber James macht seltsame Bewegungen. In Zeitlupe bückt er sich und dreht seinen Kopf nach allen Seiten, dann robbt er zum nächsten Baum, hält sich daran fest, und es sieht ganz so aus, als versuche er, sich an den Ästen hochzuziehen.

»Keine Ahnung, was er da treibt. Vielleicht hat er Drogen genommen?« Martin scheint das lustig zu finden, ich finde es nach wie vor gruselig. »Was für Drogen?«

Plötzlich sieht man James' iPhone aufleuchten. Wie ein Raumschiff in der Dunkelheit. Es taucht sein Gesicht in ein ganz seltsames Licht, sein Mund ist angstverzerrt, seine Augen zu kleinen Schlitzen zusammengeschrumpft.

»Wir müssen was tun«, wispere ich, aber mein Kopf fühlt sich ganz leer an.

Und weil Martin auch nichts einfällt, rennt er einfach los ... wie von einer Tarantel gestochen stürmt er auf James zu, streckt seine Arme aus und wirft sich auf ihn. Beide Jungs gehen zu Boden.

»Hey!«, schreit James auf. »Was soll der Scheiß? Das tut weh!« Das iPhone fällt zu Boden und erlischt.

Ich halte noch einen Moment inne, warte, bis der Massenmörder aus den Büschen springt, aber es springt keiner, also zähle ich bis zehn, fahre mit den Händen über mein Gesicht und komme schließlich hinter dem Baum hervor.

»Was wird das hier?«, frage ich möglichst cool.

Zwei Augenpaare sehen mich vom Boden an und dann brechen die Jungs in lautes Gelächter aus.

»Ich wusste es!« Ich winke verächtlich ab und will wieder zu den Felsen gehen.

»Nein, warte«, ruft James mich zurück. »Das hier ist wirklich geil!« Er greift nach seinem iPhone und reicht es mir.

»Was soll ich damit?«

»Schau drauf.«

Ich nehme das Ding skeptisch und schaue auf das Display. Erst mal ist es schwarz, nur beim genauen Hinsehen erkenne ich eine Farbveränderung, sobald ich meine Hand bewege. Der Night-Modus. Aber da sind bloß Bäume, nichts weiter.

Ich setze mich auf den Waldboden, mein Herzschlag hat sich endlich beruhigt und meine Atmung ist auch wieder halbwegs normal. James robbt an mich heran und sieht mir über die Schulter.

»Das ist der absolute Hammer!« Er ist völlig aus dem Häuschen. Das ist das erste Mal, dass ich James so erlebe. Vielleicht doch Drogen?

»Ich sehe nichts.« So ganz verstehe ich nicht, was das soll.

»Da sind Zombies. Da draußen, im Wald zwischen den Bäumen. Das iPhone zeigt dir, wo sie sind, und du musst dann ausweichen, damit sie dich nicht kriegen.«

»Hä?« Ich stehe immer noch auf der Leitung.

»Du musst dich vor den Zombies in Acht nehmen! Das ist echter Nervenkitzel. Los, probier mal! Musst nur hier den Knopf drücken.«

»Nein.«

»Schisser!«

»Lass sie«, mischt Martin sich ein und will mir das Telefon aus der Hand nehmen.

Aber dieses »Lass sie« führt nur dazu, dass ich das Handy umklammere, vom Boden aufstehe, auf Play drücke und in den Wald stapfe, mich ein paar mal um mich selbst drehe, einen wilden Kriegsschrei ausstoße und dann losrenne.

Ich höre James lachen, tief, aus dem Bauch, dann bleibe ich stehen, sehe auf das Display und höre auf einmal diese unheimlichen Geräusche, dieses Knacken und irgendwelche dumpfen Töne. Alles aus dem kleinen Lautsprecher, aber so raffiniert gemacht, dass die Töne mit der Umgebung verschmelzen und man plötzlich nicht mehr orten kann, welches Geräusch woher kommt.

Ich laufe ein paar Schritte, schiebe Äste beiseite und lasse das Display nicht aus den Augen. Und da kommt es ... er ... der Zombie. Zuerst sind es die Augen, die hinter einem Baum aufleuchten, der Blick direkt auf mich gerichtet ... dann eine ausgestreckte Hand ... Shit ... er kommt direkt auf mich zu, kein Platz, zu entkommen! Unschlüssig mache ich ein paar Schritte nach hinten, entscheide mich dann aber anders und lasse mich auf den Boden fallen. Mein Herz rast. Ich kauere mich zusammen und rolle unter einen Busch. Ich höre mich selber schnaufen. Das ist nur ein Spiel, das ist alles nur ein Spiel! Jetzt kommt er, sieht sich nach allen Seiten um und schnuppert wie ein Hund, ein Wolf ... Oder doch kein Spiel? Ich grabe meine Nägel in die Erde, der Geruch von Moos und Sand dringt in meine Nase. Der Zombie bewegt sich nicht mehr ... steht da, direkt über mir, und macht gurgelnde Geräusche... wartet, lauert. Scheiße. Langsam und leise robbe ich auf der anderen Seite unter dem Busch hervor. Der kann mich doch gar nicht hören, der ist nur im Telefon! Als ich mich weit genug glaube, schieße ich hoch wie eine Rakete und renne, schnell, planlos, die Äste peitschen mir ins Gesicht. Ein Blick auf das Display ... unglaublich, aber da sind jetzt mehrere Zombies ... von rechts und links kommen sie auf mich zu. Ich werde zu Boden gerissen und ein Schrei hallt durch den Wald, mein Schrei, so tief und laut, wie ich es nicht für möglich gehalten hätte…

»Geile Scheiße!«, lacht James und hält mich fest, bis ich mich wieder beruhige. »Schön atmen.«

»Verdammt! Unglaublich!«, keuche ich, noch völlig überwältigt. Diese Adrenalinsache ist wirklich nicht zu unterschätzen.

Martin kommt angerannt. »Alles okay?«

»Super!« Ich richte mich auf, streiche mit der Hand über mein verschwitztes Gesicht und verteile damit die Erde von meinen Händen auf der Stirn, dass es bestimmt aussieht wie Kriegsbemalung.

»Los! Probier das mal«, fordere ich Martin auf und halte ihm das Handy entgegen, und weil Martin jetzt unmöglich kneifen kann, nimmt er das Handy, drückt auf *Play* und rennt los.

James und ich sehen ihm hinterher, nicken anerkennend und schlendern dann zum Lagerfeuer zurück. Unterwegs treffen wir auf Rocco und Ruth, die sich völlig ineinander versunken auf dem Boden kugeln und wild rumknutschen und uns zwei gar nicht bemerken. Aha. Also doch! James verdreht die Augen. Ich lächele und freue mich für Ruth, diesmal wirklich, ganz ohne Neid.

Als wir dann alle wieder von unseren Abenteuern zum Feuer zurückgekehrt sind, auf dem Boden liegen und zu den Sternen nach oben sehen, völlig geflasht von Zombies und Zungenküssen, kann niemand mehr viel sagen. Ich gähne.

Es wird Zeit aufzubrechen!

Aber nachdem das Feuer gelöscht und der Müll in einer

Tüte verstaut ist, sind wir nicht mehr ganz sicher, in welche Richtung wir müssen. Ich blicke seufzend in die Dunkelheit, wo ich das Meer vermute. Fünf Leute, vier verschiedene Meinungen und Rocco enthält sich.

»Wie kannst du dich enthalten?«, frage ich entgeistert. »Das ist doch dein Geheimplatz hier!«

»Ich bin betrunken«, kichert er und legt seinen Arm um Ruths Schulter.

»Na und?« Ich sehe ihm streng in die Augen.

»Na und? Na und? Ich habe keinen blassen Schimmer! Ich war hier doch auch noch nie, Mensch. Nichts mit Geheimplatz. Nur vom Hörensagen.« Er setzt sich wieder auf den Boden und fuchtelt mit den Armen in der Luft. »Gehen wir doch einfach dort lang!« Und er zeigt Richtung Strand.

»Das ist nicht die blödeste Idee«, sagt Ruth und hievt Rocco wieder hoch.

Aber eine halbe Stunde später stellt sich heraus, dass es doch eine blöde Idee war. Nicht nur dass James sich den Knöchel auf dem steilen Abhang zum Strand hinunter verstaucht hat, jetzt stehen wir auch noch vor irgendwelchen zugewachsenen Mauertrümmern, Betonbrocken und Schotter. Der Strand geht auf der anderen Seite möglicherweise weiter, sehr wahrscheinlich sogar, aber an der Stelle ist erst mal Schluss, und unheimlich ist es auch ein wenig, wie die Wellen gegen das bröckelnde Gestein peitschen.

»Nacktbaden!«, brüllt Rocco und beginnt, sich die Hosen abzustreifen.

»Nix da«, sagt James und drückt Rocco zu Boden. »Du

gehst nicht ins Wasser, du bleibst schön hier sitzen Kollege.«

»Ja Mutti.« Rocco salutiert und lässt sich dann vollständig in den Sand fallen.

Ich schaue mich um, ob es nicht vielleicht noch einen Weg gibt. Wir könnten wieder hochklettern und doch den Waldweg ausprobieren. Andererseits, wir haben nicht einmal eine Taschenlampe dabei, nur den kümmerlichen Schein von James' iPhone.

»Hast du da nicht so was wie Navi?«, frage ich James voller Hoffnung.

»Akku ist alle!« Er drückt noch ein paar mal den Anschaltknopf, aber da ist nichts mehr zu machen.

»Na toll! Wenn man es wirklich mal braucht...«

»Es wird kühl«, stellt Ruth fest.

»Wir werden wieder ein Feuer machen müssen.« Martin sieht hoch zu den Klippen, dort oben, wo das Holz zu finden ist.

Rocco schnarcht schon.

James fällt aus wegen des Knöchels.

»Ich komme mit«, seufze ich und schon sind wir wieder auf dem Weg nach oben. Es ist steil, es ist anstrengend, wir müssen vorsichtig sein, wohin wir treten. Die Aussicht, dass wir hier Holz hin und her transportieren müssen, macht mich nicht glücklich. Wir werden einige Male laufen müssen.

Martin summt vor sich hin, versucht die Stimmung nicht untergehen zu lassen, und ich finde das süß und auch bewundernswert, aber mir selbst ist eher zum Heulen zumute. Nicht weil ich mich fürchte oder weil ich bockig bin, sondern weil ich absolut erledigt bin, körperlich. Die

Zombies, das ganze Gerenne, die Mücken, das seltsame Gefühl im Magen wegen Martin. Es ist alles zu viel auf einmal.

Ich gäbe einiges für das kuschelige Bett bei Irmi. Die flauschige Decke und das superweiche Kissen. Hoffentlich macht sich Irmi keine Sorgen. Ich hatte gesagt, dass es spät wird, aber wer weiß, wenn Irmi nachts wach werden sollte und merkt, dass ich nicht da bin, wird sie sich bestimmt Sorgen machen. Noch ein Grund mehr, hier so schnell wie möglich zu verschwinden. Aber ich habe keine Lust, in der Dunkelheit durch den Wald zu irren.

Eine gute Stunde später zündet Martin das Feuer an.

Ruth liegt eingekuschelt bei Rocco und beide schlafen. James sieht zum Sternenhimmel und summt irgendwas.

Martin und ich sitzen im Sand und wärmen unsere Füße und Hände am Feuer.

»Ich habe mal eine Reportage gesehen«, fängt Martin an. »Da ging es um Paare, die in ihrem Leben gemeinsam eine Krisensituation erlebt haben. Zugeschneit auf irgendeinem Berg, festgehalten bei einem Eingeborenenstamm oder so was. Jedenfalls, wenn die Krisensituation vorbei war und sie in Sicherheit waren, zu Hause, warm und gemütlich, da haben sie sich meistens getrennt. Von heute auf morgen haben sie sich auf Wiedersehen gesagt und das war es dann.«

»Warum?« Ich rücke ein wenig näher an Martin ran, wegen der Wärme.

»Ich weiß nicht. Der Kommentator hat gesagt, dass so eine Ausnahmesituation Menschen von einer ganz extremen Seite zeigt und dass der Partner erschrocken ist über diese Seiten, weil er die noch nie kennengelernt hat – und wenn man dann plötzlich wieder im Alltag steckt, da kann man mit diesen Seiten nichts anfangen, aber sie wollen einem nicht mehr aus dem Kopf.«

»Warum erzählst du mir das?«

»Ich weiß nicht. Ist mir gerade so eingefallen.« Martin zündet sich eine Zigarette an.

»Ist das hier so eine Krisensituation?« Ich atme den Rauch ein und muss husten.

»Eine kleine vielleicht.« Martin zuckt mit den Schultern.

»Na glücklicherweise sind wir kein Paar. Da müssen wir nicht wieder auseinandergehen, wenn das hier vorbei ist.« Manchmal weiß ich auch nicht, wo ich plötzlich diesen Mut hernehme, Dinge einfach auszusprechen.

»Ja. Was für ein Glück«, seufzt Martin.

»Könntest du trotzdem den Arm um mich legen? Damit ich endlich aufhöre zu frieren?«

Martin rückt noch ein Stück weiter ran und zieht mich zu sich. Ich vergrabe meinen Kopf an seiner Brust und schließe die Augen. Ich spüre die Wärme seines Körpers und atme seinen Duft ein. Meine Lider werden schwer. Es kann nicht mehr lange dauern, gleich muss es doch anfangen zu dämmern! Gleich …

DIE QUITTUNG DES Ganzen ist natürlich, dass ich am nächsten Tag nicht nur mit furchtbaren Kopfschmerzen, sondern auch mit Husten im Bett liege. Ich musste mich für den heutigen Tag bei Max krankmelden. Der war natürlich alles andere als erfreut, glücklicherweise musste ich mir sein Gemecker nur am Telefon anhören.

»Und das im Hochsommer«, stöhne ich, während Irmi mir eine dampfende Hühnerbrühe auf den Nachttisch stellt.

»Das ist, weil ihr jungen Leute nie wisst, wann es gut ist.« Sie streicht mir Haare aus der Stirn.

»Stimmt.« Ich nippe an der Brühe.

»Aber keine Sorge. Ich verstehe das.«

»Ja?« Ich bin froh, dass Irmi nicht böse ist. Wir sind erst im Morgengrauen heimgekehrt, sie war schon wach, begrüßte mich aber, als wäre nichts gewesen, und ließ mich dann ohne Fragen zu stellen in mein Zimmer raufgehen.

»Na, ich war ja auch mal jung!« Irmi zieht demonstrativ die Falten in ihrem Gesicht glatt.

»Natürlich warst du jung.« Ich lache und muss dann gleich wieder husten. »Darf ich dich was fragen? Etwas Persönliches?« Ich beuge mich im Bett vor. »Hattest du viele Verehrer?«

Irmi lacht aus vollem Halse, so habe ich sie noch nicht lachen gehört. Sie kriegt sich gar nicht mehr ein und steckt mich damit an.

»Hab ich was Blödes gesagt?«

»Nein, gar nicht, Liebes. Lass mich nur mal durchatmen.« Sie setzt sich auf die Bettkante und lächelt verschmitzt. »Ja, das kann man wohl sagen. Ich hatte viele Verehrer.«

»Wusste ich es doch!«

»Aber ich hatte keinen Mann.« Irmi rutscht noch ein Stück weiter ins Bett und lehnt sich an die Wand.

»Niemals?«

»Niemals! Jedenfalls nicht für lange. Ich bin in der damaligen Zeit wohl das gewesen, was man heutzutage als Single bezeichnet. Kein schönes Wort finde ich.«

»Warst du nie verliebt?« Ich staune.

»Tausendmal!« Jetzt kichert sie sogar.

Wer hätte das gedacht? Diese kleine, faltige, nach Puder riechende Frau. Ich kann mir kaum vorstellen, wie es damals so zugegangen ist. Vor wie vielen Jahren? Fünfzig?

Irmi steht ächzend auf. »Aber jetzt reicht es mit den Geständnissen! Ich habe unten noch einiges zu erledigen.«

Ich kuschele mich in die Decke ein und fühle, wie die Brühe von innen ihre heilende Kraft entfaltet. Irmi, eine überzeugte Singlefrau also. Das passt so gar nicht zu dem Bild, das ich mir von diesen ganzen alten Menschen gemacht habe: brave Ehe- und Hausfrauen, und die Männer mit so hässlichen Aktentaschen und schrecklichem After Shave und einem vergrämten Gesicht. Aber wenn ich genauer darüber nachdenke, dann wusste ich schon die ganze Zeit, dass Irmi anders ist als alle anderen alten Menschen, die mir bisher so über den Weg gelaufen sind. Sie ist jemand Besonderes. Und sie scheint sehr zufrieden mit sich, so ganz alleine …

Zehn Minuten bevor der Wecker klingelt, ist Nora schon wach, wie immer.

Diese innere Uhr ist phänomenal, aber auch nervig. Nora kann sich gar nicht mehr daran erinnern, wann sie das letzte Mal länger als bis um acht geschlafen hat.

Sie dreht sich auf die Seite und erst auf den zweiten Blick erkennt sie, dass unter der Decke ein Büschel schwarzer Haare hervorlugt. Ah ja. Da war ja was. Gestern im Club bei den Balkan-Beats. Nora hatte ihre Hüften geschwungen, das kann sie von Party zu Party professioneller, und da war er plötzlich aufgetaucht, Jonas oder Jona oder Joshua. Er legte ihr die Hand um die Taille und wich den ganzen Abend nicht von ihrer Seite. Sie lud ihn auf einen Drink ein und er sie auf zwei weitere. Die Stimmung war super und als sie später in ihre Wohnung gingen, passierte das ganz selbstverständlich. Ein wenig verschwommen bleibt die Nacht trotzdem und Nora zieht vorsichtig die Decke zur Seite, um einen Blick auf sein Gesicht zu werfen. Aber ein Glück! Kein böses Erwachen. Er sieht gut aus, sympathisch, lieb, ein bisschen wie Jake Gyllenhaal.

Nora steigt vorsichtig aus dem Bett und geht in die Küche, um Kaffee aufzusetzen und Brötchen im Ofen aufzubacken. Ein wenig Mühe kann man sich schon machen.

Die letzten Wochen waren turbulent, was Männer anging. Sie ist kein Flittchen, nein, wirklich nicht, aber wenn man mit offenen Augen durch die Welt geht, da trifft man so viele schöne und interessante Menschen, dass es eine Schande wäre, sie nicht näher kennezulernen. Nur das Leben mit ihnen teilen, das will Nora nicht. Sie liebt ihre kleine Ein-Zimmer-Wohnung mit den schweren Cocktailsesseln und dem Tisch vom Flohmarkt, mit dem großen Bett und den Wänden voller Bücherregale. Das ist ihr Reich, ihre Höhle, in der sie gerne alleine verweilt, ausgelassen barfuß auf den Holzdielen tanzt, nur für sich kocht und abends am Fenster unzählige Zigaretten raucht. Die Männer lassen meistens ihre Telefonnummern da, und Nora sammelt sie in einer kleinen Schachtel, nicht als Trophäen, sondern aus Anstand. Sie könnte die nicht einfach in den Abfalleimer werfen.

Marten, Ben, Felix, Pete, Noah, Tom, Frederic.

Einige von ihnen lassen keine Nummer da, die sind froh, ganz unkompliziert aus der Sache aussteigen und nach dem Frühstück in ihr Leben zurückkehren zu können. Das ist okay und Nora die liebste Sorte.

»Guten Morgen.« Jonas oder Jona oder Joshua steht in der Küchentür.

»Hey.« Nora deutet auf den Stuhl am Tisch, wo schon die Teller für das Frühstück stehen.

»Du siehst nicht so aus, als hättest du einen Kater«, sagt er und setzt sich.

»Hab ich auch nicht.« Nora gießt Kaffee in die Tassen.

»Wie machst du das?«

»Ich tanze den Alkohol noch am selben Abend wieder aus meinem Körper.«

»Das geht?« J. reibt sich die Schläfen.

Nora dreht sich im Kreis und streckt sich, um zu demonstrieren, wie fit sie sich fühlt.

»Respekt!«, sagt J. und wärmt seine Hände an der Kaffeetasse. »Mein Kreislauf braucht da etwas länger.«

»Alles eine Frage der Übung.« Nora grinst.

»Sieht ganz so aus.« J. will nach Noras Hand greifen, aber sie tut, als hätte sie es nicht bemerkt, und eilt zum Kühlschrank, um Salami und Käse zu holen.

Da klopft es an der Tür.

Sie bleibt stehen. Wer könnte das um die Uhrzeit sein?

»Fang ruhig schon mal an«, sagt sie, wirft etwas nachlässig die verpackte Wurst auf den Tisch und flitzt zur Tür.

Das Herz rutscht ihr in die Hose, als sie vor der Tür Martin stehen sieht. Popcorn-Martin. Sie ist verwirrt.

»Was … warum … also, was machst du hier?«, stottert sie.

»Wir sind verabredet.« Martin grinst und seine Grübchen kommen zum Vorschein.

»Sind wir?« Nora bricht der Schweiß aus. »Aber wann …«

»Jetzt!«

»Schon, aber wann haben wir uns denn … Also ich kann mich nicht erinnern.«

Dass J. ausgerechnet jetzt durch den Flur aufs Klo muss, ist ganz klar das beschissenste Timing der Welt.

Martins Grübchen verabschieden sich.

»Ach so«, meint er bloß.

»Nein …«, sagt Nora, aber was soll sie weiter sagen? Sie ist überrumpelt und es fällt ihr nichts ein, was jetzt noch gut klingen könnte.

Schon hastet Martin die Treppe hinunter. Zwei Stufen auf einmal nehmend, das Geländer knarrt.

Die Haustür fällt ins Schloss. Hart.

Irmi klopft leise an meine Zimmertür. »Besuch für dich.«

Ich richte mich im Bett auf, rücke mein Top zurecht und binde meinen Zopf neu. Was war das gerade? Wie ist Martin in die Geschichte reingeraten? Wo kam er so plötzlich her? Ich versuche, mich wieder zu sammeln.

»Ja?«

Ruth schaut vorsichtig durch den Türspalt. »Hey du.«

»Hey.« Ich freue mich, meine Freundin zu sehen. Tatsächlich Freundin. Einfach so ist sie zu einer geworden.

»Das war 'ne Nacht, was? Kein Wunder, dass du flachliegst.« Ruth setzt sich auf die Bettkante, wo vorhin Irmi schon saß.

»Und du? Bei dir alles gut?« Ich schiebe meine Decke zur Seite, dami Ruth mehr Platz hat.

»Super! Wirklich!«

»Das kann ich mir vorstellen.« Ich zwinkere ihr übertrieben zu.

»Ach das.« Ruth winkt ab.

»Was?«

»Nix, nix. Alles ist super.« Ruth springt auf und schaut sich im Zimmer um. Sie sieht die CDs durch, die in meinem kleinen Holzregal liegen, und legt eine in den Player. Nina Simone, »Here comes the sun«.

»Hat Martin mir ausgeliehen«, erkläre ich, und Ruth zwinkert mir genauso zu wie ich ihr eben. »Was?«, empöre ich mich. »Rück schon raus mit der Sprache!« Martin hat die CD heute früh, nachdem er mich nach Hause begleitet hatte, noch aus seinem Rucksack gezogen und gewitzelt, die würde sehr gut zu meiner heiseren Stimme passen.

»Es würde mich doch sehr wundern, wenn Martin dir nicht bald einen Heiratsantrag macht.«

»Bitte?«

»Ich meine natürlich nicht wirklich, nur so halt. Der mag dich.« Sie spitzt ihre Lippen und gibt Knutschgeräusche von sich.

»Ich mag ihn doch auch«, verteidige ich mich.

»Und? Wo ist das Problem?«

»Es gibt kein Problem.«

»Das glaub ich kaum.« Sie legt alle CDs zu einem Stapel zusammen und schiebt sie ordentlich wieder ins Regal.

Ich schlage die Bettdecke zurück und klettere aus dem Bett, laufe etwas planlos hin und her und ziehe mir schließlich eine Strickjacke über.

»Was meinst du damit?« Ich setze mich auf den Stuhl und drehe die Musik leiser. Die CD hatte ich natürlich gleich heute früh eingelegt. Ganz leise, damit Irmi es nicht hört. Und während es draußen dämmerte und die Vögel anfingen zu zwitschern, habe ich mich mit einem ganz wohligen Gefühl in das warme Bett gekuschelt und bin zu der Musik eingeschlafen.

»Ach komm. Wenn man euch beide da so gesehen hat, am Lagerfeuer sitzend, stundenlang. Ihr – wie sagt man das so schön – ihr kommt nicht aus den Puschen!« Ruth setzt sich mir gegenüber auf den Schreibtisch und lässt ihre Beine baumeln.

»Oh Gott!« Ich fahre mir mit der Hand über die Stirn.

»Ist doch wahr!«

»Nur weil wir nicht gleich wie wild rumknutschen und uns auf dem Waldboden hin und her wälzen?«, rutscht es mir so raus. Ich fühle mich in die Ecke gedrängt.

»Ja genau! Zum Beispiel.« Ruth nimmt es locker.

»Es hat sich nicht ergeben«, erkläre ich.

»So etwas ergibt sich nicht. So etwas muss man forcieren!« Ruth schüttelt den Kopf, als wäre ich irgendwie von gestern.

»Ach ja? Und wann genau bist du aufgestiegen zu Expertin in Liebesangelegenheiten?« Langsam wird es mir zu blöd, mich ständig erklären zu müssen.

»Also gibst du es zu!« Ruth klatscht in die Hände.

»Ich gebe gar nichts zu!«

»Feigling!«

Ich bin kurz davor, mich zu ärgern, aber dann besinne ich mich wieder. Was soll's! Soll Ruth doch denken, was sie möchte. Alle Versuche, sie vom Gegenteil zu überzeugen, wären erbärmlich, halbherzig, verkrampft. Ich klettere zurück in mein Bett und decke mich zu. Ruth sieht mich an, erst besorgt, dann aufmunternd, und schließlich legt sie sich zu mir ins Bett. Wir starren eine Weile an die Decke.

»Weißt du, das ist das erste Mal, dass ich von zu Hause weg bin. Alleine.« Ruth wechselt das Thema. Gott sei Dank!

»Und? Wie fühlt sich das an?«, frage ich und gebe ihr ein Stück von meiner Decke ab.

»Am Anfang war es komisch. Ernsthaft. Ich habe mich einsam gefühlt. Ich habe jeden Tag mit meinen Eltern telefoniert, immer so eine halbe Stunde, manchmal sogar länger. Aber dann, als wir eines Abends bis ganz spät bei

Dario gesessen sind, da habe ich das Telefonat einfach ausfallen lassen. Und dann noch eins. Und plötzlich hat das Alleinsein Spaß gemacht. Ich ging spazieren, lächelte fremde Leute an, unterhielt mich mit dem Eisverkäufer. Das war lustig. Ich war lustig. Ich wusste bis dahin gar nicht, dass ich lustig sein kann.«

»Ich weiß glaub ich, was du meinst.« Ich drehe mich auf die Seite, damit ich Ruths Gesicht sehen kann.

»Ich muss doch langsam lernen, ohne meine Eltern klarzukommen«, stellt sie fest.

»Fühlt sich komisch an, oder?« Ich kann sie sehr gut verstehen. Würde ich nicht bei Irmi wohnen, würde ich mich ziemlich verloren fühlen.

»Ja. Erst mal schon. Aber ganz tief drinnen bin ich total aufgeregt. Auf eine gute Art und Weise. Wer weiß, was ich sonst noch so alles sein kann, wenn ich erst mal auf mich allein gestellt bin.« Sie knabbert an ihren Nägeln und versinkt in Gedanken.

Da liegen wir also beide mit unserer Zukunft, die sich vor uns ausrollt, schweigen und hören Songs von Nina Simone. Unsere Arme berühren sich vertraut. Ich bin sehr froh, dass ich Ruth getroffen habe.

Damit hatte ich nicht gerechnet, als ich den Job angenommen habe. Das kam so unerwartet und unkompliziert. Zu Hause hatte ich mir eher Sorgen gemacht, als mich darauf zu freuen, was passieren könnte. Aber vielleicht sollte man sich ohnehin nicht so viele Gedanken über das Morgen machen. Es kommt früh genug. Gerade mag ich noch gar nicht daran denken, wie es wird, wenn ich hier wieder weg muss. Zu Hause ist so weit weg und ganz unwirklich auf einmal.

Später, als Ruth schon lange gegangen ist, kommt Martin vorbei. Er bleibt etwas schüchtern vor der Tür stehen und scharrt mit den Füßen auf dem Holz der Veranda.

»Warum hast du bei dem Wetter einen Schal um?«, fragt er und lächelt mich an.

»Halsschmerzen.« Ich fasse an den Schal und lockere ihn etwas.

»Und ich dachte schon, du gehst mir aus dem Weg.« Er setzt sich auf die oberste Treppenstufe und vergräbt seine Hände in den Hosentaschen.

Ich lehne mich ans Geländer. »Warum sollte ich?« Ich versuche, cool zu bleiben. Martin kann ja nicht wissen, dass er plötzlich in meinen Tagträumen auftaucht.

»Na, wenn nicht, dann ist ja gut. Ich habe dir nämlich ein Geschenk mitgebracht.« Er lächelt verschmitzt. »Schließ die Augen!«, fordert er mich auf.

»Oje«, seufze ich und lege mir die Hand quer über die Augen.

Ich höre, wie Martin die Treppe runterläuft und das Gartentor öffnet. Irgendwas quietscht. Das Tor wird wieder geschlossen. Die Treppe knarrt unter Martins Schritten. Ich halte es nicht mehr lange aus, überlege schon, ein bisschen zu schummeln, aber da fühle ich schon Martins Hand auf meiner Schulter. »Nicht spicken!« Seine andere Hand löst meine ab und schiebt sich über meine Augen. Vorsichtig führt er mich die Treppe runter. Seine Berührung bringt mich durcheinander. Ich muss daran denken, was Ruth gesagt hatte, das mit dem Heiratsantrag. Ich habe keine Schuhe an und spüre das Gras unter meinen Füßen, außerdem Martins Atem in meinem Nacken. Ich bekomme eine Gänsehaut und hoffe, dass er es nicht bemerkt.

»Tadaah!« Martin reißt seine Hand von meinen Augen, und da steht es, direkt vor mir – das knallrote Fahrrad.

Mein Herz macht einen Sprung, mein Mund öffnet sich, wie um ein Laut auszustoßen – ein *Ah!* oder *Oh!* oder auch *Wow!* –, aber es kommt nichts. Ich bleibe einfach so stehen.

Martin sieht mich an und strahlt über das ganze Gesicht. »Gut, oder?«

»Unglaublich! Wo hast du das her?« Ich spüre, wie meine Wangen vor Aufregung ganz rot werden.

»Es ist nun nicht gerade schwer, ein solches Rad zu besorgen. Rote klapprige Fahrräder sind voll das Klischee. Kriegst du an jeder Ecke hinterhergeschmissen.«

»Glaub ich nicht. Mir hat noch nie jemand so ein Fahrrad hinterhergeschmissen.« Ich streiche begeistert über den Lenker.

»Doch. Jetzt.« Er pult schnell noch ein Stück Lack ab, der an einigen Stellen abblättert.

»Das zählt aber nicht wirklich. Oder doch?« Ich kann es immer noch nicht glauben, dass Martin sich gemerkt hat, was ich ihm am Lagerfeuer erzählt habe – zumal wir betrunken waren.

»Jetzt hör schon auf, darüber zu philosophieren, und steig endlich auf!« Martin macht eine einladende Geste Richtung Sattel und drückt gleichzeitig die Klingel.

Kurz zögere ich noch, aber dann endlich steige ich auf. Martin schwingt sich auf den Gepäckträger.

»Hey! Was wird das?«, rufe ich, verliere sofort das Gleichgewicht und muss mich schnell mit einem Fuß am Boden abstützen, damit wir nicht umkippen.

»Das ist ja wohl das Mindeste, dass ich hier mitfahre!«,

protestiert Martin, und gibt sich Mühe, das Rad wieder in Position zu bringen.

Ich öffne das Tor und schlingere auf die Straße hinaus. Fast fahre ich ein innig umschlungenes Pärchen über den Haufen, in letzter Sekunde kann ich noch ausweichen.

»Heilige Scheiße!«, entwischt es mir und Schweißperlen treten auf meine Stirn. Ich trete mit voller Kraft in die Pedale, komme langsam in Fahrt, und obwohl Martin hinten auf dem Gepäckträger absichtlich wackelt, muss ich lachen – seltsamerweise sind die Halsschmerzen und der Husten verschwunden. Der Schal weht romantisch im Fahrtwind.

»Du fährst wie ein Henker!«, ruft Martin von hinten.

»Du bist einfach mal schwer! Viel schwerer, als du aussiehst!«, pöbel ich zurück.

»Ich gebe mir Mühe! Guck!« Ich drehe mich kurz zu ihm um und er zieht demonstrativ den Bauch ein.

»Ich gebe mir auch Mühe!«

»Vielleicht. Aber deine Kondition ist erbärmlich! Was fahren wir hier? Fünf Kilometer die Stunde?«

»Halt den Mund, oder du kannst zu Fuß weiter!«

»Schon gut, schon gut. Ich bin ganz still!« Er legt seine Hände um meine Hüfte.

Ich steuere auf den Strandweg zu. Das Rad klappert, so wie es sich gehört, und ich fühle die Glückshormone durch mich hindurchsausen. Schon wieder!

»Danke!«, rufe ich noch, und dann bleiben die Räder plötzlich im Sand stecken, das Fahrrad kippt und Martin hilft noch nach, indem er sich zur Seite fallen lässt. Da liegen wir, jeder auf einer Seite und das Fahrrad zwischen uns.

»Cool!«, lache ich und schnappe nach Luft.

Wir bleiben kurz liegen, weil es so schön ist, weil der Sand warm ist und kitzelt und weil die Badegäste uns amüsiert angucken, so als hätten wir nicht alle Tassen im Schrank.

»Wenn ich gewusst hätte, dass du nicht Radfahren kannst, hätte ich noch Fahrstunden organisiert.« Martin rückt zu mit heran und streicht den Sand von meinen Schultern. Ich beuge meinen Kopf nach vorne, schließe die Augen und wünsche mir, dass die Zeit jetzt einfach mal stehen bleibt. Bitte.

Auf dem Rückweg schiebt Martin das Rad und wir beide schlendern nebeneinander her. Ab und zu schauen wir uns an.

»War es so, wie du es dir vorgestellt hast?«, fragt Martin.

»Ach weißt du. Das mit der Vorstellung sollte man lieber vergessen. Je schneller, desto besser. Die Vorstellung ist doch immer nur ein Klischee.«

»Hast du ein Selbstfindungsbuch gelesen?« Er stupst mich in den Arm.

»Mach dich nicht lustig über mich.« Ich schubse zurück.

Wir bleiben vor dem Tor stehen. Martin lehnt das Fahrrad gegen den Holzzaun, schließt es an und überreicht mir feierlich den Schlüssel.

»Also dann.« Er beißt sich auf die Unterlippe.

»Also?«

»Sehen wir uns morgen?«

»Mit großer Sicherheit.«

»Schön.«

»Ja.«

Und schon wieder stockt das Gespräch. Ein ständiges Auf und Ab, Hin und Her, Vor und Zurück. Und nichts, was ich dagegen tun könnte.

»Gute Nacht. Und werd schnell wieder gesund.«

»Mach ich«, sage ich noch, schlüpfe dann schnell durch das Tor, die Stufen zur Veranda rauf, bevor es zu peinlich wird.

Oben im Zimmer lege ich mich wieder aufs Bett und greife mir mein Buch, das, wo ich die ganzen Figuren eingetragen habe – Rollen aus Filmen, die ich gerne mochte, Figuren aus Liedern, sehnsüchtig besungen. Toughe, selbstbewusste, kreative, schlagfertige, geheimnisvolle, vielleicht etwas verrückte Frauen. Immer die gleichen eigentlich. Nur mit anderen Namen, aber sonst sind sie sich auffällig ähnlich, wie eine Uniform. Jetzt erst fällt es mir wie Schuppen von den Augen. Ich blättere weiter. Wer schafft es schon, so zu sein? In diesem echten Leben? In diesem Leben, wo man aufs Klo gehen muss und pupsen, wo einen rot angelaufene Wangen verraten, wo einem die besten Sprüche erst dann einfallen, wenn die entsprechende Situation schon längst vorbei ist.

Ich klappe das Buch zu, rolle mich auf den Rücken und starre, Arme und Beine von mir gestreckt, an die Decke.

Ich selbst, ich habe doch noch nichts von der Welt gesehen, jedenfalls nicht viel. Da wird es noch so viele Momente geben, die mich überraschen und aus der Bahn werfen werden, in denen ich einfach zusammenbrechen werde, mit verheultem Gesicht und geschwollenen Augen.

Es wird Menschen geben, die mir wehtun werden, und andere, die mir ans Herz wachsen. Hochzeiten, Geburten, Beerdigungen, Missverständnisse, Geständnisse, Freunde, Lügen, Begeisterung, Fieberträume, Erfolge, Lieben, Langeweile, Tanzkurse, Staus, Magenverstimmungen.

Da kann ich doch unmöglich immer tough bleiben, auch nicht selbstbewusst, und schon gar nicht immer geheimnisvoll. Das sehe ich jetzt ganz klar. Ich blättere noch einmal durch die Seiten und reiße schließlich jede einzelne raus, sage *Danke* und *Tschüs*, wie es sich gehört, und schmeiße sie dann in den Papierkorb. Einfach so.

Auf eine der übrig gebliebenen Seiten schreibe ich:

ICH mag:

Lichterketten, doppelstöckige Regionalbahnen, den Geruch von frisch gemähtem Rasen, Nebel, wenn das Licht im Kinosaal runtergedimmt wird, alles mit Schokolade, Marmelade kochen, den Moment, wenn Musik ihren Höhepunkt erreicht und es dann explodiert im Bauch, alte Brücken aus Stein, Schorf abpulen, Weihnachtskugeln an den Baum hängen, im Nacken gestreichelt werden, Katzen, Rucola mit getrockneten Tomaten und Parmesan, vietnamesische Frauen, die an der U-Bahn Blumen verkaufen, bärtige Männer, die große Hunde streicheln, Feuerwerk, große Ringe, warme Wollsocken, mit Mama Tretboot fahren, mein neues rotes Fahrrad. Irmi und ihre Tupperdosen. Rocco, Ruth, James, Dario. Ich mag Martin.

Das ist doch ein Anfang!
Gruß an mich selbst. NORA

Und jetzt taucht Martin auch noch in meinen Zukunftsvisionen auf.

Ich lasse die letzten Tage noch einmal Revue passieren. Zum Beispiel das, was Rocco über mich gesagt hat, dass ich ständig nach Bestätigung heische. Wenn ich ganz ehrlich zu mir bin, dann hat er wahrscheinlich recht. Ich möchte immer sofort wissen, was die Leute über mich denken, und am besten muss es gleich etwas Gutes sein. Ich kann schlecht mit Ungewissheiten leben, deshalb macht mich die Sache mit Martin auch ganz verrückt. Aber Rocco hat mich durchschaut, und was ich daran am Beeindruckendsten finde, ist, dass er mir das ganz schonungslos gesagt hat, obwohl er mich doch offensichtlich mag. Das ist neu für mich – unschöne Wahrheiten aussprechen und trotzdem befreundet zu sein, das hat bisher für mich nicht zusammengepasst. So etwas muss man aushalten, schätze ich mal.

Kurz bevor ich wegdöse, klopft Irmi an meine Tür.

»Da ist ein Max am Telefon und fragt, ob du morgen wieder auf der Matte stehst.«

»Ja. Natürlich. Sag ihm bitte, ich bin pünktlich da.«

Ich trinke die letzten Schlucke Tee und kuschele mich in mein Kissen, mache noch einmal Martins CD zum Einschlafen rein.

Seit wir hier arbeiten, essen wir fast jeden Abend bei Dario. Mittlerweile macht sich eine gewisse Routine bemerkbar. Ich bestelle wie immer, Rocco besorgt Besteck, Ruth verteilt die Servietten, Martin leert den Aschenbecher und James liest laut die Nachrichten von Spiegel.de vor.

Wir lauschen seiner monotonen Stimme, beobachten das

Treiben in der Fußgängerzone und Dario, wie er mit dem Pizzateig jongliert.

»Tja also …«, seufzt Rocco genüsslich.

»Tja was?« Martin zieht die Augenbrauen hoch.

»Tja … nichts!«, antwortet Rocco und verschränkt die Arme hinter dem Kopf.

»Was ist das für eine Aussage?«

»Gar keine, du Vogel!« Rocco zieht eine Grimasse.

»Aber warum …?«

»Nur so!«

»Das macht echt keinen Sinn!«

»Ach, du schon wieder!«

Ruth und ich sehen die Jungs an, dann einander und dann brechen wir in lautes Gelächter aus.

Martin und Rocco fragen gleichzeitig: »Was?«

»Ach gar nichts. Ihr benehmt euch wie ein altes Ehepaar«, grinst Ruth, und ich nicke zustimmend.

»So einen Blödsinn hab ich ja noch nie gehört!« Rocco regt sich künstlich auf und zwinkert dabei.

»Jawohl, ein altes keifendes Ehepaar!«, schiebt Ruth hinterher.

»Die Mädchen sind übergeschnappt!« Rocco steht auf und gestikuliert wild.

Ich amüsiere mich, und während ich zwischen den beiden hin und her schaue, streift mein Blick den von Martin. Einen ernsten Blick. Und ich halte kurz inne und da passiert etwas mit der Zeit, plötzlich wirkt alles wie in Zeitlupe. Martin neigt seinen Kopf nach unten und dann wieder hoch, und während er ihn hebt, schaut er mich unter seinen Wimpern an, dass ich das Gefühl habe, er würde ganz tief in mich hineinsehen. Dann lächelt er und die

Grübchen erscheinen neben seinem Mund. Und das ist das Schönste, was ich je gesehen habe.

Dann kehrt die echte Zeit wieder zurück. Mein Kopf schwingt zur Seite, in Roccos Richtung, der wieder einen dummen Witz gerissen hat.

»Könnt ihr nicht einfach mal die Klappe halten?«, fährt James dazwischen, der sich in seiner Lektüre gestört fühlt. »Nur einen Moment? Das kann doch nicht so schwer sein! Was für ein Kindergarten! Immer müssen sie reden. Reden, lachen, reden, lachen. Als ob das irgendwas ändert.«

»Bitte?« Jetzt kann sich niemand mehr beherrschen und wir alle müssen ganz furchtbar lachen. Rocco klopft sich auf die Schenkel. James tut so, als würde ihm das sonstwo vorbeigehen, aber in Wirklichkeit freut er sich bestimmt, dass er uns so viel Grund zum Lachen geliefert hat.

Das geht so lange, bis endlich die Pizza kommt.

Dario setzt sich während einer kleinen Pause zu uns und zündet sich eine Zigarette an.

»Mann, du hast es echt gut«, sagt Rocco und legt ihm die Hand auf die Schulter. »Du hast das hier immer: Sonne, Strand, Lagerfeuer, Jetski. Dein Leben muss echt der Hammer sein.«

»Ach ja?« Dario grinst. »Du hast echt so was von keine Ahnung.«

»Also ich an deiner Stelle…« Rocco pfeift zwischen seinen Zähnen hindurch.

»Du an meiner Stelle? Soll ich dir mal sagen, wie das läuft? Du an meiner Stelle müsstest jeden Morgen um sechs Uhr aufstehen, weil dir dann zum Zähneputzen und Frühstück runterschlucken 'ne halbe Stunde bleibt. Gleich musst du los, hierher, in diesen Laden, und schon beim

Öffnen der Tür schlägt dir dieser Geruch vom Backen und Frittieren und Braten entgegen, dieser Geruch, den du gestern Nacht echt lange probiert hast, dir von der Haut zu schrubben. Vergeblich natürlich.

Du an meiner Stelle hast also gerade den Laden aufgeschlossen, willst alles vorbereiten, hast das Radio eingeschaltet, da traust du deinen Augen nicht, steht doch tatsächlich der erste Gast vor der Tür, weil er 'ne Pizza will. Um kurz nach sieben! Und wenn der gerade aufgestanden wäre, dann gut, dann könnest du das seltsam finden, aber sympathisch irgendwie, dass der Typ sich zum Frühstück 'ne Pizza reinziehen will. Nur ist der nicht gerade aufgestanden, nee, der ist einfach noch wach, der blanke Hohn, durchzechte Nacht in dieser schrecklichen Dorfdisco, in die du an meiner Stelle natürlich auch ab und zu gehst, weil, etwas anderes gibt es hier nicht, es sei denn, du magst mit den Räucherfischverkäuferinnen über Casting-Shows debattieren.

Du an meiner Stelle machst also echt viele Überstunden, weil du erstens das Geld gut gebrauchen kannst und zweitens die Touristen nicht gehen, obwohl auf dem Schild doch *Geöffnet bis 21 Uhr* steht. Und dann, später, wenn der Touristenstrom abreißt, wenn nicht mehr so viel zu tun ist und du endlich Zeit findest, an den Strand runter zu gehen, dann ist da nix mehr los. Keine schönen Miezen im Bikini, nur noch die Hartgesottenen, die sich abhärten für den Winter, die Kurgäste, solche mit Krampfadern an den Beinen, wenn du verstehst, was ich meine. Ich an deiner Stelle würde also den Mund nicht ganz so voll nehmen, weil du einfach mal keine Ahnung hast!« Dario beendet seine Ansprache und drückt frustriert seine Zigarette im Ascher aus.

»Oh Mann, das ist echt kacke.« Rocco tätschelt ihm die Schulter.

»So sieht's mal aus, Collega!« Dario beugt sich vor und sammelt unser Besteck zusammen.

»Ich verstehe.« Rocco überlegt ganz krampfhaft, was er darauf noch sagen kann, aber Dario springt schon auf, beendet seine Pause, klopft auf den Tisch und eilt in seine kleine Bude zu dem Pizzaofen.

»Mann. Wer hätte das gedacht.« Rocco kommt immer noch nicht drüber hinweg.

»Lass gut sein«, beruhigt ihn Martin, aber die Stimmung bleibt gedrückt.

Ruth und ich lösen zusammen noch ein Kreuzworträtsel, mehr kann man vom Abend nicht erwarten. Zwei Mal schiele ich noch zu Martin rüber, aber das Zeitlupenlächeln lässt sich nicht mehr zurückholen. Vielleicht war das alles nur Einbildung. Zeitlupe gibt's ja nur in Filmen.

»Hey, hört zu, wollen wir nicht morgen alle unsere Ware tauschen?«, schlägt Ruth vor und kritzelt schon unsere Namen auf die Rätselseite.

»Wozu?«, fragt James wieder mit diesem vorwurfsvollen Ton, ohne von seinem Handy aufzublicken.

»Na einfach so. Ich würde gern mal sehen, wie es sich anfühlt, Popcorn zu verkaufen.«

»Oh Mann.« Jetzt sieht er doch mal hoch und präsentiert Ruth ein verständnisloses Gesicht.

»Sei kein Spielverderber!« Ruth lächelt ihr süßestes Lächeln.

»Kannst mein Popcorn haben, wenn ich Noras Drachen bekomme«, steigt Martin auf die Idee ein.

Ich zucke mit den Schultern. »Warum nicht.«

»Dann kriegt sie mein Eis und ich deinen Kaffee«, sagt Rocco zu Ruth und überlegt, ob das so aufgeht.

»Und ich?«, protestiert James plötzlich.

»Du behältst dein Popcorn. Das ist so, wenn man Spielverderber ist.« Ruth triumphiert.

James winkt schließlich nur ab, irgendwie sind ihm unsere Spielchen zu blöd. Eigentlich komisch, dass er trotzdem mit uns abhängen mag. Ich habe ihn ja langsam im Verdacht, dass er hier nur eine Rolle spielt, eine von solchen, die ich gestern in den Müll geschmissen habe. Hinter seinem Handy wähnt er sich in Sicherheit, aber irgendwie müssen wir den auch noch knacken.

Um Punkt 21 Uhr springt Rocco vom Stuhl auf und beginnt, alle Gäste höflich darauf aufmerksam zu machen, dass der Laden jetzt schließt und dass sie schön nach Hause gehen mögen oder zum Sonnenuntergang an den Strand, aber dass sie doch mal zusehen sollen, den armen Mann hinter der Theke seinen wohlverdienten Feierabend machen zu lassen. Etwas überrumpelt verlassen die Gäste das Lokal. Einige kauen noch. Dario traut seinen Augen nicht. Rocco rennt von Tisch zu Tisch und stapelt die Teller aufeinander, legt sie vorsichtig in den Geschirrwagen.

»Nichts zu danken Kumpel!«, ruft Rocco lässig zu Dario hinüber und tippt sich an den Kopf.

»Mann, ist das peinlich«, grinst Ruth, und James rollt zur Bestätigung mit den Augen.

»Aber auch echt schrecklich süß«, finde ich.

Wir verlassen das Lokal und schlendern noch eine Weile umher. Schlendern ist hier sowieso die Hauptbeschäftigung von allen.

Schlender hier, schlender dort, kein Ziel, höchstens mal die Softeisbude, schlender weiter, schleck das Eis, schüttle Sand aus den Sandalen. Atme tief ein und wieder aus, lausche den Wellen, hebe kleine Bernsteinchen vom Strand auf, damit sie in der Hand glitzern, klettere auf den Bademeisterturm und lass dir dort die Haare vom Wind verwehen! Füttere die Möwen im Flug mit Brotkrumen, spiele in den Dünen Verstecken, setz dir Strohhüte auf den Kopf, lass die Brause auf deiner Zunge prickeln.

Tagein, tagaus!

Aber wir müssen arbeiten am nächsten Tag. Wie besprochen tauschen wir unsere Waren und James mault wieder etwas von »Arschkarte«.

Ich trage jetzt die Eistruhe und fluche innerlich, warum ich mich auf diesen Tausch eingelassen habe. Die Kühlakkus wiegen schwer, daran hatte ich gar nicht gedacht. Popcorn wäre mir tausendmal lieber gewesen.

Am Strand trennen wir uns, wünschen Erfolg und ermahnen den anderen, der jetzt mit unserer Ware unterwegs ist, auch ja guten Umsatz zu machen.

Ich sehe Martin nach, wie er mit meinen Drachen davonstolziert. Beschwingt. Mit Sicherheit ist er ein guter Drachenverkäufer. Die kleinen Mädchen werden ihm zu Füßen liegen – mit seinen wuschelige blonden Haaren, seinen hochgekrempelten Jeans und dem weißen Shirt, das im Wind flattert.

Martin, Ruth, Rocco und sogar James sind mir richtig ans Herz gewachsen. Ich fühle mich bei ihnen ausnahmslos wohl und wir haben auch schon eine Menge miteinander erlebt. Meine Mutter würde sich sicher wundern.

Ihr Argument, ich wäre wegen meines Einzelkindstatus nicht gruppenfähig, ist hiermit offiziell widerlegt. Das muss ich ihr unbedingt schreiben.

»Ein Cornetto Nuss, ein Magnum Mandel und zwei Ed von Schleck, bitte.« Da ist er wieder. Der Mann aus der Disco, dreist grinsend steht er da in seiner unvorteilhaften Badehose.

Ich fühle mich ertappt, werde rot, senke den Blick und wühle mich durch die Eistruhe. Was für ein Durcheinander! Rocco ist ein echter Chaot. Ich sammele mich kurz, bevor ich dem Mann sein Eis in die Hände drücke.

»Wegen der Sache in der Disco …« Er zögert und wartet auf meine Reaktion.

Aber ich beschließe, nicht weiter darauf einzugehen. »Das macht sieben vierzig.« Mein Blick ist kühl, das Lächeln aufgesetzt.

»Wenn du meinst.« Der Mann kramt umständlich in seinem Portemonnaie und sucht nach Worten, aber es fällt ihm nichts ein. Er drückt mir einen Zehner in die Hand. »Stimmt so.«

»Ich nehme kein Trinkgeld.« Ich fische aus meinem Wechselgeldbeutel den Rest und drücke ihm die Münzen in die Hand. Dann wende ich mich ab und gehe davon, den Kopf hoch erhoben.

Wahrscheinlich wollte er irgendwas erzählen von zu viel Alkohol und dass er sonst nicht so ist, oder irgendeinen anderen Mist, aber ich bin glücklich und stolz, dass ich mich nicht in ein Gespräch habe verwickeln lassen. So etwas wie dort in der Disco, das wird mir nicht noch einmal passieren, das habe ich mir geschworen. Nach dieser Sache hatte ich daran gedacht, meine Mutter anzurufen, mit ihr über diesen Vorfall zu reden und zu fragen, wie man sich richtig verhalten kann, aber schließlich habe ich es doch nicht getan. Ich wollte nicht, dass Mama sich Sorgen macht oder gar glaubt, ich würde mit solchen Dingen nicht alleine fertigwerden. Das ist es wohl. Jetzt muss ich nämlich mit einigen Dingen selber fertigwerden. Und das ist beängstigend, aber auf der anderen Seite verleiht es einem auch Kraft, wenn man sich seiner Angst erst mal gestellt hat.

Das Eis verkauft sich wie von selbst. Ich muss zur Mittagszeit Nachschub holen. Max schnauzt ein bisschen rum, dass er nicht umsonst so die Waren aufgeteilt hat und dass er es zum Kotzen findet, wenn so kleine Halbstarke ihr eigenes Ding drehen müssen. Noch mal will er das nicht sehen, wo kommt man denn da hin, wenn jeder plötzlich macht, was er will.

Ich höre mir die Predigt brav an und nicke ein paar Mal, bis Max sich endlich beruhigt und die Ware rausrückt. »Der Bonus fällt für euch damit flach!«

Als ich wieder Richtung Strand laufe, sehe ich am Strandaufgang einen der Bockwurstjungs hochkommen. Also ist es wirklich so, sie laufen jetzt eine andere Strecke als wir. Ob Max mit denen gesprochen hat? Ob er sie schützt, weil sie Einheimische sind?

In der Pause treffen wir uns alle an der Promenade und essen geräucherten Fisch im Brötchen mit Salat und trinken Limo.

»Ich habe euch gleich gesagt, dass das eine dämliche Idee ist«, triumphiert James, als er das von dem Bonus hört. »Ich jedenfalls krieg meinen Bonus.«

»Max will sich nur aufspielen. Der macht einen auf Boss«, sagt Rocco.

»Aber er ist doch unser Boss«, widerspricht Ruth und zieht am Strohhalm ihrer Limo.

»Na und? Scheiß auf den Boss!« Rocco zuckt mit den Schultern.

»Scheißt du eigentlich auf alles?« Ruth sieht ihn herausfordernd an.

Rocco macht eine wegwerfende Handbewegung und wendet sich ab.

Ich wundere mich über diese plötzlich angespannte Stimmung. Habe ich etwas verpasst?

»Beruhigt euch«, wirft Martin ein. »Wird schon nicht so schlimm sein. Wir haben doch trotzdem guten Umsatz gemacht.«

Er zeigt mir stolz den Rucksack mit den Drachen, wo nur noch wenige drin sind. »Die kleinen Mädchen sind alle in mich verliebt!«

»Wusste ich's doch!«, ich knuffe ihm freundschaftlich gegen die Schulter.« Aber nicht, dass du mir jetzt meinen Job streitig machst.«

Wir albern noch eine Weile zusammen rum, aber die eisige Stimmung zwischen Ruth und Rocco fällt jetzt auch den anderen auf.

Als wir abends zur Abgabe der Beute auf der Veranda aufkreuzen, ist Max gerade am Telefon und nimmt uns lieblos die Ware und das Geld ab. Wir stehen noch eine Weile unschlüssig in der Gegend rum, bis Max uns endlich auszahlt, immer noch mit dem Hörer am Ohr, und uns dann wegwinkt, ohne Bonus und mit eisiger Miene. Konsequent ist er ja. James will noch protestieren, erntet dann aber einen unerbittlichen Blick von Max und sieht ein, dass es keinen Sinn macht. Mitgefangen, mitgehangen. So ist das mit der Gruppendynamik.

»Wollen wir morgen einen Fahrradausflug machen? Nur du und ich? Mädelsabend.« Ruth nimmt mich zur Seite und hakt sich bei mir unter. Wir drehen noch ein paar Runden, die Jungs verabschieden sich und seilen sich auf ein Bier ab.

Ich sehe ihnen nach, wollte eigentlich noch mit Martin reden, wollte ihn fragen, wie es war, meine Drachen zu verkaufen, vielleicht hätte ich ihm auch erzählt, dass der Discotyp bei mir Eis gekauft hat. Aber jetzt ist es schon zu spät, die Jungs biegen Richtung Hafen ab, und ich werde ihm schließlich nicht hinterherrennen.

Ruth und ich spazieren zu Irmis Haus, setzen uns auf ihre Veranda und bekommen Tee und Kekse vorgesetzt.

»Mann, was gäbe ich drum, dass sie meine Oma wäre«, seufzt Ruth. Man hört Irmi von drinnen mit dem Geschirr klappern.

»Und ich gäbe was drum, für immer hier bleiben zu können«, sage ich und gieße uns Tee in die Tassen.

»Ist das dein Ernst?« Ruth schaut mich entgeistert an.

»Ich kann mich nicht erinnern, wann ich mich das letzte Mal so gut gefühlt habe.« Ich nippe an meiner Tasse und verbrenne mir die Zungenspitze dabei.

»Wow.« Sie klingt überrascht.

»Jeden Morgen, wenn ich aufwache, freue ich mich, aus dem Bett steigen zu können, barfuß die Treppe in die Küche zu gehen, zu frühstücken, mit Irmi zu plaudern und mich dann in den Tag zu stürzen. Und da weiß man ja auch immer nicht, was einem so widerfahren wird. Das ist doch aufregend.«

»Mir geht das Kaffeeverkaufen allmählich auf die Nerven«, gesteht Ruth.

»Vielleicht ein wenig. Aber dieses am Strand entlanglaufen, das gibt einem so viel Zeit zum Nachdenken, sich über Dinge klar zu werden, ganz ruhig, ganz ohne Stress.« Ich ziehe meine Chucks von den Füßen und schüttele den Sand in einen Blumentopf aus.

»Du denkst zu viel nach«, stellt Ruth etwas schroff fest.

»Ja, ja. Du bist nicht die Erste, die das sagt. Als ob das so einfach wäre, das abzustellen. Ich meine, wie stellt ihr euch das alle vor? Ich arbeite ja dran.«

»Du könntest schon mal damit anfangen, wenn du aufhörst, darüber zu reden.«

»Gehe ich dir auf die Nerven?« Ich sehe sie nicht an, sondern starre geradeaus auf die Straße, den Spaziergängern hinterher.

»Nein, natürlich nicht.« Ruths Stimme wird wieder milder.

»Ich verstehe gar nicht, wo das Problem mit dem Denken ist. Was soll denn daran falsch sein?« Irgendjemand muss mir das doch mal erklären.

»Das Denken an sich ist schon okay. Ich glaube, es muss nur irgendwohin führen. Früher oder später.« Ruth tunkt ihren Finger in den Tee und fährt damit am Tassenrand entlang, dass es ein leises Geräusch gibt.

»Gib mir ein Beispiel. Ich meine, das ist alles so theoretisch, aber …«

»Du und Martin!«, unterbricht mich Ruth.

»Oh, nicht das schon wieder!«, protestiere ich.

»Doch genau das! Ich meine, das sieht doch ein Blinder! Nur du siehst es nicht! Weil du denkst, hin und her, dir tausend Möglichkeiten überlegst, wie es wäre wenn, oder lieber doch nicht, wie man das am Besten angeht oder wann der richtige Zeitpunkt ist und vor allem, wie sieht das für die anderen aus ... Und dabei liegt das alles vor dir, hier.« Ruth öffnet ihre Handfläche und zeigt drauf. »Auf der Hand. Aber du zerbrichst dir den Kopf, deutest, analysierst, erstellst Statistiken und plötzlich ... puff ...« Ruth pustet über ihre Handfläche in Richtung Himmel. »Weg! Einfach weg!«

Ich schaue dem Weggepusteten hinterher, dann senke ich den Kopf.

»Menschen sind unterschiedlich«, werfe ich noch ein.

Ruth nickt schwach, trinkt ihren Tee in einem Zug aus, steht auf und macht sich auf den Weg. »Sag Irmi gute Nacht von mir. Bis morgen.«

»Bis morgen.«

Sie ist doch genervt von mir. Oder ist sie generell genervt? Was war das mit Rocco? Ich hätte fragen sollen, aber stattdessen haben wir nur über mich gesprochen. Über mich und Martin, und das muss wirklich bald aufhören, weil mir die Ausreden langsam ausgehen.

Ich bleibe alleine zurück und schaue den ersten Sternen dabei zu, wie sie zaghaft am Himmel erscheinen, erst zwei, dann fünf und dann immer mehr. Ich versuche, meinen Kopf dazu zu bringen, über nichts nachzudenken. Aber das klappt nicht. Wie auch? Vielleicht kann ich ihn austricksen, indem ich einfach nur Bilder kommen lasse, gewöhnliche Bilder: Schiff auf dem Meer, Orangenbäume, eine Biene, die Nektar saugt, Heuballen auf Feldern, Windräder, Obstverkäufer am Straßenrand, Irmis Waldbeermarmelade, Martin. Martin. Martin.

Tja!

So viel dazu!

GLEICH NACH DER Arbeit fahren Ruth und ich am nächsten Tag los. Ich auf meinem roten Rad und Ruth mit einem Fahrrad vom Verleih. Wir haben kein Ziel. Erst mal immer geradeaus!

Wir treten in die Pedale und lassen unser Haar vom Wind zerzausen.

»Max hatte heute wieder echt viel zu nölen!«, ruft Ruth und wirft ihren Kopf zurück.

»Max hat immer zu nölen!« Ich lasse das Lenkrad los und fahre freihändig weiter. Das Fahrrad eiert, aber ich balanciere es mit meinen Armen wieder aus. »Juhu!«, rufe ich, und Ruth lacht, fährt ein wenig langsamer, damit wir wieder auf gleicher Höhe sind.

»So ein Mädchenausflug hat mir gefehlt. Immer die Typen um uns herum, das macht einen ganz wuschig.«

»Du hast recht«, pflichte ich ihr bei und klingel ein paar Spaziergänger aus dem Weg.

Wenn wir nach links schauen, sehen wir das Meer, und je weiter wir fahren, umso leerer wird der Strand.

»Die Leute sind zu faul zum Laufen. Stattdessen quetschen sie sich wie Sardinen in einer Büchse auf einen einzigen Fleck, Körper an Körper, und wundern sich, dass sie fett werden.« Ruth schüttelt den Kopf.

»Dafür profitieren wir gleich vom menschenleeren Strand«, entgegne ich.

»Lust, Steine zu sammeln?« Ruth streckt die Beine von sich und lässt das Fahrrad selbstständig den kleinen Abhang runterrollen.

»Warum nicht. Wettfahrt bis zum nächsten Aufgang?«

Ruth verlagert ihr Gewicht nach vorne, tritt wieder in die Pedale und entwickelt Ehrgeiz. »Wäre ja gelacht, wenn ich die kleine Nora nicht abhänge!«

Ich trete so fest ich kann und komme Ruths Hinterrad gefährlich nahe.

»Spinnst du? Ich habe nicht einmal Pflaster dabei!«, kreischt sie.

»Hab dich nicht so! Narben sind sexy!« Ich komme allerdings aus der Puste und falle wieder zurück.

Völlig außer Atem sind wir zehn Minuten später am steilen Aufgang und schieben unsere Räder zum Strand runter, wobei wir unsere ganze Kraft aufbringen müssen, um das Rad zu halten und nicht hinzufallen.

Der Strand ist hier steiniger. Ruth breitet ein indisches Tuch über den Boden. »Hat mir meine Mutter mitgegeben. Das Tuch und drei Packungen Räucherstäbchen, Chakra-Tee und Globuli für alle Fälle. Meine Mutter ist total die Eso-Tante.«

»Meine Mutter ist ’ne Kräuter-Tante. Mixt ständig irgendwelches grüne Zeug zusammen und macht daraus Tee und Limonade oder backt Kräuterbrot.«

»Und so hat jeder sein Hobby.« Ruth setzt sich in den Sand und packt ihren Picknickkorb aus, legt alles sorgfältig auf das Tuch. Es gibt Kekse und vorgeschnittenes Obst. Wir trinken Kaffee aus der Thermoskanne, schauen den Möwen zu, wie sie sich in den Wind legen und davontragen lassen.

Gestärkt laufen wir ein Stück, lassen unsrere Füße von den Wellen umspülen und heben Steine auf. Glatte, glänzende, glitzernde.

»Damit kann man sicher irgendwas basteln. Untersetzer, Kerzenhalter. Falls wir auch mal ein Hobby brauchen.« Ruth greift in den Sand und lässt dann Wasser über ihre Hand laufen, damit die Steinchen ihre wahre Schönheit entfalten. »Ich wollte dir übrigens noch erzählen …«, setzt Ruth an und stockt dann.

»Rocco und du?«, vermute ich.

»Genau. Kommt wohl nicht überraschend?« Sie wirft eine Handvoll Steine wieder ins Wasser zurück.

»Du warst letztens so komisch zu ihm.«

»Na ja. Wir hatten ein paar gute Tage, aber er ist wirklich ein Freak.« Und obwohl Ruth den Freak eigentlich ganz sehnsüchtig ausspricht, fühle ich, dass es vorbei ist zwischen den beiden.

»Bist du traurig?«, frage ich sie.

Ruth winkt ab, überlegt dann aber noch mal. »Ein bisschen vielleicht. Aber es ist besser so.«

»Schade«, murmele ich und fische einen grünen Stein mit Loch in der Mitte aus dem Wasser.

»Du könntest eine Kette draus machen«, schlägt Ruth vor.

Ich drehe den Stein einen Moment zwischen meinen Fingern und stecke ihn dann in die Hosentasche.

»Wir wollen Freunde bleiben«, erzählt Ruth weiter. »Das klappt natürlich nicht. Das klappt ja nie.«

»Man kann es versuchen.« Aber so wirklich glaube ich auch nicht dran.

»Wir werden sehen. Ich bin achtzehn. Ich schätze, es wird noch einige Sommerlieben geben.« Sie zuckt die Schultern.

»Als ich dich zuerst gesehen habe, hätte ich nicht gedacht, dass du so denkst. Du schienst so verliebt zu sein.« Ich setze mich in den Sand und sortiere die schönen Steine von den weniger schönen aus.

»Ich war ja auch verliebt!«, protestiert Ruth.

»Bei mir dauert das länger, das mit dem Verlieben und dem Entlieben.«

»Was du nicht sagst!« Ruth lacht und knufft mir gegen die Schulter.

»Ich meine, das ist dann immer schmerzvoll. Immer! Deshalb bin ich so zögerlich. Ich dachte, bei dir wäre es ähnlich.« Aus den aussortierten Steinen fange ich an, ein Muster zu legen.

»Ich dachte mir, wenn ich dann wieder nach Hause fahre… ohne zu wissen, wie Rocco küsst, dann hätte ich mich ständig fragen müssen, wie es gewesen wäre, wenn. Und jetzt weiß ich es halt.«

»Und?«

»Wundervoll natürlich! Das sieht man ja sofort, dass der wundervoll küssen kann.« Jetzt kommt sie doch wieder ins Schwärmen.

»Na wenigstens das.« Ich zwinkere ihr aufmunternd zu.

»Bis wir den Typen treffen, den wir heiraten wollen, wird noch ein bisschen Zeit vergehen.« Sie streicht den Sand neben sich glatt.

»Oh nein! Ich werde nie heiraten«, wehre ich ab.

»Zerrüttete Familienverhältnisse?«

»Das auch.« Eine Möwe spaziert nicht weit von unseren Füßen vorbei und pickt Krümel im Sand auf.

»Ich werde auf jeden Fall heiraten. In Weiß. Mit Schleier und hundertfünfzig Gästen auf einem Gutshof mit Pferden. Und die kleinen Mädchen streuen Rosenblüten und rennen dann in ihren süßen Kleidchen barfuß über den grünen Rasen. Es duftet nach Heu, und mein Mann und ich, wir stolzieren umher und tanzen Walzer. Es gibt gebackenes Hähnchen auf Rosmarinkartoffeln und zum Dessert Mousse au Chocolat mit Nüssen oben drauf. Und eine Musikkapelle! Mit Akkordeon und Geigen.« Ruth lächelt zufrieden in sich hinein.

»Nicht dein Ernst?«

»Aber klar doch. Das wird ein wichtiger Augenblick in meinem Leben.«

»Irre.« Ich bin nicht sicher, ob Ruth mich vielleicht verarscht, aber trotzdem hat sie sich das einfach so spontan aus der Nase gezogen mit den Rosmarinkartoffeln. Verrückt. Heiraten ist für mich so etwas von abwegig, dass ich es ganz faszinierend finde, jemanden wie Ruth zu treffen, die das unbedingt will.

Meine Mutter sagt oft diesen Spruch: *Bis zur Hochzeit ist alles verheilt.* Und ich frage dann immer etwas pampig: »Welche Hochzeit?« Und da verdreht Mama die Augen und lässt mich stehen, weil sie keine Lust hat, sich mit ihrer jugendlichen Tochter über so Grundsatzfragen zu streiten. Aber ihr Blick sagt genug.

»Wir sollten zurückfahren, bevor es dunkel wird«, schlägt Ruth vor und packt ihre Steine in die Tasche.

»Warte. Wenn wir heute schon ohne Jungs unterwegs sind am menschenleeren Strand, da ist es unsere Pflicht, uns nackt in die Wellen zu werfen.« Ich kichere. Keine Ahnung, woher diese Idee plötzlich kommt.

»Wirklich? Ich steh ja eigentlich nicht auf so FKK-Zeug.« Sie rümpft die Nase, dreht ihren Kopf von mir weg, damit ich nicht sehe, wie rot sie wird.

»Hab dich nicht so«, necke ich sie und entledige mich meiner Klamotten, bevor ich es mir anders überlegen kann. Ruth steht auf, dreht sich kurz im Kreis, schaut nach allen Seiten, ob da auch wirklich niemand ist, zuckt dann mit den Schultern und steigt schließlich aus ihren Jeans.

Wir versuchen möglichst, die andere nicht anzuschauen, um uns nicht gegenseitig in Verlegenheit zu bringen. So lange kennen wir uns nun auch wieder nicht.

Als alle Klamotten im Sand liegen, rennen wir schnell ins Wasser, die Arme vor der Brust, und tauchen mit wildem Gekreische unter. Es ist kalt, trotz der heißen Tage bleibt das Wasser der Ostsee immer kalt. Eine Gänsehaut breitet sich über meinen gesamten Körper aus. Aber dann machen wir ein paar Schwimmzüge, und das Gefühl des Wassers auf der völlig nackten Haut ist so überwältigend, ein wenig sexuell auch, dass die Kälte einem wohligen, freien Gefühl in meinem Inneren weicht. Kurz überlege ich, wie es wohl wäre, wenn statt Ruth jetzt Martin hier schwimmen würde – wohin das führen würde und ob das gut wäre, aber dann verscheuche ich diesen Gedanken, es ist ja schließlich Mädchenausflug.

Das Meer ist verhältnismäßig ruhig, und wir können uns entspannt auf das Wasser legen, nur ganz leicht mit den Beinen wackeln und uns treiben lassen. Die untergehende Sonne taucht das Wasser in ein warmes blutrotes Licht.

Mit einem Kribbeln im Bauch kehre ich zurück zum Strand. Ruth folgt mir. Sie wickelt sich in das indische Tuch, während ich mein Shirt dazu benutze, mich abzutrocknen.

»Wow. Das machen wir jetzt öfter!«, ruft Ruth begeistert mit glänzenden Augen. All ihre Skepsis ist verschwunden.

»Hab ich doch gesagt.« Ich freue mich, dass ich sie, die mir immer vorwirft, zu viel über alles nachzudenken, auch mal zu etwas Spontanem überreden konnte.

Wir lassen uns vom lauen Sommerwind zu Ende trocknen. Ich starre wie hypnotisiert auf das Meer, das in der Ferne mit dem Himmel verschmilzt. Ich kann Stunden um Stunden so schauen und mich in diesem magischen Sog verlieren.

»Ich bin froh, dass wir gesprochen haben. Über Rocco meine ich. Ich will immer alles mit mir selbst ausmachen, aber es ist viel leichter, wenn man mit jemandem darüber reden kann. Und du bist ja jetzt wohl eine Freundin. Immerhin hab ich dich schon nackt gesehen.« Ruth knöpft ihre Hose zu und fängt an, das Tuch zusammenzulegen.

Ich greife mir das eine Tuchende und helfe ihr beim Falten. »Ich werde dich echt vermissen.«

»Oh nein, bitte nicht!«, stöhnt sie. »Nur nicht sentimental werden, ja.«

Wir packen unser Zeug zusammen, spülen die Tassen im Meerwasser, schnallen die Rucksäcke auf den Gepäckträger und schieben dann unsere Räder unter Fluchen den steilen Aufgang hoch.

Am Ortseingang verabschieden wir uns voneinander. Ruth muss noch irgendwelche Besorgungen machen, und ich steige vom Rad, um es den restlichen Weg zu schieben. Der Hintern tut mir vom harten Sattel weh, den werde ich definitiv auswechseln müssen. Ich laufe durch Gässchen, die ich bisher noch gar nicht gesehen habe, obwohl der Ort so klein ist. Alte Häuser. Teilweise wunderschön restauriert, teilweise kurz vor dem Abriss mit Schutt und Gestrüpp im Vorgarten. Der Kontrast gefällt mir irgendwie. Ich schaue in die Fenster rein, versuche ein Stück der Inneneinrichtung zu erblicken, um mir ein Bild davon zu machen, wie die Einheimischen hier leben. In vielen Zimmern flackert der Fernseher. Komisch, das Meer zu Füßen und trotzdem schaltet man den Fernseher ein. Seit ich hier bin, habe ich keine Minute ferngesehen.

Aus dem Erdgeschoss eines baufälligen Hauses hört man Musik und viele Stimmen, die durcheinander sprechen, vereinzelt lachen. Ich schiele unauffällig durch das halb geöffnete Fenster. Es scheint eine Galerie zu sein, ein Raum für Kunst oder so etwas wie ein Salon. Alte samtbezogene Sessel stehen in den Ecken neben kleinen Nierentischen, auf denen es aus den Aschenbechern qualmt. An den Wänden hängen Bilder, Skizzen und Collagen. Das Licht ist schummrig. Ein kleines Buffet ist aufgebaut, und daneben steht der Plattenspieler, auf dem sich eine Jazzplatte dreht. Die Leute sitzen oder schlendern umher, sie sehen aus wie eine eingeschworene Gemeinschaft, unterscheiden sich auch von den restlichen Dorfbewohnern. Es ist wieder die Kleidung, natürlich. Es ist vielleicht dumm und oberflächlich, aber an der Kleidung erkennt man zumindest ganz grob seinesgleichen. Später kann man sich dann immer noch vom Gegenteil überzeugen lassen, wenn man unbedingt will, aber der erste Eindruck geht ganz oft über Kleidung. Adidas Sambas oder Chucks, abgewetzte Jeans, T-Shirt. Das ist meine Kleidung. Nur ganz selten werde ich dem untreu und probiere Kleider oder Stoffhosen und Blusen. Und jedes Mal fühle ich mich, als wäre ich eine andere Person, verkleidet. Allein die Beine elegant übereinanderschlagen zu müssen, damit mir keiner in den Schritt gucken kann, kann mir den ganzen Abend verderben.

»Hallo!« Jemand sieht aus dem Fenster der Galerie und winkt mir zu.

Ich fühle mich ertappt beim Beobachten, winke schüchtern zurück, lächle verlegen und gehe möglichst schnell weiter. Manchmal, wenn ich so überrascht werde von Menschen, dann glaube ich immer, man würde mich verarschen wollen, sich einen Witz aus mir machen. Dieses Misstrauen und diese Unsicherheit bringen mich natürlich um viele interessante Begegnungen. Ich wäre gerne in den Salon reingegangen, hätte mich mit einem Kaffee in einen der gemütlichen Sessel gesetzt und gelauscht, worüber diese Künstler so reden.

»Raus aus dem Bett Prinzessin! Wir sind sowieso schon spät dran.« Oliver greift sich Noras Beine und schleift sie aus dem Bett, bis sie mit ihrem Hintern auf dem dunklen Parkett landet, was sich irgendwie unschön anhört.

»Mann!«, ist das Einzige, was aus ihr rauskommt. Es hat nicht viel Sinn zu protestieren, schließlich war sie diejenige, die auf diese Veranstaltung heute bestanden hat. Oliver war dagegen. Er mag den Salon, aber er findet, man

sollte den nicht so oft machen. Eher nur zwei Mal im Jahr. Wegen des exklusiven Charakters. Aber Nora macht das jede Woche.

»Das ist total inflationär!«, mault er dann. Nur – es ist Noras Wohnung und auch ihr Konzept, und wenn er mitmachen will, bitte sehr, wenn nicht, kann er ja in der Zeit seine Mutter besuchen gehen. Aber dann bleibt er trotzdem immer, weil er es im Grunde liebt. Oliver wohnt hier zur Untermiete und schreibt Kurzgeschichten. Beim Salon hofft er immer, jemanden zu treffen, der jemanden kennt, der wieder jemanden kennt, der ihm irgendwelche Verlags-Connections besorgen könnte. »Schreib doch einen Blog«, schlagen sie ihm oft vor, aber dafür ist sich Oliver zu fein und außerdem zu altmodisch.

Zum Salon kommen ganz verschiedene Leute. Am Anfang waren sie zu fünft und dann brachte jemand jemanden mit und plötzlich waren es zwölf, und dann lief alles über Mundpropaganda. Die meisten, die kommen, sind nett. Viele völlig durchgeknallt. Schriftsteller, Maler, Musiker, ab und zu Schauspieler. Die Schauspieler gehören zu der unsympathischsten Sorte, weil sie sich so sehr bemühen, im Vordergrund zu stehen und den ganzen Abend auch dort zu bleiben. Das ist im besten Fall anstrengend.

Nora ist die Gastgeberin. Das ist eine schöne Aufgabe. Sie kümmert sich um das Essen und um die Sitzgelegenheiten, zündet Kerzen an und legt Bücher auf den Tisch oder Fotos, auch Kleber und Stifte, falls jemand kreativ werden möchte. Sie stellt die Menschen einander vor, meist mit kleinen Anekdoten, und schmeißt ab und zu Gesprächsthemen in die Runde. Die müssen nicht immer mit Kunst zu tun haben, aber schlussendlich landet man früher oder später immer da.

»Würstchen im Schlafrock, Eier mit Mayonnaise, Sushi, gegrilltes Gemüse, Käseplatte und frisches Brot«, zählt Nora auf und zieht sich dabei Klamotten über. Oliver notiert alles auf den Zettel und verlässt dann eilig die Wohnung. Oliver ist für die Einkäufe zuständig. Das liebt er. Ist Nora ein Rätsel, aber sie fragt nicht weiter nach. Sie ist dankbar, dass er ihr diese Aufgabe abgenommen hat. Den Wein bringen die Gäste mit. Als Eintrittskarte sozusagen.

Nora holt die Stange Zigaretten aus dem Regal, packt die Päckchen aus und steckt die Zigaretten in kleine Gläser, so wie einen Blumenstrauß. Stilvoll rauchen. Dann geht sie mit einem Duftöl durch die Wohnung und sprüht zwei kleine Spritzer in jeden Raum.

Fertig.

Am frühen Abend klingeln die ersten Gäste. Zwei Autoren aus Hamburg. Vielleicht hat Oliver heute Glück.

Im Wohnzimmer läuft ein Dokumentarfilm von Anna, die Nora noch aus der Schule kennt. Die Häppchen kommen gut an und die ersten Weinflaschen werden entkorkt.

»Nora, wir machen morgen eine Fotosession. Märchenfiguren im Wald. Magst du unser Rotkäppchen sein?«

Immer was Neues.

Jenny nimmt die Gitarre und gibt ein melancholisches Lied zum Besten. Die Gäste klatschen. Die Stimmung ist gut. Später wird sie noch ausgelassen, vielleicht werden einige tanzen. Nora trägt heute Pailletten. So eine Phase. Glitzerphase. Glitzernde Gastgeberin.

Als es an der Tür klingelt, läuft Nora barfuß über den schönen Holzboden, hüpft vergnügt und drückt auf die

Türklinke. Es ist jedes Mal eine Überraschung, wer wohl dahinter steht.

»Hi«, sagt Martin und lächelt.

»Du schon wieder.« Nora erstarrt.

»Oh. Das hört sich nicht so an, als würdest du dich freuen, mich zu sehen.« Er runzelt die Stirn.

»Doch«, verteidigt sie sich. »Es ist nur… Was machst du hier?«

»Ich hole dich hier raus!«

»Aber das geht nicht, ich bin hier… beschäftigt.« Sie fühlt sich plötzlich unwohl in ihrem ganzen Glitzer. Unpassend.

»Wir sind hier in deinem Kopf. Du kannst machen, was du willst!« Er greift nach ihrer Hand.

»Aber die anderen!«

»Die anderen sind doch gar nicht da.« Martin pustet in den Flur hinein. »Siehst du!«

Nora dreht sich um und schaut in die Wohnung. Leer. Die Musik ist verstummt. Überhaupt alle Geräusche.

»Wie hast du das gemacht?« Sie kann es nicht fassen.

»Du hast das gemacht.« Martin tritt in den Flur und lehnt sich an die Wand.

»Du bist in meinem Kopf!«, empört sich Nora.

»Du hast mich reingelassen.« Er legt seinen Kopf ein wenig schräg und streckt den Arm nach ihr aus.

»Du warst nicht eingeladen«, protestiert Nora weiter und übersieht seinen Arm.

»Und trotzdem bin ich hier. Meinst du nicht, dass das etwas zu bedeuten hat?«

Was soll sie da noch sagen?

Martin löst sich von der Wand und geht ins Wohnzim-

mer, setzt sich aufs Sofa und steckt sich ein Stück gegrillte Paprika in den Mund.

»Ich würde dich vielleicht reinbitten, wenn du nicht schon drin wärst.« Sie lächelt. Das erste Mal.

Martin klopft mit der Hand auf den leeren Platz neben sich und schaut ihr herausfordernd in die Augen. Nora zögert, aber dann geht sie langsam auf ihn zu, hält seinen Blick, und kurz bevor sie am Sofa ist, beugt sie sich runter zu seinem Gesicht und …

»He, Vorsicht!« Ich weiche einem Radfahrer aus.

Warum jetzt? Gerade jetzt, wo es hätte spannend werden können.

Plötzlich werde ich von einer Unruhe gepackt. Meine Hände werden kalt, die Wangen ganz warm und ein Kribbeln durchzieht meinen gesamten Körper.

Mein Kopf schwirrt. Ich muss etwas tun! Irgendetwas, sonst werde ich noch verrückt. So kann es auf jeden Fall nicht weitergehen. Dieses Denken und Herumfantasieren, da hat Ruth recht, bringt mich nirgendwohin!

Mein Magen zieht sich zusammen. Vielleicht habe ich Glück.

Ich schwinge mich aufs Rad und fahre so schnell ich kann zum Sanatorium. Wenn er da ist, wenn Martin da ist, dann ist das ein Zeichen.

Vor dem Eingang steige ich vom Fahrrad und lasse es etwas unsanft gegen die Mauer krachen. Egal!

Mein Herz pocht ganz wild, ich schaue durch den Zaun und muss tief durchatmen, als ich Martin an gewohnter Stelle über sein Skizzenbuch gebeugt sitzen sehe. Wie kann er bloß zeichnen bei diesem Licht? Es ist schon dunkel.

Aber er ist da. Ich habe es doch gewusst. Es ist definitiv ein Zeichen, da gibt es jetzt keine Ausreden mehr. Ich fahre mit den Fingern durch mein zerzaustes Haar und zupfe das Shirt zurecht. Und dann … trete ich durch das Tor. Einen Fuß vor den anderen setzend gehe ich auf ihn zu, bleibe an der Bank stehen und räuspere mich.

Martin schaut auf, ganz langsam. Der hat Nerven! »Hey«, sagt er überrasscht.

»Steh mal bitte auf«, sage ich, und meine Stimme zittert ein bisschen.

»Was?« Er lacht.

»Steh auf!« Meine Stimme hört sich fremd an in meinen Ohren.

»Okay.« Martin schüttelt amüsiert den Kopf, legt Buch und Stift zur Seite und erhebt sich.

»Super«, sage ich und bleibe ernst. »Jetzt sind wir auf gleicher Höhe.«

Und dann umfasse ich sein Gesicht mit meinen Händen, ziehe es zu mir heran und lege meine Lippen auf seine.

Martin mag baff sein, vielleicht, aber er überspielt das gut und erwidert meinen etwas forschen Kuss. Da stehen wir also, die Lippen aufeinandergepresst, die Zungen, die ganz vorsichtig noch die des anderen berühren, und Martin greift mich an den Hüften und drückt mich fest an sich.

Eigentlich könnte das Feuerwerk jetzt losgehen. Wilde Lichter, die am Himmel zerplatzen. Tun sie natürlich nicht, ist ja kein Film hier.

Aber ich fühle es in mir drin explodieren, im Bauch und in den Armen, im Gesicht und sogar am Po. Wir küssen uns ausgiebig, so als hätten wir viel zu lange schon darauf gewartet. Nur die Augen traue ich mich nicht zu öffnen, nicht dass sich das hier wieder als so ein komischer Tagtraum entpuppt. Nach zehn Minuten vielleicht, vielleicht auch länger, lassen wir voneinander ab und gehen wortlos zu meinem Fahrrad. Kein Traum. Martin steigt auf und ich auf den Gepäckträger und wir fahren hinunter zum Wasser.

Am Strand zwischen den Dünen ist niemand mehr. Die Sonnenuntergangsgucker sind heimgekehrt in ihre kleinen Hotelzimmerchen. Etwas weiter weg, weit genug jedenfalls, wird ein Lagerfeuer angemacht und mit Bierflaschen angestoßen.

Aber das kümmert Martin und mich nicht besonders. Wir sitzen einander gegenüber und sagen nichts, sehen uns nur in die Augen. Lächeln zart und senken immer wieder den Blick, um ihn dann möglichst schnell wieder auf den anderen zu richten. Unsere Knie berühren sich. Martin rückt ein wenig näher heran, streckt die Hand aus und streicht über meine Wange, dann mit den Fingern über meine Lippen. Ich schmiege den Kopf in seine Hand, so wie Katzen das tun. Seine Haut riecht nach Meerwasser und Wind und Sand. Wir rücken noch weiter zusammen, kuscheln uns aneinander. Ich lege meine Beine über Martins und zupfe an seinem Pulli, ungeduldig, fahre mit der Hand drunter und streiche über seinen Bauch.

Gänsehaut.

»Küss mich«, flüstert Martin, und unsere Lippen kommen sich näher, halten kurz inne, bevor sie sich berühren. Weich legen sie sich aufeinander, öffnen sich und die Zungen treffen zusammen.

Mein Atem wird schneller.

Ich hake selbst meinen BH unter dem Shirt auf, nehme Martins Hand und lege sie auf meine Brust.

»Hier?«, fragt Martin.

»Natürlich hier«, antworte ich, und die Hitze schießt mir ins Gesicht.

Wir streifen die Hosen ab, mit einem letzten Blick, ob auch wirklich niemand vorbeikommt.

Aber wir sind in Sicherheit. Umgeben von dem noch warmen Sand und den hohen buschigen Grashalmen. Nur die Möwen schauen zu, wie wir beiden uns küssen, gierig, neugierig, aufgeregt und furchtbar glücklich.

Gleich werden wir miteinander schlafen, schießt es mir immer wieder durch den Kopf. Wir sind etwas unbeholfen, weil der Sand im Weg ist und erst mal abgeklopft werden muss. Es wird komisch. Wir lachen.

Man stellt es sich immer anders vor, vielleicht so wie in einem Musikvideo.

Aber so ist es nicht. Dafür ist es echt.

Meine Haut ist danach ganz empfindlich und reagiert auf jede zarte Berührung.

Martin zieht mir seinen Pulli über, damit ich nicht friere, damit es mir gut geht.

Aber es geht mir sowieso schon gut. Wer hätte gedacht, wie einfach es wird, wenn man erst mal eine Entscheidung getroffen hat.

»Du bist unglaublich«, sagt Martin, und ich lächele.

Unglaublich zu sein fühlt sich unglaublich an!

Wir verschränken unsere Hände ineinander und drücken sie fest, so fest, dass es fast wehtut.

»Ich hatte schon Angst, das passiert nie«, flüstert Martin und wirkt erleichtert, glücklich, sein ganzes Gesicht ist entspannt.

»Ich brauche immer ein bisschen länger, das muss ich mir ständig anhören.« Ich lege meinen Kopf an seine Schulter und fahre mit meiner Nase vorsichtig an seinem Hals entlang. Er riecht so gut!

»Ich hab mich echt angestrengt, richtig ins Zeug gelegt.«

»Ja?« Ich schaue zu ihm hoch und hebe die Augenbrauen.

»Wunderöle, Lagerfeuer mit Wodka, rote Fahrräder ... nichts hat geholfen. Ich bin mit dir sogar in diese albernen Riesenbälle geklettert.«

Ja! Da war doch was! Jetzt könnte ich ihn fragen, was er damals gerufen hat. War es wirklich diesees *I love you*? Andererseits ... nein. Man muss nicht jedes Geheimniss lüften. Wir sind doch erst am Anfang.

WIE VERSPROCHEN holt Martin mich am nächsten Morgen zum Jetski fahren ab.

Ich habe das Gefühl, eine unfassbar schöne Zeit beginnt. Ich will keine Sekunde mit Martin missen. Ich kann nicht. Ich will ihm nahe sein. Seine Hände berühren, meine Lippen an seine pressen, ihn umarmen. Ich kannn nichts dagegen tun.

Im Wasser drücke ich mich ganz fest an ihn. Motorrad fahren auf dem Meer. Ich genieße den Rausch der Geschwindigkeit. Den Sommerwind im Gesicht. Meine Liebe. Die Freiheit.

Ich kreische und fühle mich wie verwandelt. Furchtlos. Mutig. Sexy. Mein Körper fühlt sich ganz anders an als vor zwei Tagen noch.

Ich hielt das ja immer für ein blödes Klischee, dass der Sex was verändern könnte. Aber das tut er und ich kann auch kaum noch an etwas anderes denken. Das ist neu.

Und während ich mich mit dem einen Arm an Martin festhalte, streiche ich mit der freien Hand über seinen

Bauch, kitzle, zwicke. Hauptsache berühren, selbst durch diesen komischen Neoprenanzug hindurch. Das Wasser spritzt in alle Richtungen. Ich schaue rüber zum Strand und winke den Ameisenmenschen dort zu. Martin lacht. Alles kribbelt. Martin fährt eine Kurve und ich bekomme Wasser in die Augen.

»Schneller!«, schreie ich, und Martin zieht das Gas noch ein Stück an.

Später sitzen wir erschöpft am Strand. Mitten zwischen den ganzen Sonnenanbetern, aber es ist irgendwie, als wären sie gar nicht da. Als wäre niemand da. Nur Martin und ich.

Wir lassen die Neoprenanzüge in der Sonne trocknen und reiben uns mit Sonnenöl ein. Martins Wundermittel, mit dem unsere Freundschaft begann.

Ich überlege, ob ich heute Abend vielleicht meine Mutter anrufe, um ihr zu sagen, dass es mir gut geht, so gut wie schon lange nicht mehr. Mama wird dann etwas in der Art sagen wie: »*Ach Kind, als ich in deinem Alter war…*«, und dann wird sie seufzen und mich ermahnen, nichts zu tun, was ich später bereuen könnte. Mama kann sich selten für einen freuen. Sie vermutet immer und überall etwas Böses. Vielleicht ist das der Grund, warum ich nie locker sein kann. Aber ich kann daran arbeiten. Und Mama macht sich höchstwahrscheinlich bloß Sorgen. So ist das, wenn man Mutter ist. Man traut seinem Kind immer nichts zu, weil man doch so lange damit beschäftigt war, das Kind von vorne bis hinten zu umsorgen, Essen zu machen, bei den Hausaufgaben zu überwachen, den Hintern abzuwischen, schlechten Einfluss zu unterbinden. Arme Mama. Ich werde sie anrufen. Einen Versuch ist es ja wert.

»Das ist das Drachenmädchen!«, ruft ein Junge seinem Vater zu und zeigt mit dem Finger auf mich, will zu uns rennen.

»Ja, ja«, murmelt der Papa, lächelt entschuldigend und zieht das Kind weiter. Eltern!

»Du bist das Drachenmädchen«, lächelt Martin und streicht mir über die nassen Haare.

»Ja. Das bin ich wohl.«

»Mein Drachenmädchen«, wiederholt Martin stolz und streckt dem Jungen, der sich ständig nach uns umdreht, die Zunge raus.

»Fiesling«, empöre ich mich, drehe sein Gesicht zu mir und drücke ihm einen Kuss auf die Lippen. Wir lassen uns in den Sand fallen und genießen noch einen Moment die Sonne. Gleich müssen wir wieder auf Max' Veranda stramm stehen.

»Sagen wir es eigentlich den anderen?«, fragt Martin und küsst mich auf die Schulter.

»Die werden das schon merken.«

»James? Rocco? Etwas merken?« Martin lacht.

»Aber Ruth ganz bestimmt.«

»Ihr Mädchen habt da echt so ein Ding am Laufen, das werde ich nie begreifen.« Er hebt den Kopf, sieht mich mit diesem weichen Blick an.

»Nicht so schlimm«, tröste ich ihn und küsse ihn wieder.

Tausend Küsse reichen nicht aus!

Als ich mittags in der schlimmsten Hitze wieder als Drachenmädchen den Strand rauf und runter laufe, kann ich keinen klaren Gedanken fassen. Ist doch albern! Ich verkaufe die Drachen, als wäre ich ein Roboter, und kurz danach kann ich mich nicht mehr an die Gesichter der Kinder erinnern, denen ich eben eine Freude bereitet habe.

Wie lange dieser Zustand wohl anhalten wird? Gesund kann das nicht sein. Der Umsatz ist mir egal. Das Gemecker von Max erst recht. Ich fühle mich unverwundbar.

Am Nachmittag schaue ich kurz bei Irmi auf ein schnelles Mittagessen vorbei.

Die merkt natürlich alles.

»Hast du keinen Hunger?«, fragt sie besorgt und streicht die Tischdecke glatt.

»Doch, doch«, antworte ich zerstreut und schiebe mir Gemüse auf die Gabel. Bei Irmi gibt es immer Gemüse, für die Gesundheit.

»So wie du in deinem Essen stocherst, könnte man meinen, du wärst verliebt.«

»Ich?« Ich tue mir noch etwas von den Erbsen dazu, obwohl mein Hunger sich wirklich in Grenzen hält.

»Na, ich bestimmt nicht.«

Dafür dass Irmi so alt ist, ist sie ganz schön ausgefuchst. »Wahrscheinlich hast du recht.« Warum sollte Irmi es nicht wissen?

»Ist er ein anständiger Junge?« Irmi bekommt so einen bohrenden Detektivblick.

Darüber habe ich nicht nachgedacht. Anständiger Junge. Diese Kategorie gibt es nicht mehr, die kommt aus anderen Jahrzehnten.

»Er ist großartig«, probiere ich.

»Das kann alles bedeuten.« Irmi runzelt die Stirn.

»Machst du dir Sorgen um mich, Irmi?«

Irmi lächelt, so ein mildes Lächeln, so ein allwissendes.

»Mir geht es wirklich gut. So gut wie seit Ewigkeiten nicht mehr«, versuche ich sie zu beruhigen.

»Ich hatte viele Sommerlieben, weißt du.« Irmis Blick verliert sich. »Wenn man hier an der See wohnt, nun, da kamen ständig Besucher. Meine Mutter hatte eine kleine Pension am anderen Ende des Dorfes. Nichts Besonderes, drei Zimmer, aber sehr beliebt, weil wir das beste Frühstück weit und breit hatten. Ich bin ihr immer zur Hand gegangen. Und abends bin ich mit den jungen Männern am Strand spazieren gewesen. Es gab mal zwei, die haben sich um mich gestritten. Richtig aufeinander losgegangen sind die. Man war beliebt als Tochter von der Pensionwirtin.« Die Falten um ihre Augen schnellen nach oben.

»Wow.« Ich bin beeindruckt. Jungs, die sich um Irmi prügeln, das ist doch mal eine Geschichte!

»Ich hatte einige Male mein Herz an diese jungen Männer verloren. Jedenfalls dachte ich das ein paar Monate lang. Wir schrieben uns Briefe. Erst täglich und dann immer seltener. Wenn man so ein Gesicht nicht mehr vor Augen hat, verschwimmt es irgendwann.«

»Martin kommt von hier«, murmele ich und merke, wie meine Mundwinkel nach unten rutschen.

»Es sind nur dreihundert Kilometer«, tröstet Irmi.

Ich kaue wieder lustlos auf den Erbsen rum. »Ich mag darüber, glaub ich, noch gar nicht nachdenken.«

»Ich wollte dich nicht traurig machen. Heute gibt es doch diese schnellen Züge und Autos. Man kann jederzeit überallhin reisen. Ihr jungen Leute seid doch so mobil.« Irmi lächelt mir aufmunternd zu.

»Danke Irmi. Dafür und für das Essen und für überhaupt alles.« Ich habe den Eindruck, mich nie genug bei Irmi bedanken zu können.

»Deine Mama hat heute angerufen«, wechselt Irmi das Thema.

»Hier? Warum ruft sie nicht auf meinem Handy an?« Das ist doch wieder typisch.

»Sie dachte, du wärst hier.« Irmi schiebt mir die Schüssel mit den Kartoffeln hin.

»Sie weiß doch, dass ich den ganzen Tag arbeiten muss.« Meine Stimme klingt unnötig aufgeregt.

»Warum bist du böse auf sie? Sie wollte wissen, wie es dir geht. Wir haben uns sehr nett unterhalten. Ich habe ihr Komplimente wegen dir gemacht.«

Ich entspanne mich wieder ein bisschen. Komisch, dass ich immer auf hundertachtzig komme, wenn es um meine Mutter geht. Ich kann es nicht richtig greifen. Eben habe ich mir doch selbst vorgenommen, mit ihr zu telefonieren. Wahrscheinlich nervt es mich, dass sie mir zuvorgekommen ist. Das ist natürlich albern und trotzdem kommen sofort diese Kopfschmerzen wieder. Da hilft auch kein Gemüse gegen.

Bevor ich wieder zum Strand zurückkehre, schlucke ich im Bad zwei Paracetamol und habe sofort ein schlechtes Gewissen dabei. Ich wollte es lassen. Zumindest probieren. Aber es ist so verlockend, wenn man weiß, dass diese zwei kleinen Tabletten einem den Schmerz in nur wenigen Minuten austreiben. Für den Magen ist das nicht so gut und auch nicht für die Leber, aber darum kümmere ich mich später. Jetzt habe ich noch einen halben Arbeitstag vor mir. Ich kann mich ja morgen in Abstinenz üben.

»Ich weiß gar nicht, wie ich zu Hause ohne Darios unglaublicher Pizza überleben soll«, seufzt Ruth. »Da sind bestimmt irgendwelche Suchtstoffe drin.« Sie schiebt sich ein großes Stück mit Pilzen in den Mund und schmatzt genüsslich.

Martin und ich sind eben erst angekommen. Wir versuchen, uns so unauffällig wie möglich zu verhalten. Wie soll man das Thema am besten auf den Tisch bringen? Aber Ruth wirft mir schon mal einen bedeutungsschwangeren Blick zu.

»Was ist?«

»Das könnte ich dich fragen.« Ruth versucht, sich in meinem Blick festzusaugen. Das halte ich nicht lange aus, grinse nur, setze mich an den Tisch und versenke den Kopf in die Speisekarte.

Rocco und Martin begrüßen sich per Handschlag und James sieht nur schnell von seinem Handy auf und nickt. Rocco klaut Ruth ein Stück Pizza vom Teller, Ruth protestiert, lässt ihn aber machen. Irre, wie die das so können, so ungezwungen miteinander umgehen, kurz nachdem sie vom Rumknutschen-Status wieder in den Nicht-Rumknutschen-Status gewechselt haben. Aber manche Menschen scheinen einfach unkomplizierter zu sein.

Martin und ich tauschen heimlich Blicke aus. Unsere Beine berühren sich unter dem Tisch. Es macht Spaß, sich zu verstecken. Früher oder später wird Ruth mir das sowieso unter die Nase reiben, von wegen, sie hätte es immer schon gewusst und dass ich nur zu doof war, es selbst zu merken und so weiter. Da werde ich wohl durch müssen.

Als die Pizza kommt, muss ich feststellen, dass ich schon wieder keinen wirklichen Hunger habe.

Luft und Liebe. Da ist was dran. Obwohl Martin richtig reinhaut. Vielleicht sind Jungs und Mädchen da anders gestrickt.

Irgendwie kann ich das alles immer noch nicht so recht glauben. Ist Martin jetzt eigentlich mein Freund?

»Was grübelst du so, Prinzessin?« Rocco kneift mich in die Wange.

»Ich denke darüber nach, wie es kommt, dass ich euch so gern habe.« Das ist erst mal ein gutes Thema, um von dem anderen abzulenken.

»Oh! Ist das jetzt eine Liebeserklärung?« Roccos Brust schwillt gleich an.

»Du kannst dich lustig machen, ändert trotzdem nichts daran. Und du kannst ruhig mal zugeben, dass du uns auch magst.« Ich reiße mir ein winziges Stückchen Pizza ab und probiere, ob schon was reingeht in den aufgeregten Magen.

»Ich weiß nicht, nee, eher nicht.« Rocco rümpft die Nase.

»Blödmann.« James blickt von seinem Handy auf und wirft mit einer Serviette nach Roccos Kopf.

»Siehst du! Und das soll ich mögen?«

»Was sich liebt, das neckt sich«, wirft Ruth ein und blickt ihm herausfordernd in die Augen.

»Und du Fräulein! Wir zwei sind noch nicht fertig!« Er zwinkert ihr zu. Ruth lächelt vielsagend. Da geht doch noch was! Das war noch nicht das Ende vom Lied. Aber so ist das wohl, wenn man erst mal anfängt, knutschend auf dem Waldboden herumzurollen. Da ist kein Ende abzusehen.

»Ach, scheiß drauf! Nora und ich … also, wir … na ja …« Martin hat sich durchgerungen, findet aber nicht mehr raus. Ich muss lachen. Lange hat er es ja nicht ausgehalten.

»Gott! Wir wussten es noch, bevor ihr es wusstet!« Ruth schüttelt den Kopf und Rocco grinst bis über beide Ohren. Nur James sieht ein wenig so aus, als wüsste er nicht, worum es geht.

»Ehrlich? Ihr wusstet …? Was wusstet ihr denn?« Jetzt ist Martin baff und sieht verständnislos zu mir. Ich zucke mit den Schultern. »Ich habe nichts damit zu tun.«

»Ihr seid echt irgendwie vom anderen Stern oder so. Insofern passt das schon ganz gut zusammen.« Ruth fällt mir um den Hals. »Hast dir den Besten rausgepickt«, flüstert sie mir ins Ohr.

Ich sehe Martin an und lächle. Den Besten rausgepickt. Tatsächlich. Schön und klug und vegetarisch. Ein Künstler, ein Kind der Küste, ein Gentleman, der seinen Pulli verleiht. Er ist doch ein anständiger Junge. Das werde ich Irmi sagen. Vielleicht bringe ich ihn einfach mal mit zu einem gemeinsamen Mittagessen, dann kann sich Irmi ihr eigenes Bild machen.

DIE NÄCHSTEN TAGE vergehen im Flug, in einem permanenten Rausch. Ausgerechnet dann, wenn man wünscht, die Zeit möge stehen bleiben, die Zeiger der Uhr könnten erstarren und niemals mehr anfangen zu ticken, ausgerechnet dann rast sie davon. Der Tag neigt sich dem Ende zu, und die Nacht löst sich im Morgengrauen auf, als wäre sie gar nicht da gewesen.

Martin und ich verbringen alle freien Minuten zusammen, wir reden über alles, was uns in den Kopf kommt, hören Musik und fahren mit meinem Klapprad durchs Örtchen. Nichts Aufregendes, wir genießen es einfach, beieinander zu sein. Stundenlang auf einem Baumstamm im Wald zu sitzen und uns von Mücken stechen zu lassen. Das ist das Schönste von der ganzen Welt! Einmal schmuggel ich Martin nachts in mein Zimmer. Ich fühle mich ein wenig schlecht dabei, als würde ich Irmi hintergehen, als täte ich ihr Unrecht, aber die Sehnsucht ist so groß, und das einsame Bett kommt mir jetzt falsch vor – wie eine völlige Verschwendung. Man lebt doch nur das eine Mal!

Irmi wird mir das verzeihen, rede ich mir ein, und vergesse es sofort wieder, weil jetzt anderes wichtig ist.

Zaghaft sprechen wir beide über Sex, darüber, was wir gerne mögen. Das geht uns nicht leicht über die Lippen. Hat einem ja niemand beigebracht. Wir probieren es aus. Das ist schon einfacher, weil man dabei die Augen geschlossen lassen kann. Wir kichern leise, wir beißen uns gegenseitig auf die Zungen. Wir träumen vom Reisen und einem gemeinsamen Wohnwagen.

Die Welt erstreckt sich plötzlich vor uns, der rote Teppich rollt sich aus. Das hier ist etwas Besonderes. Das fühle ich ganz deutlich. Aber ich fühle auch, dass still und leise wieder die Angst angekrochen kommt, dass sie sich dazwischendrängen will, sich einnisten, um alles durcheinanderzubringen. Aber sie ist nicht eingeladen. Da muss ich jetzt wirklich streng sein, die Höflichkeiten mal über Bord werfen, eine Ansage machen. *Geh weg! Geh weg, du Scheißangst, die du immer nur willst, dass man mittelmäßig, langweilig vor sich hinlebt.*

Ein wenig albern fühle ich mich schon dabei, wie ich versuche, mich selbst auszutricksen. Aber irgendwo muss man ja anfangen!

Küssen bleibt unsere absolute Lieblingsbeschäftigung, das können wir stundenlang. Hinter einem Haus, versteckt in den Dünen, angelehnt an einen Baum im Wald.

Bei Sonnenuntergang am Strand zeichnet Martin mein Profil und schenkt mir das Bild dann. Im Gegenzug dafür fädel ich den grünen Stein mit Loch in der Mitte auf ein Lederband und binde ihn Martin um den Hals.

»Jetzt siehst du wirklich wie ein Künstler aus.«

Küssen.

Wir schlendern umher, Hand in Hand, Arm in Arm, durch den Wald, durch den Ort, die Promenade entlang. Kurze Pausen auf Bänken.

Küssen.

Wir fahren ins nächste Dorf zum Freilichtkino und sehen uns eine Sommerkomödie an. Liegen eingewickelt in eine Decke auf dem frisch gemähtem Rasen und teilen uns eine Cola.

Küssen.

»Meine Mutter hat gefragt, ob du mal zu uns zum Abendessen kommen magst.«

»Du erzählst ihr von mir?«

»Ununterbrochen.«

»Wow.«

Küssen.

Also fahre ich mit zu Martin. Zu einem Abendessen mit der Familie auf der Terrasse im grünen Garten. Die Vögel zwitschern und wir sitzen etwas angespannt beieinander, nippen an unseren Getränken. Die Mama hat Salat gemacht und einen Auflauf und sogar Zitronenkuchen gebacken.

»Schön ist es hier bei Ihnen«, sage ich und mein Blick streift den Garten, den Martins Mama in mühevoller Kleinstarbeit so gestaltet hat, dass er zwar perfekt aussieht und doch so, als hätte man nicht allzu viel daran gemacht. Ein bisschen wild, mit Kräutergarten und Wiesenblumen und einer Vogeltränke aus Ton.

»Ja. Meine Lebensaufgabe sozusagen.« Martins Mama, die Elke heißt, führt mich durch den Garten, zeigt mir die

Petunien, die Gladiolen und die Freesien, Blumennamen, von denen ich noch nie etwas gehört habe. Sie sind Elkes ganzer Stolz. Am Geräteschuppen bleiben wir stehen und sie zeigt mir winzige Fußabdrücke vom kleinen Martin, die er mit vier Jahren in den frischen Beton treten durfte. Dass Martin mal so klein war, kann ich mir nur schwer vorstellen. Ich sehe zu ihm hinüber, wie er da mit seinem Vater auf der Terrasse sitzt und an einem Radieschen knabbert. Er fängt meinen Blick auf und winkt herüber.

Später sitzen wir bei Martin im Zimmer und ich bin gehemmt, weil seine Eltern so nah sind und jederzeit reinkommen könnten. Ich schaue mich in seinen Regalen voller Bücher und CDs um, fahre mit der Hand über den schweren Holzschreibtisch, der vollgestopft ist mit Malutensilien, Blättern, Bleistiften, Finelinern und Pinseln.

Martin legt eine CD von Radiohead auf. Er greift nach meiner Hand und versucht, mich in sein Bett zu ziehen.

»Deine Eltern sind nett.« Ich setze mich mit einer halben Pobacke auf den Bettrand.

»Stimmt. Aber wir müssen ja jetzt nicht unbedingt von ihnen reden.« Er fängt an, die Knöpfe meiner Bluse aufzuknöpfen.

»Ich fühle mich schuldig irgendwie, ich meine, wenn wir uns hier verstecken und heimlich hinter deren Rücken ... Dabei hat deine Mama einen Zitronenkuchen gebacken.«

»Meinst du, die wissen nicht, was wir hier tun?« Martin lacht.

»Oh Mann! Umso schlimmer!« Ich lasse mich trotzdem aufs Bett fallen und streiche Martin die Haare aus dem Gesicht. Dann fahre ich mit den Fingern über seine Augenlider, über die Brauen und Wangen, über Nase und Lippen. Martin streift mir die Bluse von den Schultern.

»*Couldn't look you in the eyes. You're just like an angel, your skin makes me cry...*«, tönt es aus den Lautsprechern, und spätestens jetzt ist mir egal, wo irgendwelche Eltern sind, spätestens jetzt werfe ich alle Bedenken über Bord.

Küssen.

WORAUF ICH IN diesen ganzen Tagen penibel achte, ist, Irmi nicht zu vernachlässigen. Ich will nicht den Fehler machen wie andere, für die, sobald sie einen Freund haben, alles andere zweitrangig wird. Das will ich mir gar nicht erst zur Gewohnheit werden lassen.

Beim Frühstück mit Irmi lasse ich mir viel Zeit. Wir unterhalten uns immer über das Wetter, manchmal über die Arbeit am Strand und hin und wieder erzählt Irmi von der alten Zeit.

Eines Abends sitzen wir im Wohnzimmer und hören eine Platte auf dem antiken Grammophon. Es läuft altmodische Musik mit Trompeten und viel Saxophon.

»Das war damals unsere Tanzmusik. Wir hatten keine Disco. Bei uns war das immer ein Ball. Mit Kronleuchtern und wallenden Kleidern. Es gab Herren- und Damenwahl und immer war eine Anstandsdame dabei.« Irmi wischt mit einem Tuch über die verstaubten Platten, ganz langsam und vorsichtig. Ich mag es gerne, wenn Irmi von der alten Zeit anfängt.

»Anstandsdame? Wofür das?«, frage ich sie.

»Damit man sich nicht unzüchtig benimmt.« Irmi schiebt die Platte behutsam in die Hülle zurück und drückt sie mit einem verträumten Lächeln an ihre Brust.

»Oh.« Unzüchtig – was für ein Wort! Es löst bei mir sofort die Assoziation »Tiere« aus.

»Wir hatten natürlich unsere kleinen Tricks, die Anstandsdamen an der Nase herumzuführen. Die ließen sich ja wirklich leicht ablenken.«

Ich stelle mir vor, wie das damals so war. Viel komplizierter als heute jedenfalls, wenn man unter ständiger Beobachtung war, aber dadurch wahrscheinlich auch schrecklich romantisch. Ich würde gerne mehr erfahren. Aber Irmi wirkt müde, immer früher in letzter Zeit. »Vielleicht solltest du das alles mal aufschreiben Irmi«, schlage ich ihr vor. »Ich werde gerne testlesen, wenn du magst.«

»Ach Liebes, dafür sind meine Augen nicht mehr fit genug.« Sie reibt sich mit den Fingern die Lider und stellt die Platten wieder auf ihren Platz zurück.

»Du könntest diktieren und ich schreibe es auf.« Das könnte ich mir wirklich gut vorstellen. Ein gemeinsames Projekt bei offenem Fenster mit dem Rauschen des Meeres im Hintergrund.

»Wer weiß. Eines Tages vielleicht.« Sie schält sich aus der Decke, streicht mir über die Haare und verabschiedet sich ganz plötzlich. »Zeit fürs Bett.«

Ich schaue ihr nach, wie sie ins Schlafzimmer schlurft, ein wenig gebückt, als hätte sie Schmerzen, und ich beschließe, Irmi morgen wieder zum Strand mitzunehmen. Frische Luft wird ihr bestimmt guttun.

Während der Arbeit schleichen die Minuten natürlich. Immer wieder ziehe ich unauffällig mein Handy aus der Tasche, um nach der Uhrzeit zu schauen, aber auch, ob Martin mir eine SMS geschickt hat.

Ich versuche die Zeit auszutricksen, indem ich mich ablenke. Ich zähle meine Schritte in dem weichen Sand, ich überschlage mein bisher verdientes Geld, ich überlege mir Wörter, die sich auf Martin reimen: Wirtin, Hirtin, Freundin. Juhu!

»He, aufwachen, Prinzessin!«, rempelt Rocco mich von der Seite an.

»Hey!« Ich freue mich, ihn zu sehen.

»Zeit für 'ne Pause würde ich sagen.« Er stellt seine Truhe in den Sand. »Die anderen sind auch gleich da.«

Mein Herz macht einen Hüpfer. Gleich. Was für ein gutes Wort! Ich schaue mich um und sehe Martin und James von Weitem schon kommen. Ich winke voller Freude und die Jungs winken zurück. Rocco wischt sich mit einem Handtuch den Schweiß von seinem Oberkörper. »Ich komme mir vor wie in den Tropen oder so was.«

Die Mittagshitze ist auch besonders schlimm. Man kann nicht mal mehr barfuß über den Strand, nur auf dem kleinen Abschnitt am Meer, wo er vom Wasser gekühlt wird.

»Was ist das hier für ein konspiratives Treffen?« Ruth lässt schnaufend ihre Tasche von der Schulter gleiten.

Rocco und sie schubsen sich ein wenig hin und her, bis beide im Sand landen.

»Na toll!«

»Na super!«

Da ist es wieder mit dem Necken und Lieben. So richtig werde ich nicht schlau aus den beiden, aber sie werden schon wissen, was sie tun.

Wir machen uns auf den Weg zur Mittagspause. Alle zusammen, alle gleichzeitig, das hat Max eigentlich verboten, und wir haben es bisher auch nicht darauf ankommen lassen, aber so kurz vor Schluss kann man es ja ruhig mal riskieren.

Als wir auf den Waldweg kommen, stößt Rocco einen Seufzer aus. »Was für Deppen! Schaut euch das mal an.« Er zeigt auf die Reihe von Kühltruhen, die hinter Büschen versteckt blau hervorschimmern. Die Ware der Bockwurstjungs.

Wir bleiben stehen und sehen uns einige Sekunden an. In Ruths Augen blitzt es gefährlich auf. Rocco zuckt mit den Schultern. »Selbst schuld, oder?«

»Eine bessere Vorlage bekommen wir nicht mehr«, stellt James fest.

Martin runzelt die Strin, aber ich gebe ihm einen Klaps auf den Rücken. »Hey, du hast doch gesagt, sie wären nicht mehr deine Kumpels. Und du warst der Erste, der Rache wollte.«

»Das schon, aber unser Karmakonto?« Er sieht sich hektisch nach allen Seiten um.

»Ach, das füllen wir schnell wieder auf«, sage ich und beiße mir vor Aufregung auf die Lippe.

»Die Zeit wird knapp. Bist du dabei?« Rocco reibt sich die Hände.

»Oh Mann. Natürlich. Ja.«

Ohne ein weiteres Wort schnappt sich jeder von uns eine Kühltruhe. Wir sehen uns noch mal schnell um und rennen dann runter zum erstbesten Fischrestaurant am

Ortsrand. Dort schleichen wir uns zum Hintereingang. Da wo die Mülltonnen stehen und in der Sonne vor sich hin stinken. James hatte die super Idee, ganz ohne iPhone, und läuft voran.

Ruth hält Wache. Extrem professionell, wie eine vom Ordnungsamt. Rocco öffnet die Kübel und der Inhalt der ersten Truhe purzelt hinein. Dutzende Würstchen und Senfpäckchen fallen zwischen Fischreste und Plastikbesteck.

»Macht schnell, verdammt!«

James öffnet die restlichen Truhen und reicht sie weiter an Martin, der gibt sie an mich und ich übergebe an Rocco. Eine Kettenreaktion.

Aus der letzten Truhe fischt sich Rocco eine Wurst raus und schiebt sie am Stück in den Mund. »Blöde Ärsche, können von Glück sagen, dass wir so friedfertig sind«, schmatzt er.

»Hasta la vista!«, salutiert James und treibt uns an, endlich zum Ende zu kommen und zurück zum Strand zu laufen. Wir rennen, was das Zeug hält, mein Herz wummert so, dass ich das Gefühl habe, es kommt gleich durch die Brust geschossen. Die Kühltruhen schlagen gegen unsere nackten Beine. Und trotzdem kriegen wir das Lachen nicht aus dem Gesicht.

Völlig außer Atem erreichen wir endlich die Büsche, dieses kümmerliche Versteck, und stellen dort die Truhen wieder ab. Fein säuberlich, in Reih und Glied, als wären sie niemals weg gewesen.

»Ich würde so gerne ihre Gesichter sehen«, jauchze ich. Da ist es schon wieder, das Adrenalin, das mich ganz hibbelig macht.

»Das kannst du vergessen! Nichts wie weg hier.« James ist und bleibt der Vernünftige und zieht mich am Arm.

Wir sehen zu, dass wir verschwinden, Richtung Ortsmitte, an der Hauptstraße entlang, um von dort wieder einen anderen Aufgang zum Strand zu nehmen.

»Das war's jetzt mit unserer Mittagspause«, seufzt Ruth.

»Aber das war es wert«, grinst Rocco zufrieden und fährt sich mit der Hand über seine letzte übrig gebliebene Narbe über dem Auge.

»Nur die Würste, die tun mir leid«, sagt James, fischt eine Tüte Popcorn aus seiner Tasche und hält sie Ruth entgegen.

»Die kommen sofort drauf, dass wir das waren«, fällt Martin plötzlich ein.

»Na und? Das müssen sie erst mal beweisen. Können auch die Wildschweine gewesen sein.« Rocco winkt ab. Es ist ohnehin zu spät.

»Genau! Wildschweine. So welche von der höflichen Sorte, die ganz brav den Deckel wieder verschließen.« Ruth schlägt sich die Hand gegen die Stirn.

»Entspannt euch mal.« Rocco springt vergnügt durch den Sand. »Und danke. Das war Teamwork deluxe.«

Na ja, eher Rache. Aber solche Dinge tun Freunde nun mal. Einer für alle, alle für einen. Ein bisschen schuldig fühle ich mich trotzdem dabei. Das war kindisch und unfair den Würsten gegenüber, wobei Martin als Vegetarier eigentlich kein Mitleid empfinden muss.

»Heute Abend bei Dario, ja? Ich habe einen Plan«, tut Rocco geheimnisvoll.

»Keinen weiteren Rachefeldzug, bitte«, mahnt James. »Das war das erste und letzte Mal. Meine Nerven.«

»Bleib cool. Mit denen sind wir durch. Quitt. Haut rein.« Und dann schlendert er davon mit seinem Eis und der Marktschreierstimme, die jetzt doppelt so motiviert Cornetto Nuss anpreist.

Martin nimmt mich noch einen Moment in den Arm. Vergräbt seine Nase in meinem Haar und krault meinen Nacken. Ich, Nora-Kätzchen, schließe die Augen, schnurre und lache.

»Reicht jetzt ihr zwei.« Ruth zieht mich aus der Umarmung. »Die Arbeit macht sich nicht von allein.«

Und da schwärmen wir alle wieder aus, auf ins Gewühl, mitten rein in den Urlaubsbadespaß.

Mittlerweile sind wir am Strand schon bekannt, werden begrüßt und angelacht. Die große Ferienfamilie, eine Saison lang.

Ich fange an zu pfeifen, laufe beflügelt meine Runden und der Gedanke an diese Bockwurstjungs zaubert ein böses Lächeln in mein Gesicht. Das kommt davon. Wir brauchen definitiv kein schlechtes Gewissen zu haben!

Ich nehme zu Demonstrationszwecken einen Drachen aus dem Rucksack und lasse ihn in die Luft steigen. Das kann ich mittlerweile ganz ohne hinzuschauen. Ich knote die Schnur an die Rucksackschnalle und angele mir so die ersten Kunden. »Mama! Ich will bitte, bitte auch so einen!«

Abends weiht uns Rocco in seinen geheimen Plan ein. Er findet, wir alle zusammen hätten einen Auftrag zu erfüllen. Zum einen aus Dankbarkeit für Darios Pizza und zum anderen, weil er es einfach nicht aushalten kann, dass Dario, oder überhaupt irgendein Typ, nicht zu seinem wohlverdienten Bikinianblick kommt.

Ganz schön sexistisch.

»Ach sexistisch! Wir wollen doch nur gucken! Mein Gott, muss man doch nicht alles immer so kompliziert machen. Die Mädels laufen da in ihren wunderschönen Bikinis rum, da ist es doch das Mindeste, dass man da gucken darf!«

Na gut.

Wir finden ja auch, dass Dario sich einen schönen Feierabend verdient hat, wenn er schon den ganzen Tag neben seinem Ofen brutzeln muss wie seine Pizzas.

Rocco der Fuchs hat alles schon ausgetüftelt. Das kann er, das Organisieren.

»Ich werde mal Event-Manager oder so was. Ganz große Nummer, riesige Hallen, Prominente, Discokugeln und hochwertige Werbegeschenke.« Er läßt diesen Film vor seinem inneren Auge ablaufen.

Als wir bei Dario ankommen, macht der gerade an eine Wand hinter dem Ladenlokal gelehnt seine Zigarettenpause und wischt sich den Schweiß von der Stirn. Er sieht uns verwundert an, wie wir da vereint auf ihn zukommen. Die Strandverkäufer-Gang. Wie eine Mauer, bleiben wir vor ihm stehen.

»So Kollege Schnürschuh! Dann zieh dir mal deine Ausgeh-Shorts und ein sauberes Shirt an. Deo habe ich dir mitgebracht.« Rocco drückt ihm ein Döschen Axe in die Hand.

Dario starrt drauf, so als wäre das irgendetwas vom Mond, zuckt aber dann mit den Schultern und sprüht sich ein.

»Pizza durch fünf für euch, oder was?« Er steckt das Deo in seine Hintertasche.

»Keine Pizza heute Mann. Du hast jetzt frei!«, verkündet Rocco stolz.

Dario schielt um die Ecke zum Ausgabefenster und da steht schon der Chef höchstpersönlich am Ofen und stellt sich nicht ganz so geschickt mit dem Pizzateig an.

»Ist das euer Ernst? Der hält hier den ganzen Betrieb auf!« Dario kratzt sich am Kopf und verschränkt die Arme vor der Brust.

»Ist aber nicht dein Problem jetzt.« Rocco umarmt ihn kumpelhaft und wir grinsen ihn erwartungvoll an.

»Verschwinde jetzt endlich, bevor ich es mir noch anders überlege!«, brüllt der Chef durch das Ausgabefenster und schwingt völlig überfordert den Teigfladen. Rocco streckt ihm seinen Daumen entgegen und nickt aufmunternd.

»Tss.« Dario schüttelt den Kopf, lässt sich das aber nicht zweimal sagen, schnürt seine Schürze auf und verschwindet schnell, um sich umzuziehen.

Als er zurückkommt, ist er kaum wiederzuerkennen, so ohne Mehl im Gesicht und mit nach hinten gegeltem Haar.

»Und nun?«, fragt er möglichst lässig, aber man sieht ihm die freudige Erwartung doch an.

Ruth und ich haken uns bei Dario unter, die netten Hostessen – auch das ist ein Teil vom Plan – und eskortieren ihn zum Strand. In Martins Rucksack klimpern die Bierflaschen.

Am Strand angekommen, klettern wir auf einen der Bademeistertürme. Es ist etwas eng, aber dafür hat man hier die beste Aussicht. Wir lassen die Beine nach unten baumeln und setzen unsere Sonnenbrillen auf.

»So, und jetzt schön entspannen«, fordert der Event-Manager auf.

Mit Hilfe des Feuerzeugs ploppen die ersten Bierdeckel auf.

»Ist aber schon bisschen prollig«, meint Dario und grinst über beide Ohren.

»Keine Ursache, Mann!« Rocco ist gerne ein Macker und packt seinen iPod und kleine Boxen aus. Die besten Hits der Neunziger für Dario, und für uns die von heute, ist klar.

»Die Damen hier erlauben uns nicht, den Ladys hinterherzupfeifen. Aber Gucken ist erlaubt.« Er holt auch noch zwei Ferngläser aus seinem Rucksack.

»Mann, mach, was du willst!«, entgegnet Ruth und sieht Rocco streng an. »Was deine Mutter dir nicht beigebracht hat, können wir jetzt auch nicht mehr retten!«

»Hey! Lass meine Mutter da raus.« Die beiden sehen sich herausfordernd an und schneiden Grimassen.

Martin greift nach meiner Hand. Warm und feucht reiben die Finger aneinander, umschließen sich, entfliehen kurz, um sich dann schnell wieder ineinander zu verhaken. Und wieder kribbelt es im ganzen Bauch.

Noch nicht einmal die Hälfte vom Bier ist geleert, schon schlendern zwei Badenixen heran. Langhaarig, braun gebrannt, mit Fußkettchen um die Knöchel.

»Hey! Sieht aus, als hättet ihr einen Jungsüberschuss bei euch!«

Wow! Wie manche gleich mit der Tür ins Haus fallen können, das ist bemerkenswert!

James und Dario stehen gleich bereit und reichen den zweien ihre Hand für einen leichteren Aufstieg. Echte Gentlemen!

Wir geben uns zur Begrüßung alle die Hand. Rocco

lehnt sich entspannt zurück. Er ist sichtlich zufrieden, sein Plan geht auf.

Dann geht der Small Talk los.

»Und? Was macht ihr so?«

»Rumhängen. Und ihr?«

»Jetzt auch.«

Na dann ist ja alles geklärt. Die Mädels kriegen ein Bier angeboten, lehnen aber ab, sie haben ihre eigene Limo mitgebracht.

»Nicht dass wir hier abgefüllt werden. Das kennen wir schon.« Sie kichern.

»Wir sind total brav«, erwidert James und setzt einen ganz treudoofen Blick auf.

»Du vielleicht!«, pöbelt Dario, lacht und rückt näher an das eine Mädchen ran.

Aus dem Radio tönt *The Power of Love* von *Frankie goes to Hollywood*. Wie passend!

Beim Sonnenuntergang wird es dann richtig gemütlich. Die Möwen kreisen über unseren Köpfen und das Meer rauscht. Es ist tatsächlich erstaunlich, wie wenig es braucht, um glücklich zu sein. Man muss nicht einmal reden. Das Wellenrauschen füllt jede Leere aus.

»Wollen wir ein bisschen spazieren gehen?«, flüstert Martin in mein Ohr. Sein warmer Atem kitzelt und ich bekomme eine Gänsehaut.

Wir steigen vom Turm, ziehen unsere Schuhe aus und gehen näher ans Wasser ran.

»Die ganzen letzten Wochen habe ich es nicht einmal geschafft, baden zu gehen«, meint Martin und greift sich wieder meine Hand.

»Das Wasser ist wirklich kalt.«, warne ich ihn.

»Wir können ja nur bis zu den Knien rein.«

Wir streifen die Hosen ab, werfen sie in den Sand und waten ins kühle Nass. Der Untergrund ist steinig und Martin stellt sich beim Reingehen ein wenig an.

»Erzähl mir dein dunkelstes Geheimnis«, fordert er mich auf, als wir im Wasser stehen und uns die Beine von den Wellen umspülen lassen.

»Was?« Ich tue ratlos, aber natürlich fällt mir sofort eins ein.

»Also meins ist ... du darfst mich jetzt aber nicht auslachen ... Ich schicke jeden Monat eine Flaschenpost mit meinen Zeichnungen ab.« Martin kräuselt die Stirn und wartet ab, wie ich reagiere. Ich neige den Kopf, sage aber nichts. »Ich werfe die Flasche hier ins Meer und male mir dann aus, wo sie wohl ankommt.« Mit dem Finger zeichnet er die mögliche Strecke der Flaschenpost in der Luft nach. »Ich mag jedenfalls die Vorstellung, dass jemand sie findet und sich dann Gedanken darüber macht. Vielleicht nimmt er das Bild mit nach Hause und hängt es an den Kühlschrank, mit so lustigen Obstmagneten, oder er pinnt es im Badezimmer an die Wand.«

»Das ist doch schön«, lächle ich. »Das ist gar kein dunkles Geheimniss. Nichts gegen meins jedenfalls.«

»Was nicht heißt, dass du jetzt kneifen darfst!«

»Okay«, ich seufze. »Also wenn ich durch die Stadt mit der U-Bahn fahre, das mache ich ja oft, dann stelle ich mir manchmal vor ... nein, das ist echt viel zu blöd!« Oh Mann, ich hätte nicht davon anfangen dürfen!

»Ich habe dir meins auch gesagt.« Martin sieht mich streng an.

»Ist gut… Also, weil mir dann so langweilig ist während der Fahrt, stelle ich mir oft vor, wie es wäre, wenn die Bahn wegen irgendwas Schlimmem im Tunnel stecken bleibt… einem oberirdischer Atomschlag oder so was. Deshalb habe ich auch immer meine Wasserflasche dabei. Man ist dann ein paar Tage in der Bahn gefangen, kommt auf jeden Fall nicht raus. Und daraufhin sehe ich mir dann die Leute an, die mit mir im Wagen sitzen. Und schließlich lande ich bei den Typen, Jungs, Männern und sortiere die danach aus, welche von denen wohl küssenswert wären.« Ich schlage mir die Hände vors Gesicht.

Martin lacht. »Und?«

»Und? Es ist fast immer furchtbar enttäuschend. Nur ganz selten ist mal einer dabei, den man auch wirklich küssen würde. Die meisten sind so, dass es einem bei der bloßen Vorstellung eiskalt den Rücken runterläuft. Oh Mann.«

Jetzt ist es raus. Völlig blöd. Niemals vorher habe ich das jemandem erzählt, habe das Spiel immer nur für mich gespielt, und mich natürlich gefragt, ob das verrückt ist. Normal ist es ganz sicher nicht.

»Ich finde das ein gutes Spiel.« Martin nimmt mich in den Arm. »Ich frage mich nur, wie ich wohl abschneiden würde, mit dir gefangen in einer Bahn.«

»Dich küsse ich auch gerne ohne oberirdischen Atomschlag«, sage ich und mache es schon wahr. Meine Lippen pressen sich an seine. Mittlerweile kenne ich schon seinen Geschmack. Kaugummi und ein winziger Hauch Bier. Süßlich erst mal und danach ganz herb.

»Hey! Nehmt euch ein Zimmer!«, ruft Rocco vom Turm und reißt uns aus unserer Zweisamkeit. Die anderen stehen schon aufbruchbereit davor.

Martin und ich stapfen aus dem Wasser, ziehen uns die Hosen wieder an und gesellen uns zur Gruppe. Roccos nächster Programmpunkt ist nämlich ein Nachtspaziergang, immer am Strand entlang geradeaus.

Vorne gehen die Mädchen, sie haben immer noch ihre Bikinis an, sie hüpfen und kreischen und lachen mit einem Bier in der Hand. Dario und James bleiben ihnen dicht auf den Fersen und scheinen den nächsten Schritt zu planen. Dahinter laufen Rocco und Ruth, die die ganze Zeit herumalbern.

Martin und ich schlendern mit einigem Abstand hinterher, können es eigentlich kaum erwarten, wieder allein zu sein. Obwohl wir nicht darüber sprechen, weiß ich, dass es Martin genauso geht.

Als wir eine halbe Stunde später haltmachen, entscheiden sich die Ladys für Versteckspielen im Wald.

»Endlich!«, haucht Martin, und während Dario brav mit verschlossenen Augen bis einundsiebzig zählt, zieht Martin mich immer tiefer in den Wald rein. An Büschen und Bäumen vorbei, einen Hügel hinauf, irgendwohin, wo bestimmt keiner mehr suchen wird.

»Ich liebe dich Nora.«

»So schnell?« Mein Herz rast.

»Psst. Ich wusste das vom ersten Augenblick an.«

Wie legen uns auf den Waldboden, die Äste im Rücken, aber die sind uns völlig egal, solange man nur küssen kann.

»Los ihr zwei! Kommt raus! Das Spiel ist vorbei!« Die Stimmen, die nach uns rufen, hören sich so weit entfernt an.

Ein letzter Kuss, ein letzter Blick und dann kriechen wir aus dem Versteck. Die anderen sehen uns an, als wüssten sie genau, was da gerade gelaufen ist.

Auf dem Rückweg schlendern alle etwas lustlos über den abgekühlten Sandstrand. Die Mücken schwirren uns angriffslustig um die Ohren, es ist stockfinster geworden. Das Meer ist aufgewühlt, die Möwen sind schlafen gegangen. In der Ferne blitzt der Leuchtturm in regelmäßigen Abständen auf.

Dario hat einem Bikinimädchen sein Shirt geliehen und hält ihre Hand. Erfolgreich ausgeführter Plan. James geht leer aus. Vielleicht nächstes Mal.

Der Abschied am Strandaufgang zieht sich in die Länge. Die Mädchen sind unschlüssig, ob sie ihre Nummern rausrücken wollen, diskutieren eine Weile und einigen sich dann auf einen Besuch in Darios Lokal.

»Soll ich dich nach Hause bringen?«, fragt Martin, aber ich schüttele den Kopf, sonst komme ich mir langsam komisch vor.

»Gute Nacht.«

»Schlaft schön alle zusammen! Äh … also nicht zusammen, aber jeder für sich.« Das kommt davon, wenn man an nichts anderes mehr denken kann.

Ich renne. Renne den Waldweg entlang, von Liebe beflügelt, auf Flügeln getragen. Renne über den menschenleeren Marktplatz, die Hauptstraße runter, über den unebenen Bordstein bis zu Irmis Haus. Ich bleibe einen Moment am Gartentor stehen und verschnaufe. Das Blut pulsiert durch meine Adern. Das Herz pumpt die Glückshormone durch den ganzen Körper. Das Lächeln mag nicht mehr aus meinem Gesicht weichen. Ich atme noch kurz durch und stoße vorsichtig das Tor auf, laufe durch den Garten und die Treppe zur Veranda hinauf.

AUF DEM KLEINEN Tisch brennt eine Kerze und wirft ihr schwaches Licht auf Irmis schlafendes Gesicht. Die Decke ist ihr von den Knien gerutscht. Ich hebe sie auf und lege sie Irmi über die Beine. Einen Moment lasse ich sie noch schlafen. Ich setze mich auf die oberste Treppenstufe und kann das alles immer noch nicht fassen.

Martin und ich. LOVE! FOREVER!

Ich spüre noch genau seine Hände in meinem Nacken. Er hat sofort begriffen, wie sehr ich es mag, im Nacken gestreichelt zu werden. Sein Geruch hängt in meinen Haaren, es ist, als würde er neben mir sitzen. Ich schließe die Augen und sehe sein Gesicht vor mir, umrahmt von seinem sonnengelben Haar, mit den Grübchen, die es schon allein wert wären, mit Liebe überhäuft zu werden.

Wie verrückt das alles ist und wie unverhofft.

Die Minuten ohne Martin ziehen sich in die Länge, wollen einfach nicht verstreichen, dabei haben wir uns gerade erst voneinander verabschiedet.

Ich sollte schlafen gehen, damit die Zeit schneller verfliegt, in Träume verfallen. Von Küssen und streichelnden Händen.

»Irmi«, flüstere ich und fasse sie vorsichtig am Arm. »Irmi, es wird Zeit, ins Haus zu gehen.«

Irmi macht keine Anstalten aufzuwachen. Es gibt Leute, die sind echt schwer wieder wach zu kriegen, wenn sie mal schlafen. Ich nehme die Decke von ihren Knien und falte sie zusammen, ich puste die Kerze aus. Dann trage ich Tasse und Teekanne ins Haus, stelle sie in die Spüle. Auf dem Tisch steht ein mit Frischhaltefolie abgedeckter Teller mit Essen. Ich bin gerührt. Immer wieder bin ich von Irmi gerührt, die sich um mich kümmert und sorgt, als wäre ich ihre Enkelin. Ich sollte im Winter wieder hierherkommen und Irmi für ein paar Tage besuchen, ihr Haus in Ordnung bringen und vielleicht einen Kuchen für sie backen. Bis dahin werde ich Rezepte ausprobieren müssen, um Irmi den Kuchen zu zaubern, den sie verdient.

Als ich wieder auf die Veranda trete, sitzt Irmi unverändert in ihrem Korbstuhl. Ich greife nach ihrem Arm und will sie aus dem Stuhl hochziehen. »Irmi«, sage ich schon etwas lauter. Ihr Arm ist ganz schwer, rutscht mir aus der Hand und fällt schlaff in den Schoss. »Irmi!« Ich werde panisch. Ganz instinktiv.

Ich schüttele an ihren Schultern. »Wach auf! Es ist schon spät!« Meine Stimme überschlägt sich. Ich halte inne. Starre auf Irmis Gesicht. »Verdammt!« Tränen schießen in meine Augen. »Reiß dich zusammen! Reiß dich zusammen!«, versuche ich mich zu beruhigen. Ich atme kurz durch.

Schließlich strecke ich meine Hand nach Irmis Hals aus und versuche, den Puls zu ertasten. Nichts. Das Gleiche versuche ich mit dem Arm. Wieder nichts. Kein Pochen, nicht mal ein bisschen. Ich lege meine Hand auf Irmis Brust, um zu spüren ob sie sich hebt oder senkt, aber da ist keine Bewegung.

Und da begreife ich, was ich schon geahnt habe.

Irmi ist tot.

Heute früh saß ich noch mit ihr am Frühstückstisch und jetzt ist sie tot. Wie konnte das passieren? Meine Knie werden weich, mein Körper gibt nach und ich falle in mir zusammen. Lande auf den Holzdielen zu Irmis Füßen und fange hemmungslos an zu weinen. Schluchze, der Rotz läuft mir aus der Nase und die Tränen nehmen mir die Sicht. Ich wische mit dem Ärmel über meine Augen. Ich habe riesige Angst.

Vielleicht ist das ein böser Traum.

Vielleicht ist das ein großer Irrtum.

Ich rappel mich wieder auf, hole aus dem Haus die Decke vom Sofa und ein paar Kissen und wickele Irmi wieder ein. Von Kopf bis Fuß. Stopfe die Kissen in die Seiten, damit sie nicht aus dem Stuhl kippt.

Ich selbst lege meinen Kopf auf Irmis Knien ab und schließe die Augen. Die Tränen sind versiegt, ich spüre sie noch als trockene Schlieren auf meiner Haut. Gleich werde ich etwas unternehmen müssen. Gleich. Ich zittere. Ein Schauder durchläuft meinen Körper. Immer wieder zucke ich zusammen. Mein Atem wird langsamer. Wenn ich mich anstrenge, kann ich in der Ferne das Meer rauschen hören, leise und friedlich.

»Nora.« Martin streicht mir über die Haare. Ich schlage die Augen auf, drehe den Kopf und sehe in Martins Gesicht, das erschrocken auf mich runterschaut. Sofort schließe ich die Augen wieder.

»Nein«, presse ich mit heiserer Stimme hervor.

»Nora.« Martin beugt sich zu mir runter. »Was ist hier los?«

Ich greife nach seiner Hand und umklammere sie fest.

»Steh auf«, fordert er mich auf.

»Ich kann nicht.«

»Du kannst.« Er zieht mich hoch. Widerwillig komme ich auf die Füße. Mein Nacken tut weh und auch mein Bein, auf dem ich eine Ewigkeit gesessen habe. Martin führt mich zum anderen Stuhl und drückt mich hinein. Er holt einen Hocker und setzt sich mir gegenüber.

»Rede mit mir.« Er nimmt meine Hand.

Ich schüttele den Kopf. Meine Augen sind schrecklich geschwollen und der Hals tut mir beim Schlucken weh.

»Ist sie tot?«, fragt Martin.

Seine samtene Stimme zu hören, tut mir gut. Ich nicke vorsichtig und fange an, mit meinem Oberkörper vor und zurück zu wippen.

Martin steht auf und tritt zu Irmi, fühlt ihren Puls. Er wirkt ganz ruhig. Erst am Arm, dann am Hals.

»Wir können sie hier nicht sitzen lassen. Sie ist ganz kalt«, stellt er fest.

»So ist das bei Leuten, die tot sind!« Mein Mund bebt. »Wo soll sie denn hin?«

Er greift unter Irmis Arme. »Hilf mir.«

»Nein.«

»Hilf mir!« Sein Ton ist so bestimmt, dass ich keine Kraft habe zu widersprechen. Ich raffe mich aus dem Stuhl auf und stelle mich vor Irmi, sehe aber an ihr vorbei.

»Leg ihren Arm um deine Schulter.«

Ich sehe Martin fassungslos an.

»Mach einfach! Dann ist es gleich vorbei.«

Ich folge widerwillig seinen Anweisungen, aber es klappt nicht. Irmis Arm rutscht mir von der Schulter. Ich beiße mir krampfhaft auf die Lippen und schmecke Blut. Dann versuche ich es noch einmal und halte Irmis Hand diesmal fest. Diese kalte Hand, die ihre Kälte gleich an meinen Körper weitergibt. Wieder fange ich an zu zittern. Martin stößt die Haustür mit dem Fuß auf und geht voran, mit Irmi in seinem Arm, und ich folge, weil mir nichts anderes übrig bleibt. Wir schleppen Irmi bis zum Sofa und Martin legt den leblosen, unglaublich schweren Körper auf die weichen geblümten Polster. Ich nehme Irmis Beine und lege sie behutsam nebeneinander, ziehe die Hausschuhe von den Füßen und lege ein Kissen darunter.

»Sie soll es wenigstens gemütlich haben.« Und dann plötzlich breche ich in Lachen aus. Ein verzweifeltes, hysterisches Lachen. Ich lasse mich auf den Boden fallen und Martin setzt sich zu mir und nimmt mich in den Arm. Ich vergrabe mein Gesicht in seinem Haar und sauge den Shampooduft ein. Mit meinem Gesicht in seinen Haaren kann ich mir vorstellen, dass nichts passiert ist, dass wir noch am Strand liegen, dass ich nur träume und jetzt gleich neben Martin aufwache. Aber das laute Ticken der schweren Uhr, die im Wohnzimmer steht, erinnert mich daran, wo ich bin. In Irmis Haus, neben ihrem leblosen Körper.

»Und was machen wir jetzt?«, flüstere ich.

»Wir warten. So lange, bis wir wissen, was wir machen.« Martin drückt mich noch fester an sich.

Das ist okay. Das ist ein guter Plan, und vor lauter Erleichterung, nicht mehr mit allem allein zu sein, fallen mir wieder die Augen zu. Beschützt von Martin, dem Jungen, der weiß, was zu tun ist, mit den unbeschreiblichen Grübchen.

Ich kann nicht mehr sagen, wie lange wir so dasaßen. Wir haben nicht auf die Uhr gesehen, und ich habe jegliches Gefühl für die Zeit verloren, aber draußen dämmert es schon.

»Wir können sie nicht länger hier liegen lassen«, flüstert Martin.

»Müssen wir jetzt den Krankenwagen rufen? Oder die Polizei? Hätte ich das gestern schon machen müssen? Ich wollte das eigentlich machen, aber dann …« Ich werde wieder panisch.

»Wir rufen den Krankenwagen. Die werden schon wissen, was zu tun ist.« Martin geht zum Telefon und wählt die Nummer der Feuerwehr.

»Sie kommen aus dem Nachbardorf«, erklärt er, als er zurückkommt.

»Wir sollten was essen«, schlage ich vor. Was anderes fällt mir nicht ein.

»Ich gehe zu Max und melde uns für heute krank.« Martin denkt praktisch, ich hatte das schon völlig vergessen.

»Er wird fluchen, dass wir noch nicht da sind.«

»Er kann mich mal!«, entgegnet er.

Als er weg ist, mache ich mich in der Küche zu schaffen. Ich nehme den Teller vom Tisch und wärme das Essen in der Mikrowelle auf. Kartoffeln, Erbsen und Schnitzel. Dann fange ich an, den Herd zu schrubben, die Arbeitsplatte abzuwischen und das trockene Geschirr in den

Schrank zu räumen. In der Kammer stehen, fein säuberlich aufgereiht, die ganzen Marmeladengläser, die ich mit Irmi eingekocht habe.

Was wird jetzt damit passieren? Was wird mit den ganzen Sachen hier passieren? Irmi hat nie von Verwandten gesprochen oder von Freunden. Hat nicht jeder eine Familie? Rückblickend kann ich mich auch nicht daran erinnern, Irmi telefonieren gesehen zu haben oder dass sie Besuch hatte. Nur einmal, da hat sie über den Zaun mit der Nachbarin gesprochen. Geplänkel. Wetter und Gemüsepreise. Sollte ich zur Nachbarin rübergehen und ihr Bescheid geben? Macht man das so? Oder muss der Arzt das erst offiziell machen? Oder was? Vom echten Leben hab ich einfach mal keine Ahnung.

Martin kommt wieder. »Alles klar, wir sind nicht gefeuert. Aber nur weil fast Saisonende ist.«

»Iss was«, fordere ich ihn auf und schiebe ihm was von den Kartoffeln und den Erbsen auf einen Teller. »Tofu oder so gibt es hier nicht.«

»Ich habe keinen großen Hunger.« Er schiebt die Erbsen mit der Gabel von einem Tellerrand zum anderen. »Wir sollten zum Pfarrer gehen«, murmelt er vor sich hin.

»Zum Pfarrer?« Ich setze mich ihm gegenüber und schneide das Schnitzel in kleine Stücke.

»Irmi ist bestimmt zur Kirche gegangen. Wie alle hier. Vielleicht kann er uns etwas über Verwandte sagen.«

Ich denke darüber nach. »Ich habe noch nie mit einem Pfarrer gesprochen.« Es gibt einfach Dinge, die spielen in meinem Leben keine Rolle. Pfarrer beispielsweise. Wie redet man überhaupt mit denen? Wie spricht man die an? Sagt man etwa Herr Pfarrer?

Draußen vor dem Fenster sehen wir den Krankenwagen vorfahren. Ich stehe hektisch auf, laufe den Sanitätern entgegen und öffne ihnen die Tür. Sie murmeln etwas, was vielleicht eine Beileidsbekundung sein soll, vielleicht aber auch nicht. Ich nicke nur und führe die beiden Männer in das Zimmer.

»Die Frau Mertens. Tatsächlich«, sagt der eine, bekreuzigt sich und geht wieder raus, um die Liege zu holen. Ich werde gar nicht weiter beachtet.

Als er wieder zurückkommt, machen die beiden sich etwas umständlich dran, Irmis Körper vom Sofa auf die Liege zu hieven. Ich stehe nutzlos daneben. Martin ist im Türrahmen stehen geblieben.

»Was passiert jetzt mit ihr?«, traue ich mich schließlich zu fragen.

»Wie bringen sie ins Krankenhaus, dort muss der Arzt sie untersuchen, um dann den Totenschein auszustellen«, antwortet der eine Sanitäter sachlich. »Sind sie die Enkelin?«

»Nein.«

»Sonst irgendwie verwandt?«

»Nein.«

»Dann können sie auch nicht mitkommen. Ist Vorschrift.« Sie schieben Irmi durch das Wohnzimmer. Ich werfe noch einen letzten Blick auf ihr Gesicht. Es ist nicht abgedeckt, wie man das aus Filmen kennt. Ich habe das starke Bedürfnis, Irmis Gesicht noch einmal zu streicheln, traue mich aber nicht. Bestimmt gibt es da auch wieder Vorschriften. Ich schaue den Männern durch das Fenster hinterher, wie sie die Liege in den Wagen schieben, und muss mich sehr zusammenreißen, nicht wieder loszuheulen. Die Wagentüren werden zugeknallt. Dann bleiben die zwei noch vor dem Auto stehen und zünden sich eine Zigarette an. Sie sprechen nicht miteinander, schauen zu Boden. Ich habe den Eindruck, dass sie mitgenommen sind. Auf jeden Fall sehen sie traurig aus. Wahrscheinlich ist das so auf dem Dorf, wo jeder jeden kennt.

Als sie schließlich wegfahren, fange ich an, das Wohnzimmer aufzuräumen. Tassen wegzustellen, die Decke zusammenzufalten, die Blumen zu gießen.

»Meinst du nicht, das ist jetzt überflüssig?«, fragt Martin vorsichtig.

Ich halte mit der Gießkanne in der Hand inne. »Ich kann das einfach nicht glauben.«

»Komm her«, seufzt er und streckt mir seinen Arm entgegen. Ich stelle die Kanne auf den Tisch und gehe rüber zu Martin, setze mich neben ihn auf den Boden und lehne mich an den Türrahmen. Auf dem Sofa können wir nicht sitzen.

»Ich kann doch unmöglich weiter hier wohnen«, überlege ich. »Plötzlich ist alles anders.«

»Irmi hätte bestimmt gewollt, dass du hier bleibst«, sagt Martin und streicht mir durchs Haar.

»Woher weißt du, was Irmi gewollt hätte? Du kanntest sie doch gar nicht.« Ich bereue sofort, dass ich Martin so anfahre. Er kann nichts dafür. »Tut mir leid.«

»Ich kann heute hier schlafen, wenn du magst«, schlägt er vor.

»Geht das?« Alleine in diesem Haus zu schlafen, würde mich völlig fertigmachen.

»Ich sage nur schnell zu Hause Bescheid.« Er geht mit seinem Handy auf die Veranda.

Hätte ich nicht sehen müssen, dass es mit Irmi zu Ende geht? Ich hatte doch bemerkt, dass Irmis Verfassung in letzter Zeit nicht die beste war. Sie war ständig müde, schlief viel und hatte trotzdem diese Augenringe gehabt. Ich hätte es in jedem Fall sehen müssen. Ich hätte mit ihr zum Arzt gehen sollen oder wenigstens einen ins Haus holen. Ich hätte dafür sorgen müssen, dass Irmi genug trinkt. Hätte, hätte, hätte.

Im Haus ist es so still. Ich höre die Uhr ticken und in der Küche das Wasser in die Spüle tropfen. Draußen spricht Martin leise mit seiner Mutter. Seine Stimme ist ruhig und unaufgeregt. Ich kann von Glück sagen, dass er hier bei mir ist.

Eine Stunde später stehen wir in der Kirche. Es ist kühl und die angezündeten Kerzen flackern im Zugwind. Durch die bunten Fenster dringt kaum Licht. Die Stille hat etwas Feierliches. Ich traue mich kaum, mich zu rühren, und lasse den Blick schweifen. Die ganzen Kreuze und Marienstatuen mit dem Jesuskind wirken befremdlich. Ich kenne das nur aus Filmen. Im echten Leben war ich bisher noch nie in einer Kirche gewesen. Meine Familie hat es nicht so mit Jesus.

Der Pfarrer ist ein älterer Mann um die fünfzig mit einem netten Lächeln und einem fast kahlen Kopf. Er strahlt eine gewisse Ruhe aus und nimmt mir und Martin damit die Nervosität. Er setzt sich mit uns auf eine der harten Kirchenbänke und lächelt uns freundlich an. Wir erzählen von Irmi. Dass sie tot ist und dass wir nicht wissen, ob sie Verwandte hatte und wie man das alles jetzt regeln soll. Während ich das alles erkläre, etwas abgehackt und durcheinander, wird mir erst so richtig klar, was da wirklich passiert ist. Der Pfarrer legt seine Hand auf meine und drückt mit seinen Fingern leicht dagegen. Es ist eine warme, raue Hand, und ich muss meinen ersten Impuls, die eigene Hand wegzuziehen, unterdrücken.

»Ich kannte Irmgard gut. In letzter Zeit konnte sie nicht mehr so oft zu uns kommen, aber früher war sie sehr engagiert in der Gemeinde gewesen, hatte im Chor gesungen und den Stricknachmittag geleitet. Sie war eine gute Frau, ein guter Mensch. Sie ist jetzt bei Gott.«

Bei Gott. Schwer vorzustellen. Eben wurde sie doch auf einer Liege abtransportiert.

»Ich werde ein Gebet für sie sprechen«, sagt der Pfarrer und legt seine Hände ineinander. Martin und ich tun es ihm gleich, und zumindest ich fühle mich komisch dabei. *»Christus nehme dich auf, der dich berufen hat, und in das Himmelreich sollen Engel dich geleiten.«*

Der Pfarrer steht auf und zündet eine Kerze an. Dann geht er fast lautlos durch eine Seitentür hinaus und lässt Martin und mich alleine.

Wir bleiben auf der Bank sitzen und lauschen auf die Stille. Meine Gedanken beruhigen sich, bis mein Kopf sich leer anfühlt. Dieser Ort hier ist unwirklich. Kühl und still. Er hat nichts zu tun mit der Welt da draußen, nichts mit den Menschen, die dort in der Sonne braten, nichts mit den bunten Schwimmringen und dem Geruch von Sonnenmilch.

Nie mehr wird Irmi über den Strand laufen.

Nicht mal die Marmelade wird sie mehr essen, die sie so mühevoll mit mir zusammen gekocht hat.

Ich fühle, wie mir warme Tränen über die Wangen

laufen. Ganz leise tropfen sie vom Kinn in meinen Schoß. Kein Schluchzer. Kein Nasehochziehen. Ich lecke über meine Lippen und schmecke das Salz. Und zum ersten Mal wünsche ich mir, meine Mutter könnte hier sein.

Eine ganze Weile später begleitet der Pfarrer uns nach draußen. Die Sonne blendet mich und kommt mir plötzlich ganz unnatürlich vor. Er verabschiedet sich mit einem langen, warmen Händedruck und erzählt, er hätte vorhin ein wenig herumtelefoniert und es würde morgen jemand in Irmis Haus vorbeikommen, um sich um das Weitere zu kümmern. »Heinrich, heißt der Mann«, erklärt er uns.

Martin und ich laufen zurück, langsam. Ich möchte noch nicht wirklich wieder in das Haus. Aber die Wege sind kurz, und nachdem wir schon zwei Runden um den Häuserblock gegangen sind, setzen wir uns endlich auf die Veranda. Fürs Erste.

Martin bietet an, einen Tee zu kochen. Ich bleibe draußen auf der Treppe sitzen. Von mir aus können wir den ganzen Abend hier sitzen bleiben.

Und das tun wir dann auch. In eine Decke gewickelt trinken wir Tee und essen Brot mit Marmelade. Die Kerze flackert. Die Mücken stechen sogar durch die Jeanshosen, aber das ist mir egal. Wir sprechen fast gar nicht. Nur hin und wieder fragt Martin, ob ich etwas brauche. Aber ich brauche nichts. Erstaunlich, dass es Augenblicke gibt, in denen man gar nichts braucht. Obwohl, so ganz stimmt das nicht. Dass Martin da ist, das brauche ich sehr wohl. Ich kann hier in diesem Haus nicht alleine bleiben. Das halte ich keine Sekunde aus.

»Wenn ich sterbe, möchte ich nicht so allein sein wie Irmi.« Wenn ich mir das nur vorstelle, steigen mir die Tränen in die Augen.

»Niemand will alleine sein. Sogar wenn man nicht stirbt, möchte man nicht alleine sein.« Martin zieht die Decke fester um meine Schultern.

»Von einem Moment auf den anderen wird das Leben kompliziert.«

»Ich glaube, das Leben ist immer irgendwie kompliziert. Bisher haben nur die ganzen Erwachsenen um uns herum alles gut von uns ferngehalten«, überlegt Martin.

»Ich finde, die Erwachsenen sollten einen besser darauf vorbereiten.«

Draußen vor dem Gartentor drücken sich ein paar Kinder rum und zünden Knaller an. Lachen sich halb schlapp bei jeder kleinen Explosion.

Ich springe auf. »Hey! Verschwindet hier!«

»Nora. Krieg dich ein.« Martin zieht mich am Arm wieder zu sich runter.

»Ja.« Ich merke selbst schon, dass es blöd war. Aber ich fühle mich so ... hilflos. Ja.

Wir bleiben auf der Holztreppe sitzen, bis alles still geworden ist. Keine Touristen mehr auf den Straßen, keine Musik aus der Fußgängerzone. So lange, bis wir die Mücken nicht mehr ignorieren können. So lange, bis selbst die Decke das Frösteln nicht mehr verhindern kann.

Im Haus riecht es nach Irmi. Nicht der Toten, sondern der, die noch vor zwei Tagen in der Küche Mittagessen gekocht hat.

Martin und ich löschen überall das Licht und gehen nach oben in mein Zimmer, lassen die Tür geöffnet und legen uns mit unseren Sachen ins Bett, nur die Schuhe ziehen wir noch aus. Martin schmiegt sich an meinen Rücken, ganz eng, ich nehme seinen Atemrhythmus in mich auf. Irgendwo da draußen rauschen die Wellen, vom Wind getrieben. Immerzu.

HEINRICH KOMMT, ALS Martin und ich am Frühstückstisch sitzen. Er ist etwa im gleichen Alter wie Irmi, hat einen weißen Bart und weißes struppiges Haar. Er sagt nicht viel, reicht uns die Hand und bleibt dann unschlüssig in der Küche stehen. Seine Augen sind gerötet. Hat er geweint? Oder ist er vielleicht krank?

Ich biete ihm Frühstück an, aber er winkt ab. Martin und ich wechseln einen Blick und Martin zieht ganz diskret seine Schultern hoch. Als das Schweigen unangenehm wird, frage ich Heinrich, ob er sich das Haus angucken möchte. Er nickt kaum merklich und ich führe ihn ins Wohnzimmer.

»Könnte ich ein Glas Wasser haben vielleicht?«, fragt er mit heiserer Stimme.

Ich gehe zurück in die Küche und fülle ein großes Glas mit Wasser. »Der ist ein wenig unheimlich, oder?«, flüstert Martin und fängt an, den Frühstückstisch abzuräumen.

»Ich glaube, er ist einfach nur traurig«, erwidere ich leise, trockne den Glasboden mit einem Handtuch und gehe wieder ins Wohnzimmer.

Heinrich sitzt auf dem Sofa und starrt an die Wand. Ich reiche ihm das Glas, traue mich aber nicht, mich neben ihn zu setzen, weil Irmi doch noch vor Kurzem tot dalag. Sollte ich das Heinrich sagen?

Ich tue es nicht. Stattdessen gehe ich zurück in die Küche und setzte mich wieder an den Tisch. »Ich glaube, er will alleine sein.«

»Kann schon sein.«

»Genau weiß ich es nicht.«

»Mach dir nichts draus. Small Talk ist jetzt eh nicht angebracht.« Martin fängt an, das Geschirr zu spülen.

Ich luge vorsichtig durch den Türspalt, aber Heinrich sitzt weiter wie angewurzelt da. Ich stelle mich zu Martin. »Er ist so alt. Ich habe plötzlich Angst, dass uns alle hier vor unseren Augen wegsterben.«

Martin kann ein leises Lachen nicht unterdrücken. »Entschuldige. Aber das wird nicht passieren.«

Ich schnappe mir ein Tuch aus der Schublade und helfe Martin mit dem Abwasch. Wie ein eingespieltes Ehepaar schmeißen wir hier plötzlich den Haushalt. Wenn der Anlass dafür nicht so traurig wäre, könnte das sogar schön sein. Wir wischen den Tisch ab, Martin nass, ich trocken, wir wischen den Staub von den Regalen und drehen die Gewürzbehälter mit der Schrift nach vorne.

Als nach einer halben Stunde immer noch nichts von Heinrich zu hören ist, halte ich es nicht mehr länger aus und trete wieder ins Wohnzimmer. Doch bevor ich etwas sagen kann, steht Heinrich erstaunlich kraftvoll vom Sofa auf. »Wir müssen die ganzen Unterlagen finden. Testament. Versicherungspolicen. Sonstige Verfügungen.« Und er fängt an, die Schubladen aufzuziehen.

Ich frage nicht weiter nach, obwohl mich sein plötzlicher Elan irritiert, sondern helfe ihm einfach dabei. Auch ich schaue überall rein, blättere in Ordnern, sehe zwischen den Büchern nach. Einen kurzen Moment kommt es mir komisch vor, hier zu sein mit einem völlig fremden Mann, aber andererseits … der Pfarrer hat ihn geschickt. Das muss in Ordnung sein.

Heinrich redet immer noch nicht. Jedenfalls nicht viel. Wahrscheinlich macht ihm die Trauer um Irmi zu schaffen.

Ich wüsste gerne, wer er eigentlich ist. Kam er in Irmis Erzählungen vor? War er vielleicht ein Junge vom Ball oder eine von den zahlreichen Sommerlieben? Hat er vielleicht an ihrem Strickkurs teilgenommen oder ist er irgendwie mit ihr verwandt? Ich traue mich nicht zu fragen.

Er schnauft, während er sich zur untersten Schublade runterbeugt, und als ich zu ihm rüberschiele, sehe ich, dass ihm Schweiß die Stirn runterläuft.

Ich werde auch mal so alt, schießt es mir durch den Kopf. Und dieser Gedanke ist so ungeheuerlich, dass ich ihn schnell wieder beiseite schiebe.

»Da ist es«, ächzt Heinrich und hält ein paar Zettel in die Höhe. Er packt eine Tüte aus seiner Hosentasche, faltet sie auseinander, legt die Papiere hinein und streicht die Tüte glatt.

»Übermorgen werden Leute vom Roten Kreuz kommen, um ihre Sachen zu holen. Sie hätte das so gewollt. Und ich sage euch wegen der Beerdigung Bescheid.« Heinrich nimmt noch einen Schluck aus dem Wasserglas und steuert dann Richtung Tür.

»Auf Wiedersehen!«, rufe ich ihm noch verdattert hinterher, erhalte aber keine Antwort mehr.

Martin steht in der Küchentür und zuckt mit den Schultern, als ich ihn fragend ansehe.

»Ich werde jetzt arbeiten gehen. Kommst du soweit klar?«, fragt er.

Arbeiten. Stimmt. Da war doch noch was. Ich müsste eigentlich auch. Aber geht das? Irmi ist gestorben, da kann man nicht einfach wieder zur Tagesordnung übergehen. Andererseits wird mir hier im Haus die Decke auf den Kopf fallen. Was soll ich hier bloß alleine machen?

Ich könnte die Sachen für das Rote Kreuz vorbereiten. Aber danach?

»Sag Max bitte, dass ich morgen komme. Schaust du heute Abend wieder vorbei?« Ich versuche, tapfer zu wirken. Martin hat sich genug um mich gekümmert. Den Rest muss ich alleine schaffen.

»Sobald ich Feierabend habe, komme ich wieder. Wir können dann zusammen bei Dario vorbeigehen und es den anderen sagen. Die fragen sich bestimmt schon, wo wir stecken.«

Ich lege mich auf den Teppich und lausche. Nichts. Nur ein Surren, das von draußen durchs Fenster dringt. Ein Mischmasch aus Stimmen und Hundegebell. Ich rolle mich auf die Seite, schiebe meinen Arm unter den Kopf und schließe die Augen.

Und in das Himmelreich sollen Engel dich geleiten.

Eigentlich schön. Die Vorstellung. Ich weiß gar nicht, ob ich an Gott glaube, oder an Engel – das muss ich eines Tages noch herausfinden. Aber Irmi … Irmi war selbst ein Engel. Hat mir das Marmeladekochen beigebracht. Hat mir ihre warme Hand auf den Rücken gelegt und mich zu meinen Kopfschmerzen befragt. Sie hat sich gekümmert, obwohl ich ihr doch eigentlich fremd war. Ein wenig möchte ich später auch so wie Irmi sein. Nicht so einsam, aber voller schöner Erinnerungen. Mit leuchtenden Augen und lachenden Falten und tausend Geschichten aus der alten Zeit. Ich hätte sie gerne noch so viele Dinge gefragt. Ich hätte gerne ihre Geschichten aufgeschrieben. Ich hatte mir das still und heimlich schon so ausgemalt, dass ich sie öfter besuchen werde, so wie man die eigene Oma besucht. Dass wir beide Strandspaziergänge machen und Musik hören und Kuchen backen und Karten spielen. Begleitet vom ständigen Rauschen des Meeres.

Als die Mittagssonne schon hoch steht, raffe ich mich endlich vom Boden auf, koche einen Tee und räume Irmis Schränke auf. Ich hole die Anziehsachen heraus, nehme sie vom Bügel und falte sie ordentlich, so wie meine Mutter mir das beigebracht hat. Einen Stapel für die Kleider, einen für die Röcke, einen für Pullover und Blusen.

Die Unterwäsche und Strumpfhosen stopfe ich in eine große Tüte und bringe sie raus zum Müllcontainer. Ich hoffe, dass die Nachbarin nicht in ihrem Garten ist und mich sieht. Ich weiß immer noch nicht, was ich sagen könnte. Aber ich habe Glück, keine Nachbarin weit und breit. Ein Teil von Irmi wird bald von der Müllabfuhr abgeholt. Das ist wirklich das Schrecklichste von allem. Kurz nimmt mir das den Atem, und ich spiele mit dem Gedanken, die Tüte wieder aus der Tonne zu fischen, aber dann besinne ich mich. Wo soll das Zeug schon hin? So ist das eben mit Unterwäsche. Tot oder nicht, keiner trägt einem die Unterhosen auf.

Ich renne wieder zurück ins Haus, sehe dort überall nach,

in Schubladen und sämtlichen Schränken, und räume alles raus, was das Rote Kreuz gebrauchen könnte. Irmi hat so viel unbenutztes Geschirr, verpackte Bettwäsche, in Folie eingeschweißte Seifen und ungeöffnete Pralinen, die allerdings vor fünf Jahren schon abgelaufen sind. In einem Schrank finde ich eine alte Holztruhe mit Schnitzereien drauf. Ich öffne sie vorsichtig und schaue hinein. Tabletten, Batterien, Postkarten und Schmuck. Ich ziehe die Ketten und Armbänder raus und lege sie mir um den Arm. Ein Armband sticht besonders hervor. Es ist eins mit kleinen roten Steinen – welche das sind, weiß ich nicht genau, ich kenne mich damit nicht aus. Meine Mutter könnte das schon eher sagen. Sie funkeln von allen Seiten, und wenn man sie nah an die Augen hält, bricht sich das Licht rosa darin. Ich lege die anderen Ketten und Bänder wieder ab, lege sie zurück in die Kiste, nur das rote lasse ich an meinem Arm. Ich würde es gerne behalten, weiß aber nicht, ob das Diebstahl wäre. Doch Irmi ist tot, also gehört es ihr nicht mehr, es gehört niemandem mehr.

Ich stelle die vollen Tüten in einer Reihe im Flur ab. Es ist viel Zeug, das Irmi im Laufe ihres Lebens angesammelt hat. Hoffentlich werden die Leute, an die das verteilt wird, es auch zu schätzen wissen. Ich gehe unter die Dusche und lasse so lange warmes Wasser über meinen Körper laufen, bis das Bad völlig von Dampf eingehüllt wird.

Dann schaue ich bei Max vorbei. Der ist nicht verärgert, wie ich es befürchtet hatte. Martin hat ihm alles schon erklärt.

»Tut mir leid«, sagt er und schaut betreten.

»Ja. Mir auch.« Was soll man da auch sagen?

»Du brauchst nicht mehr kommen, wenn du nicht magst. Martin hat deine Drachen heute mitgenommen, das tut er sicher noch mal.«

»Nein. Das ist nett, aber ich brauche Ablenkung. So alleine in dem großen Haus möchte ich gar nicht sein.«

Ich setze mich in dem strahlenden Sonnenschein auf eine Düne. Das Kreischen von aufgeregten Kindern dringt an mein Ohr. Sie stehen vorne am Wasser und springen über die Wellen, die sich dort das letzte Mal brechen, bevor sie zu Schaum werden. Die Kinder sind so glücklich und sie sind so klein. Ich kann mich noch vage daran erinnern, wie das war, als ich selbst noch so klein war. Die Zeit verging so unglaublich langsam. An Heiligabend zum Beispiel. Ich stand viel zu früh auf und schlich in der Wohnung herum, schlich um meine Eltern herum, die dauernd damit beschäftigt waren zu kochen oder heimlich, hinter geschlossenen Türen Geschenke einzupacken. Ich war so aufgeregt, so sehr, dass ich vor lauter Aufregung keine Beschäftigung fand, die mich hätte ablenken können. Stattdessen starrte ich auf den Sekundenzeiger der Uhr in der Küche und konnte mir nicht vorstellen, dass der Tag es jemals schaffen würde beim Abend anzukommen. Meine Eltern hingegen waren fest davon überzeugt, dass ihnen die Zeit davonrennt. Wie konnte das sein?

Am Horizont sehe ich Martin laufen. Er hat tatsächlich meinen Drachen am Rucksack festgemacht. Das ist so schön, dass mir die Tränen in die Augen steigen. Gleichzeitig muss ich lächeln.

Danke Martin. Für Drachen tragen. Für da sein, in Irmis einsamem Haus. Für überhaupt da sein. Für Wunderöl und Zeichnungen von Rollstuhlkindern. Für das erste Mal am Strand.

Ich blicke ihm nach, wie er beschwingt über den Strand läuft, als würde der Drache ihn mit sich ziehen, und ich kann schon wieder gar nicht glauben, dass er mein Freund ist.

Schließlich spaziere ich langsam zurück zu Irmis Haus und rufe meine Mutter an. Ihre Stimme kommt mir fremd vor, aber ich bin froh, sie zu hören. Ich erzähle ihr von all den Dingen, die in den wenigen Wochen hier passiert sind, und Mama hört zu und unterbricht mich kaum. Ich erzähle von Darios Pizza und von den vielen Kilometern, die ich täglich am Strand zurücklege, von meinen neuen Freunden, von Martin und schließlich auch von Irmi. Mama ist geschockt.

»Soll ich vorbeikommen? Ich könnte mich heute noch in den Zug setzen.« Aber ich lehne ab. Nicht weil ich sie nicht sehen möchte, sondern weil ich das Gefühl habe, das alles hier ganz alleine zu Ende bringen zu müssen.

»Du wirst vielleicht lachen, aber irgendwie hat das mit Erwachsenwerden zu tun«, sage ich.

Mama lacht nicht. »Das Haus ist leer ohne dich.«, sagt sie aber, und das ist viel für Mama – sie sagt selten solche Dinge.

»Ich bin bald wieder da«, verspreche ich ihr, und sie schlägt vor, mich vom Zug abzuholen.

Ich freue mich darauf. Vielleicht setzen wir beide uns

dann in ein Bahnhofs-Café und reden noch einmal richtig, von Angesicht zu Angesicht. Vielleicht schaffen wir es auch, alte Probleme hinter uns zu lassen, und fangen noch mal von vorne an. Manchmal sind solche Sachen möglich. Ich lege den schweren Hörer auf Irmis altem Telefon ab und bin zufrieden – mit mir selbst, weil ich angerufen habe, und mit Mama, weil sie mich ernst genommen hat. Es war gut, dass ich ihr den Brief geschickt habe.

Ich koche mir einen Irmi-Eso-Tee und setze mich mit meiner Lieblings-Blümchentasse an den Küchentisch, ich spiele mit Irmis Armband und warte auf Martin.

DIE NÄCHSTEN DREI Tage sind seltsam, die Stunden reihen sich aneinander, mal schnell, dann wieder langsam. Der Alltag kehrt ein. Nicht ganz vielleicht, weil ich mittendrin immer wieder an Irmis Tod denken muss und ich dann ein schlechtes Gewissen habe. Darf ich überhaupt lachen, mich freuen, Martin küssen und mit meinen Freunden herumalbern, nachdem so etwas Trauriges passiert ist?

Ich besuche noch einmal den Pfarrer in der Kirche.

»Der Tod gehört zum Leben, das muss schon so sein.«

Dass das so sein muss, kann ich nicht gut finden, aber schließlich werde ich nicht nach meiner Meinung gefragt. Er redet noch ein bisschen von Trauer. Er glaubt, dass Irmi bestimmt gewollt hätte, dass man zwar an sie denkt, aber auch dass man sein Leben weiterlebt, und da dürfe man auch fröhlich sein. Es sind Sätze, wie man sie kennt, aus Büchern und aus Erzählungen von anderen. Und dadurch wirkt das in meinen Ohren abgedroschen. Andererseits ist das vielleicht wirklich die einzige vernünftige Sichtweise.

Also versuche ich es wieder mit dem Lächeln.

»Das Leben ist dämlich. Aber wenn das schon so ist, müssen wir das Beste draus machen.« Das ist, was Rocco dazu zu sagen hat. Na ja.

Irmis Beerdigung findet am frühen Vormittag statt, wo die Sonne noch nicht so vom Himmel runterbrennt. Ich bin erstaunt über die vielen schwarz gekleideten Leute, die gekommen sind, um Irmi die letzte Ehre zu erweisen. Der Pfarrer und Heinrich, Ruth, James, Rocco und Martin, Max mit Frau und Kind, der Mann vom Gemüsestand, die Frau von der Fischräucherei, die Nachbarin mit ihrer Familie, Dario und das restliche Pizzeriapersonal, selbst die Bockwurstjungs, und noch ein paar Dutzend anderer Menschen, die ich noch nie gesehen habe.

Der Pfarrer liest aus der Bibel und danach singt er ein paar traurige Verse. Die meisten sehen zu Boden, einige halten die Augen geschlossen und Heinrich weint, ganz still laufen die Tränen an seinen Wangen hinab. Ich muss wegsehen, sonst fange ich auch noch zu weinen an. Ich habe in den letzten Tagen genug geweint.

Wir werfen alle eine Handvoll Erde auf den hölzernen Sarg, einer nach dem anderen, und ich werfe noch eine Bernsteinkette mit in die Grube, die ich in Irmis Schmuckkiste gefunden habe. Zur Erinnerung an das Meer.

Der Pfarrer stimmt noch ein Lied an, dann geht jeder seines Weges. Ich lade Heinrich ein, mit uns in die Pizzeria zu gehen für das Trauermahl. Überraschenderweise nimmt er an.

Als wir dann da sitzen, an unserem Stammtisch, sagt niemand ein Wort. Alle hängen ihren eigenen Gedanken nach. Mich tröstet es trotzdem, gemeinsam hier zu sein.

Dario setzt sich zu uns und bringt auf einem Tablett für jeden einen Schnaps.

»Ich war schon bei einigen Beerdigungen, aber Pizza als Leichenschmaus, das ist das erste Mal«, sagt Heinrich, und da ist der Anflug eines Lächelns zu sehen. »Auf Irmi!«

Irmis Haus ist merkwürdig leer. Ich mache vor dem Schlafengehen einen Rundgang durch die Zimmer. Die meisten Sachen wurden schon abgeholt. Die vom Roten Kreuz waren nett und haben sich bedankt und gesagt, wie sehr es ihnen leidtut. Ich hatte keine Lust zu erklären, dass ich gar nicht die Enkelin bin.

Heinrich hat auch noch ein paar Dinge mitgenommen. Vor allem Papierkram. Er saß längere Zeit in Irmis Schlafzimmer und hat von dort eine Tüte mitgenommen. Ich wollte nicht fragen, was. Es geht mich auch nichts an.

Es hat nicht lange gedauert, ein ganzes Leben zusammenzupacken. Bald kommen ein paar Leute, die sich um alles Weitere kümmern wollen. Ich habe nicht recht verstanden, was das für Leute sind. Der Pfarrer und Heinrich haben alles geregelt. Ich darf noch bis Ende der Sommerferien hierbleiben, niemand hatte etwas dagegen.

Ich öffne die Tür zum Keller und warte ein paar Sekunden, bis das flackernde Licht endlich angeht. Es riecht muffig wie die meisten Keller und ich habe sofort Staub in der Nase. Um den Keller kümmern sich die Leute von der Entrümpelung, hatte Heinrich gesagt. Ich will trotzdem mal einen Blick reinwerfen. Ein kaputter Stuhl, Obstkonserven und eingelegte Gurken, Stapel von Zeitschriften und Strickmustern, ein verstaubter, zusammengerollter Teppich. Das alles wird auf den Müll wandern.

In einer Ecke entdecke ich einen Schuhkarton und hebe den Deckel hoch. Drin sind einige Fotos und ein Stapel Briefe. Ich nehme ein paar Bilder raus und sehe sie mir an. Eine junge Frau in einem hochgeschlossenen Kleid, die an einem Baum lehnt und in die Kamera lächelt. Auf dem anderen Bild dieselbe Frau, die mit zusammengekniffenen Augen in einen Apfel beißt. Ist das Irmi? Das Kellerlicht lässt mich das Gesicht nicht gut erkennen, aber auch sonst muss das Bild schon so alt sein, dass ich sowieso keine Ähnlichkeit feststellen könnte. Das ist so wie mit den Bildern von meiner Oma. Die Menschen verändern sich im Laufe ihres Lebens. Ich fische mir einen Brief aus dem Stapel und nehme das zerschlissene Blatt aus dem Umschlag.

Liebe Irmgard,
darf ich Dich eigentlich Irmi nennen? Das geht mir schon seit Tagen im Kopf herum, dass dieser Name viel besser zu Dir passt. Die kleine Irmi. Ich stelle mir vor, wie Du damals in einem roten Kleid auf dem Spielplatz herumgeturnt bist. Deine Mutter hatte Dich gut im Auge behalten müssen, weil Du sonst vor lauter Übermut auf sämtliche Zäune geklettert wärst und Dir Löcher in Deine Strümpfe gerissen hättest …

Ich falte das Blatt wieder zusammen, mein Herz klopft schneller und ich traue mich nicht weiterzulesen. Heute war doch erst ihre Beerdigung und jetzt stöbere ich hier womöglich in ihren Geheimnissen rum. Ich stecke den Brief wieder in seinen Umschlag, lege ihn in den Karton und schließe den Deckel. Den Karton nehme ich aber nach oben in mein Zimmer und stelle ihn auf dem Tisch ab. Lange sitze ich davor und überlege, was ich damit machen soll. Den Leuten, die hier aufräumen werden, soll er auf keinen Fall in die Hände fallen. Ich könnte ihn Heinrich geben, aber eigentlich weiß ich auch von ihm nichts, und wer weiß, was das für Briefe sind. Vielleicht sind sie von ihm, aber vielleicht könnten sie sein ganzes Bild von Irmi zerstören oder sonst etwas in der Art. Ich könnte alles hinten im Garten verbrennen, weiß aber schon, dass ich das niemals übers Herz bringen könnte. Nach langem Hin und Her beschließe ich, den Karton mitzunehmen, wenn ich nach Hause fahre. Ich kann ein wenig Zeit verstreichen lassen und mir dann überlegen, ob ich die Briefe lesen werde. Möglicherweise steckt da eine wundervolle Geschichte drin. So eine, wie ich sie gerne zusammen mit Irmi geschrieben hätte. Von den alten Zeiten. Davon wie aus Irmgard Irmi wurde. Ich bin schrecklich neugierig darauf. Ich weiß nicht, ob es richtig ist, was ich tue. Wahrscheinlich nicht, aber andererseits glaube ich manchmal auch ein wenig an Schicksal. Wenn ich ihn nicht hätte finden sollen, dann hätte ich das auch nicht getan. Vielleicht ist es eben meine Aufgabe, eine Geschichte zu schreiben über diese kleine, alte Frau. Die Vorstellung tröstet mich, so als würde ein Teil von Irmi von nun an immer bei mir bleiben.

»WAS WIRD JETZT eigentlich aus uns? Also dann … also später … bald schon, wenn das alles hier vorbei ist?«, frage ich Martin, während wir wieder mal am Strand sitzen, an unserem Bier nippen und auf diesen romantischen Sonnenuntergang starren.

»Gott! Ich dachte schon, du fragst nie!« In Martins Stimme ist Erleichterung zu hören.

»Ich wollte dich nicht stressen«, sage ich etwas schüchtern.

»Und ich warte die ganze Zeit wie ein Bekloppter, dass du endlich fragst, damit ich dir sagen kann, dass ich ab Oktober bei dir um die Ecke ein Kunststudium anfange.«

»In Berlin?« Mein Herz droht zu zerbersten.

»An der Hochschule der Künste. Jawohl!« Martins Grübchen können nicht mehr tiefer werden.

Ich starre ihn an und bringe kein Wort raus.

»Sag doch was.« Martin zupft an meinem Pulli.

Mein ganzer Körper kribbelt, mein Kopf schwirrt. Ich fummel das Etikett von der Bierflasche ab und zerknülle es nervös zwischen den Fingern. »Ich kann das nicht glauben. Ich denke, du verarschst mich«, nuschel ich leise.

»Ich bin schon nächsten Monat in Berlin, um mir ein paar WGs anzuschauen. Das sollte eine Überraschung werden. Ich musste mich echt so was von zusammenreißen, dir nichts zu verraten. Also … tadah! Überraschung!«

Ich stelle die Flasche ab, nehme sein Gesicht zwischen meine Hände und küsse ihn, lange. Als ich ihn wieder freigebe, lehnt Martin sich zurück und leckt sich über die Lippen. »Heißt das, dass du dich freust?«

»Wie blöd!«, platzt es aus mir heraus.

»Das ist gut. Komm her!« Er zieht mich zu sich in den Sand und umarmt mich ganz fest. »Aber soll ich dir was sagen?« Martin küsst mein Haar. »Selbst wenn du sonstwo wohnen würdest – ich hätte den Weg zu dir schon gefunden. Berlin macht natürlich alles viel einfacher.«

Ich richte mich auf und werde plötzlich nachdenklich. Werde ich denn überhaupt in Berlin bleiben? Wird mein Leben mich dort halten? Ein Jahr in jedem Fall noch. Aber danach? Ein Jahr ist lang. Es gibt keinen Grund, jetzt schon so weit zu denken. Ist doch toll, so wie es jetzt ist, und das Schicksal hat es gut mit mir gemeint.

»Wenn mein Vater hört, dass ich mir einen Kunststudenten geangelt habe, flippt der voll aus!« Ich kichere.

»Hätte es eher ein Anwalt sein sollen?« Martin macht ein seriöses Gesicht.

»Ein Arzt, Informatiker, BWL-Heini.«

»Eltern müssen wahrscheinlich so denken. Was glaubst du, wie meine Mutter ausgeflippt ist. Nicht nur, dass ihr Sohn auf leeren Blättern rumkritzelt, jetzt fährt er auch noch in die verkommene dunkle Großstadt.«

»Ich werde dich beschützen.«

»Ich bin froh, dass du dich freust, dass ich nach Berlin komme.«

»Machst du Witze?«

»Ich war mir nicht sicher.« Er beugt sich über mich und sieht mir in die Augen.

»Ich werde in meiner Klasse mit dem Kunststudenten angeben.«

Martin fasst sich theatralisch ans Herz. »Also werde ich nur benutzt?«

Ich küsse ihn. »Natürlich.«

Wir albern noch eine Weile herum, trinken unser Bier aus und ich lege meinen Kopf in Martins Schoß. Komisch, wie alles andere in den Hintergrund rückt. Das kann auf jeden Fall kein Dauerzustand bleiben, man kommt ja sonst zu nichts. Aber jetzt und hier könnte die Zeit auch einfach stillstehen. Wen kümmert's?

ÜBERRASCHENDERWEISE LÄDT MAX uns am letzten Tag alle zum Essen ein.

»Henkersmahlzeit«, witzelt Rocco.

Ein Grillabend ist geplant. Bratwürste für alle und Grillkäse für die Spezis, wie Max so schön mit einem Seitenblick auf Martin sagt.

Etwas angespannt trudeln wir fünf auf der Veranda ein. Wir lächeln höflich und treten unschlüssig von einem Bein aufs andere. Keiner von uns traut sich, die Plastikstühle zu besetzen. Stattdessen klimpern wir mit den Eiswürfeln in der selbst gemachten Zitronenlimonade, die Max' Frau Britta uns in die Hand gedrückt hat. Sie ist erstaunlicherweise ein richtiger Sonnenschein. Das hätte ich nicht gedacht. Gut gelaunt steckt sie Käsestückchen und Weintrauben auf Zahnstocher. Für den kleinen Hunger. Ruth bietet ihre Hilfe an.

»Schatz. Setz dich und streck alle viere von dir. Hast genug gearbeitet die letzten Wochen.« Ruth wird in den Stuhl bugsiert. Ich setze mich dazu, während die Jungs sich um den Grill versammeln und jeder von ihnen ein bisschen pustet und wedelt, um die Glut am Leben zu halten.

»Männer«, flüstert Ruth mir ins Ohr.

»Wer flüstert, pinkelt ins Bett«, ruft Max' kleine Tochter und zieht eine Grimasse.

Max schaut grimmig hinüber und droht mit dem Zeigefinger. Die Kleine rennt runter in den Garten und springt beleidigt in das dort aufgebaute Planschbecken.

»Da könnte sie den ganzen Tag drinbleiben«, erklärt Britta und schaut selig auf ihren kleinen Schatz. »Aber vor dem Meer hat sie Angst. Komisch, nicht?«

»Es ist wegen der Haie«, ruft die Kleine und versucht, Wasser auf die Veranda zu spritzen.

»Ach du!«, seufzt Britta und schickt einen Luftkuss durch den Garten.

Max holt Bier und verteilt die Flaschen an seine Gäste. »Jetzt dürft ihr ja.«

Sein Gesicht wirkt heute anders als sonst. Weniger verkniffen, beinahe entspannt. Als hätte er die Rolle gewechselt. Vom bösen Chef zum Kleingärtner mit Grillzange. Steht ihm gut.

»Und nun ran an die Buletten!« Er dirigiert die Sitzordnung.

Martin streift im Vorbeigehen meinen Arm. Ein Schauer durchläuft mich vom Nacken bis in die Füße. Ich freue mich schon auf nachher.

Als wir alle endlich Platz genommen haben, setzt Max zum Toast an. »Jedes Jahr lade ich das beste Verkaufsteam zu mir in den Garten ein. Ich bin genauso überrascht wie ihr, dass es diesmal euer Team geworden ist, aber diese verdammten Halbstarken haben doch tatsächlich eine ganze

Tagesladung Würste verloren. Kann mir einer mal sagen, wie man Würste verlieren kann?« Er schüttelt den Kopf und schlägt sich mit der Hand vor die Stirn.

Wir schauen uns verständnislos an, zucken mit den Schultern und schütteln die Köpfe. Ich kann mir richtig vorstellen, wie die Würstchen mit hängenden Köpfen auf Max' Veranda standen und irgendwelche Ausreden gestammelt haben. Max kennt bei so was mit Sicherheit keine Gnade. Eine kleine Genugtuung ist das schon für Roccos zermatschtes Gesicht, das immer noch letzte Verfärbungen trägt.

»Wie auch immer. Ich danke euch für euren Einsatz, und wenn ihr das nächste Jahr wiederkommen wollt, na dann von mir aus! Prost!« Die Gläser klirren aneinander. Weise Worte von einem weisen Mann.

Britta kichert und klopft Max auf den Rücken. Ist er etwa wirklich mal über seinen Schatten gesprungen. Wer hätte das gedacht?

Rocco schaufelt sich als Erster Bratwürste auf den Teller. Das Buffet ist eröffnet!

Die Abendsonne wärmt angenehm und hält noch die Mücken fern. Viel zu sagen haben wir eigentlich nicht, aber wir schlagen uns tapfer mit Small Talk durch. Über Wetter und Waldbrandgefahr, über Ausflugsschiffe und die neuen Bademoden.

Ich suche unter dem Tisch nach Martins Füßen. Als ich dann von James einen erstaunten Blick ernte, schießt mir die Röte ins Gesicht. Martin schaut irritiert und ich kann über mich selbst nur den Kopf schütteln. Rocco wird langsam betrunken, leert die Bierflaschen gefährlich schnell. Das macht ihn dann doch redselig. Man kann nur hoffen, dass ihm die Bockwurstaktion im Eifer des Gefechts nicht irgendwie rausrutscht.

»Ach, was gäbe ich darum, noch einmal so jung zu sein wie ihr!« Auch Britta löst der Alkohol die Zunge. Sie wiegt ihren Kopf zum Takt der Musik, die aus dem kleinen Radio tönt. Irgendwelche Dance-Charts. »Komm, tanz mit mir«, fordert sie ihren Mann auf.

»Hör mir auf«, winkt der ab, aber sie lässt nicht locker und tänzelt um seinen Stuhl herum. Er schaut endschuldigend in die Runde, lässt sich dann aber erweichen und schwingt schließlich mit seiner Frau das Tanzbein.

»Ihr seid echt peinlich!«, stöhnt die Tochter, die in ein Handtuch gewickelt und mit tropfenden Haaren auf die Veranda kommt. Sie lässt sich auf den Stuhl neben James plumpsen und grinst ihn frech an. »Was hast'n da für Spiele drauf?«

James schaut sie misstrauisch an und reicht ihr dann etwas widerwillig das Handy.

»Cool«, jauchzt sie und fährt mit ihrem Finger über das Display.

»Mach das nicht nass«, ermahnt James sie.

»Mach dich locker. Trink noch ein Bier«, pöbelt Rocco von der Seite, öffnet eine neue Flasche und stellt sie vor James auf den Tisch.

Ruth schießt ein paar Abschiedsbilder.

Tatsächlich. Abschied.

Wie soll ich das bloß ohne die alle aushalten? Facebook und Skype sind nur ein schlechter Ersatz. Wir werden uns treffen müssen, unbedingt. Irgendwo in der Mitte vielleicht. Alle Jahre wieder wie bei einem Klassentreffen. Für einen Radausflug und eine Pizza in einem kleinen Lokal.

»Mach nicht so ein trauriges Gesicht.« Martin schiebt seinen Stuhl ganz nah an meinen und streicht über meinen Arm. »Ich werde heute wieder bei dir schlafen.«

»Boah! Ist doch echt nicht auszuhalten, ihr zwei!«, fährt Ruth uns beide an, zwinkert aber gleich hinterher.

Die Bäuche sind voll und der Gesprächsstoff ausgegangen. Der erste offizielle Abschied findet auf Max' Veranda statt. Wir reichen ihm die Hand. Britta umarmt uns alle und verteilt Wangenküsschen. Jeder darf sich noch ein Bier auf den Weg mitnehmen und Max überreicht Umschläge mit einem kleinen Trinkgeld drin. Wow! Und gleich packt mich das schlechte Gewissen, weil ich ihn vor Kurzem noch mit üblen Schimpfwörtern bedacht habe.

Wir rennen Richtung Strand. Das letzte Mal. Das Wellenrauschen empfängt uns und hüllt uns ganz ein. Wie soll ich es ohne dieses Rauschen aushalten? In den wenigen Wochen habe ich mich so sehr dran gewöhnt.

»Na, das war ja mal was!«, resümiert Rocco.

Wir setzen uns in den Sand, machen noch ein paar Witze, doch das Gespräch verebbt bald. Vielleicht wegen dem vielen Essen, aber vor allem, weil jetzt alles vorbei ist. Wir sind eben erst angekommen und morgen geht's schon wieder zurück.

»Ach, wisst ihr was? Was soll eigentlich der Scheiß?!« James springt auf, wirft einen letzten Blick auf sein geliebtes iPhone, holt aus und schleudert es im hohen Bogen weit ins Meer hinaus.

Eiernd fliegt es durch die Luft, wir schauen wie hypnotisiert hinterher und hören gebannt auf das leisen Platschen, mit dem es in den dunklen Wellen versinkt.

»Bist du verrückt geworden?« Rocco rauft sich das Haar.

»Lenkt eh nur ab«, meint James trocken und setzt sich wieder.

Vielleicht ist da kurz ein leichter Anflug von Reue in seinem Gesicht, der aber schnell abgelöst wird von einem breiten Grinsen.

Er hat recht.

Er hat ja so recht.

Ich greife nach meiner Umhängetasche und taste nach der großen Vorratspackung Paracetamol. Ich ziehe sie raus, drehe sie ein paar Mal in meiner Hand und atme dann tief aus.

»Du weißt aber schon, dass du damit paar Hundert Fische auf dem Gewissen hast?«, wirft Martin ein.

»Hau weg den Scheiß!« James hat wohl »Scheiß« als sein neues Lieblingswort entdeckt.

Ich zögere noch kurz, nur vom Tabletten-Entsorgen werden die Kopfschmerzen nicht verschwinden, das weiß ich. Aber womöglich gibt es andere Wege. Und seit ich mit Martin zusammen bin, sind sie sowieso weniger geworden.

Ich hole aus und schleudere die Packung ins Wasser. Im Flug fallen die einzelnen Plättchen aus dem Karton heraus und verteilen sich in alle Richtungen.

»Eine mittelschwere Umweltkatastrophe!«, lacht Ruth.

»Noch jemand was zu entsorgen?«, fragt James und sieht den Rest erwartungsvoll an.

Martin holt aus seinem Rucksack eine Flaschenpost. Er fischt das zusammengerollte Papier heraus und zeigt uns seine Zeichnung. Da sind wir alle drauf. Oben auf dem

Bademeisterturm. Ich mit angezogenen Beinen, das Kinn auf die Knie gestützt, Ruth, wie sie Rocco in die Seite kneift, James, wie er auf sein nun nicht mehr vorhandenes Handy starrt, und Martin unten an der Leiter, wie er zu uns hinaufzeigt.

»Wow!« Ruth ist hin und weg.

»Bist du ein Künstler oder was?« Rocco schnappt sich das Blatt und ist aufrichtig begeistert.

Ich lächle und James nickt anerkennend.

»Los, gib her.« Martin reißt Rocco das Blatt aus der Hand und rollt es wieder zusammen, er schiebt die Zeichnung durch den Flaschenhals, stopft einen Korken hinein und wirft die Flasche mit Schwung in die Wellen.

Das ist das Ende, symbolischer kann es nicht mehr werden.

Rocco und Ruth haben nichts zu entsorgen, sie scheinen im Reinen mit sich zu sein. Und auch miteinander. Das ist cool.

Aber dann passiert noch etwas Eigenartiges.

James deutet mit dem Kopf nach rechts und wir folgen seinem erschrockenen Blick. Da kommen sie, die Bockwurstjungs in voller Montur: karierte Shorts, ärmellose Shirts und Sonnenbrille auf dem Kopf. Beach-Cowboys. Auch sie haben uns eben erst erblickt. Sie zögern. Der eine sagt etwas, der andere nickt, der nächste wendet das Gesicht ab.

»Ich bin zu betrunken zum Prügeln«, bringt Rocco zwischen den Zähnen hervor.

»Mann, das hat echt noch gefehlt.« Ruth wirkt nervös.

Jetzt sind sie fast da. Martin fasst mich an der Hand. Ich kriege Angst. James fährt mit den Fingern durch den Sand.

Als sie schließlich auf unserer Höhe ankommen, bleiben sie stehen.

»Hi«, grüßt der eine.

»Hi«, erwidern wir fast im Chor.

Und dann ... ein schiefes Lächeln an beiden Fronten. Und die Bockwurstjungs laufen plötzlich einfach weiter, dem Leuchtturm entgegen.

Wir verharren eine ganze Weile und sehen ihnen nach.

»Was war denn das?« Ich bin baff. Alle anderen genauso und deshalb antwortet mir auch niemand.

»So, es reicht jetzt Freunde, ich muss ins Bett.« Rocco schwankt beim Aufstehen.

Während sich alle schweigend auf den Heimweg machen, nimmt Ruth mich noch einen Moment zur Seite. »Hör mal, ich habe mir da was überlegt. Wir zwei, wir sollten Brieffreundinnen werden. Ich meine, keiner schreibt heute mehr Briefe. Ich kann mich nicht erinnern, wann ich meinen letzten bekommen habe. Du etwa?« Sie wirkt ganz aufgeregt.

»Ich habe hier einen an meine Mutter geschrieben.«

»Siehst du, dann bist du schon voll in der Materie. Ich glaube, das könnte cool werden. Irgendwie romantisch. Und seien wir doch ehrlich, wir werden uns sonst aus den Augen verlieren.«

»Nein. Das darf nicht passieren«, pflichte ich ihrem Plan bei und umarme sie.

Eine Brieffreundin also. Es gibt einiges, was ich von hier mit nach Hause nehme: einen Bernsteinring, mein hart verdientes Geld, die Liebe zum Meer, Irmis Karton, eine Brieffreundin, einen Freund, der bald in Berlin leben wird, und das gute Gefühl, etwas erlebt zu haben, was immer zu mir gehören wird.

Für Martin und mich ist es die letzte Nacht in Irmis einsamem Haus.

Wir schlafen ein letztes Mal miteinander. Danach bleiben wir die ganze Nacht wach. Wir liegen mit offenen Augen im Bett, starren an die Decke.

»Ich weiß nicht, wie ich es ein Tag lang ohne dich aushalten soll.« Martin dreht sich zu mir und fährt mit seinen Fingern über meinen Bauch.

Ich sehe in sein wunderschönes Gesicht.

»Ich habe hier in den wenigen Wochen mehr erlebt als in meinem ganzen Leben. Ich habe immer gedacht, dass man dafür Gott weiß was machen muss. Aber das stimmt gar nicht. Das Leben passiert einfach. Ist das nicht verrückt?«

Martin lächelt.

»Ich bin so ungeduldig«, flüstere ich weiter. »Und ein Kontrollfreak. Wenn ich nicht endlich losgelassen hätte, dann hätte ich dich nie geküsst.«

»Aber das hast du.«

»Ich habe die ganze Zeit darauf gewartet, dass du es tust. Glaub ich jedenfalls.«

»Ich habe mal im Ferienlager ein Mädchen geküsst. Nancy Steger. Einfach so. Dafür habe ich eine Ohrfeige kassiert. Ich lerne auch dazu.«

Ich muss lachen bei dem Gedanken an Martin im Ferienlager. Das ist so weit weg. Dabei waren es wahrscheinlich nur fünf Jahre. Was wird wohl in den nächsten fünf Jahren sein?

Ich sehe mir Martins Oberkörper an, die schön gebräunte Brust, wie sie sich gleichmäßig hebt und senkt.

»Schläfst du?«, frage ich.

»Nie mehr, wenn du in der Nähe bist.«

Das ist schön, dass er das sagt. Alles bleibt gut, denke ich, und jetzt kann ich die Augen schließen.

VOR DEM WEISSEN Bahnhofsgebäude ist es noch ganz ruhig, als wir uns am frühen Sonntagmorgen dort treffen. Wir stehen alle fünf herum und sehen betreten aufs Gleis. Der Zug Richtung Rostock wird Ruth und James mitnehmen, in sieben Minuten schon. Dann folgt der nach Berlin mit Rocco und mir. Nur Martin bleibt.

»Was ist in der Tasche?«, fragt Ruth und lugt in meine schwere Tüte hinein.

»Ah. Das hätte ich fast vergessen. Selbst gemachte Marmelade von Irmi und mir. Jeder von euch muss ein paar Gläser mitnehmen, bitte.« Ich hole jedes Glas einzeln heraus, streiche über die Deckel und verteile sie an alle.

»Ich mag ja vielleicht ein Grobian sein«, sagt Rocco, »aber Irmi, die bleibt.« Und dabei tippt er auf seine linke Brust.

Die Durchsage für den Rostock-Zug kommt und plötzlich werden wir hektisch. Umarmen und drücken uns. Rocco klopft James auf die Schulter. »Bist cool, echt. Hab ich erst nicht gedacht, aber dann … nee, echt cool Mann.«

Der Zug fährt ein.

Ruth reibt sich die Tränen aus den Augenwinkeln. »Bis bald auf Skype.« Rocco umarmt sie und wirbelt sie im Kreis.

»Man sieht sich.«

»Goodbye.«

Sie und James steigen ein. Ein letzter Blick durchs Fenster, ein Winken. Das war es dann. Der Zug verschwindet mit wildem Quietschen.

»So, ich hole mir jetzt da drüben ein Snickers, und ihr beiden macht solange das mit der Gefühlsduselei. Wenn ich zurück bin, will ich davon nichts mehr sehen.« Rocco geht zum Snackautomaten.

Martin und ich sehen uns an, schütteln den Kopf und lächeln dann.

Wir umarmen uns ganz fest.

»Denk an mich«, flüstere ich und lege meine Lippen auf Martins. »Und bevor ich's vergesse ... Ich liebe dich auch.«

Jetzt ist es raus.

Im Zug lege ich die Hand an die Scheibe und Martin legt von der anderen Seite seine darauf.

Vorsicht bei der Abfahrt des Zuges!

»Bis bald!«

»Bis dann!«

Ich lasse mich in den Sitz fallen und schließe die Augen.

Der Wecker wird klingeln. Ganz oft noch. Und jeden Morgen werde ich das Bett verlassen, manchmal ganz gerne und ein anderes Mal weniger.

Da werden Leute sein, viele, die meinen Weg kreuzen werden, mit einem Lächeln auf den Lippen.

Vielleicht ist Martin dann noch da.

Meine Mutter und ich werden es bestimmt einmal hinkriegen, zusammen einen Kaffee zu trinken und dankbar zu sein, dafür dass wir Tochter und Mutter sind, denn das bedeutet doch schon was.

Es gibt Länder, die ich besuchen will, im Urlaub oder für ein Auslandssemester, um über den Tellerrand hinauszuschauen. Partys. Musik. Tanzen. Jedes Jahr ein Feuerwerk.

Vielleicht werde ich mir ein Haustier zulegen. Bestimmt eine Katze oder auch Fische zum Entspannen.

Auf jeden Fall werde ich mir auf dem Flohmarkt Retromöbel für meine erste eigene Wohnung kaufen und Fotografien von unbekannten Künstlern für die Küche.

Es wird Tee aus einer echten Porzellankanne geben, in kleinen Tassen, und Tausende Filmabende mit Popcorn im Kino.

Ich werde heulen, ich werde Schnupfen bekommen, ich werde Kakao trinken nach einem Spaziergang im Regen, ich werde im Frühling Tulpen in die Blumenvase stellen.

Ich werde einen Tanzkurs machen, wegen der Bewegung und für ein gutes Körpergefühl.

Und wohin das alles führt, werde ich ja dann sehen. Vor Ort, zu gegebener Zeit.

Wenn es so weit ist!

Dann.

DANKSAGUNG

Ich danke Äl, schon wieder, diesmal dafür, dass er mich auf das Drachenmädchen aufmerksam gemacht hat. Ohne ihn hätte ich meine Hauptfigur einfach übersehen und dieses Buch gar nicht geschrieben.

Meiner wunderbaren Lektorin Ivana Marinović gilt ein ganz besonderer Dank für schlaflose Nächte und mühevolle Kleinstarbeit. Mit ihrer Hilfe erst konnte das Buch zu dem werden, was es jetzt ist.

Ich danke Jana Breunig für ein stets offenes Ohr und das Beantworten all meiner Fragen.

Meiner Agentin Silke Weniger danke ich für viele gute Ratschläge und den Ausblick in die Zukunft.

Jola und Marek danke ich für die vielen Male an der Ostsee. Ich habe die schönsten Erinnerungen daran.

Lino Munaretto

Zwischen dir und mir

ca. 300 Seiten, ISBN 978-3-570-30831-8

Die 15-jährige Lisa und der 17-jährige Alex haben auf den ersten Blick nichts gemeinsam. Sie gehen zwar aufs selbe Gymnasium, könnten aber unterschiedlicher nicht sein. Während das hübscheste Mädchen der Schule aus gutbürgerlichem Haus sich vor allem mit der Frage beschäftigt, ob ihr Freund Dennis der Richtige fürs erste Mal ist, kämpft der Underdog Alex damit, dass seine Eltern getrennt leben und der große Bruder auf die schiefe Bahn zu geraten droht. Als Lisa sich plötzlich von Dennis trennt und Alex daraufhin Partei für Lisa ergreift und dafür vom Ex zusammengeschlagen wird, lernen sich die beiden endlich kennen – und verlieben sich ineinander. Doch damit fangen die Schwierigkeiten erst richtig an ...

Simone Elkeles

Du oder das ganze Leben

Jeden anderen hätte Brittany Ellis, wohlbehütete Beauty Queen und unangefochtene Nr. 1 an der Schule, lieber als Chemiepartner gehabt als Alex Fuentes, den zugegebenermaßen attraktiven Leader einer Gang. Und auch Alex weiß: eine explosivere Mischung als ihn und die reiche »Miss Perfecta« kann es kaum geben. Dennoch wettet er mit seinen Freunden: Binnen 14 Tagen wird es ihm gelingen, die schöne Brittany zu verführen. Womit keiner gerechnet hat: Dass aus dem gefährlichen Spiel alsbald gefährlicher Ernst wird, denn Brittany und Alex verlieben sich mit Haut und Haaren ineinander. Das aber kann die Gang, der Alex angehört, nicht zulassen ...

Du oder das ganze Leben
448 Seiten, ISBN 978-3-570-30718-2

Du oder der Rest der Welt
384 Seiten, ISBN 978-3-570-30771-7

Du oder die große Liebe
384 Seiten, ISBN 978-3-570-30808-0

30094

cbt

www.cbt-jugendbuch.de